王晓初◎著

Zhongguo Xiandai Wenxue Mingjia Mingzhu Xuanjiang

中国现代文学名家名著选讲

安徽师范大学出版社

内容简介

本书精选中国现代文学史上的经典名家，如鲁迅、郭沫若、郁达夫、徐志摩、周作人、茅盾、老舍、巴金、戴望舒、曹禺、艾青、赵树理、路翎、张爱玲、钱钟书等，通过对他们的介绍及其代表作品的解读，感受他们的思想追求、人文情怀、文学形式与语言艺术，在和他们的精神与艺术的对话中，使读者对中国现代文学思想与艺术的历史发展脉络有基本的了解，并提升读者的人文素质、思想情操、审美感受能力和语言表达能力。

图书在版编目（CIP）数据

中国现代文学名家名著选讲/王晓初著．—芜湖：安徽师范大学出版社，2011.12
ISBN 978-7-81141-665-7
Ⅰ.①中… Ⅱ.①王… Ⅲ.①中国文学：现代文学—文学评论 Ⅳ.①I206.6

中国版本图书馆 CIP 数据核字（2011）第 233636 号

中国现代文学名家名著选讲

王晓初 著

出 版 人：张传开
责任编辑：周晓毓 潘 安
装帧设计：丁奕奕

出版发行：安徽师范大学出版社
芜湖市九华南路 189 号安徽师范大学花津校区 邮政编码：241002
发 行 部：0553-3883578 5910327 5910310（传真） E-mail：asdcbsfxb@126.com
经 销：全国新华书店
印 刷：安徽芜湖新华印务有限责任公司
版 次：2011 年 12 月第 1 版
印 次：2011 年 12 月第 1 次印刷
规 格：787×1092 1/16
印 张：12.75
字 数：208 千
书 号：ISBN 978-7-81141-665-7
定 价：25.00 元

目　录

绪论:人文精神与中国现代文学 ……………………………… (1)

一、人文精神、人文素质与人文学科 …………………………… (1)

二、文学作为人文学科的特点与意义 …………………………… (5)

三、中国现代文学与现代文化和语言 …………………………… (8)

第一讲　鲁迅的小说、散文(诗)与杂文 …………………………… (10)

一、鲁迅生平、思想与文学道路 ………………………………… (10)

二、《狂人日记》:中国新(现代)文学的总序言 ……………………… (15)

三、《阿Q正传》:国民性的剖析 ………………………………… (21)

四、《故事新编》:鲁迅独特的文学创造 …………………………… (28)

五、《野草》与《朝花夕拾》 ……………………………………… (33)

六、作为匕首投枪的杂文 ……………………………………… (42)

第二讲　郭沫若的诗歌 ……………………………………… (51)

一、郭沫若的生平与文学道路 ………………………………… (51)

二、中国现代新诗的奠基:《女神》……………………………… (54)

第三讲　郁达夫的小说 ……………………………………… (60)

一、郁达夫的生平与文学道路 ………………………………… (60)

二、《沉沦》解读 ……………………………………………… (67)

三、郁达夫"自叙传"小说的文体特征及其艺术成就 ……………… (69)

第四讲　徐志摩的诗歌 ……………………………………… (73)

一、徐志摩的人生历程与文学道路 …………………………… (73)

二、徐志摩诗歌的思想与艺术 ………………………………… (77)

三、《再别康桥》解读 …………………………………………………… (82)
第五讲 周作人的散文 …………………………………………………… (84)
一、周作人的人生历程与文学道路 …………………………………… (84)
二、"言志"小品(美文)的特征与意义 ………………………………… (88)
第六讲 茅盾的小说 …………………………………………………… (93)
一、茅盾的生平与文学道路 ………………………………………… (93)
二、《子夜》等社会剖析小说 ………………………………………… (97)
三、后期创作与《腐蚀》……………………………………………… (104)
第七讲 老舍的小说 …………………………………………………… (106)
一、老舍的生平与文学道路 ………………………………………… (106)
二、《骆驼祥子》:底层市民的血泪悲剧及其文化反思 …………… (113)
第八讲 巴金的小说 …………………………………………………… (117)
一、巴金的生平与前期文学道路 …………………………………… (117)
二、"激流三部曲":《家》、《春》、《秋》 ……………………………… (120)
三、《寒夜》等后期小说 ……………………………………………… (124)
第九讲 沈从文的小说 ………………………………………………… (128)
一、沈从文的文学道路及其所构筑的"湘西世界" ……………… (128)
二、理想人性的生命之歌:《边城》 ………………………………… (131)
三、重造民族品德的探索:《长河》 ………………………………… (134)
第十讲 戴望舒的诗歌 ………………………………………………… (136)
一、戴望舒的生平与诗歌道路 ……………………………………… (136)
二、《雨巷》与《我的记忆》解读 …………………………………… (139)
第十一讲 曹禺的话剧 ………………………………………………… (144)
一、曹禺的生平与早期创作道路 …………………………………… (144)
二、《雷雨》:中国话剧艺术成熟的标志 …………………………… (145)
三、《日出》与《原野》 ……………………………………………… (151)
四、《北京人》:人性的反思 ………………………………………… (156)

第十二讲　赵树理的小说 …………………………………………… (158)

一、赵树理的生平与文学道路 ………………………………………… (158)

二、"新评书体小说"及其艺术成就 …………………………………… (161)

第十三讲　路翎的小说 ……………………………………………… (164)

一、路翎的人生历程与文学道路 ……………………………………… (164)

二、青春的史诗:《财主底儿女们》 …………………………………… (168)

第十四讲　艾青的诗歌 ……………………………………………… (172)

一、艾青的生平与诗歌创作 ………………………………………… (172)

二、艾青诗歌的意象系统及其忧郁 …………………………………… (173)

三、艾青诗歌的艺术特征与历史贡献 ………………………………… (175)

第十五讲　钱钟书的《围城》 ………………………………………… (179)

一、钱钟书的生平与文学创作 ………………………………………… (179)

二、《围城》:对人生与人类命运的沉思与探索 ……………………… (180)

第十六讲　张爱玲的《传奇》 ………………………………………… (186)

一、张爱玲的生平与文学道路 ………………………………………… (186)

二、《传奇》:苍凉的人生启示 ………………………………………… (187)

主要参考书目 ……………………………………………………… (193)

后记 ………………………………………………………………… (195)

绪论：人文精神与中国现代文学

一、人文精神、人文素质与人文学科

“中国现代文学名家名作选讲”作为高等学校的一门公共选修课程属于人文素质课程。首先需要了解与回答的一个问题就是：高等学校为什么要开设和怎么学习这门课程呢？简单的回答就是：一个现代人的人生需要，或者说是一个现代大学生人格成长、文化修养与知识结构的需要。

“人文”一词，是外来词。从历史上看，它源于西方文艺复兴时期的人文主义（Humanism：人性、人道、人文主义）。人文主义也称人道主义、人本主义，是针对欧洲中世纪的神道主义、神本主义提出来的。中世纪的欧洲，基督教统治着全部文化，神是宇宙的中心，排斥理性思维，认为人一生下来就是有罪的，只能通过禁欲修行，才能在死后的“来世”获得救赎（升天堂）。随着中世纪后期城市经济的发展，在地中海沿岸佛罗伦萨等城市中出现了资本主义萌芽，为了打破思想禁锢对生产力的约束，以人为本的人文主义思想应运而生。以人文主义思想为核心的欧洲文艺复兴，重视继承古代以人为本的优秀文化遗产，破除迷信蒙昧，崇尚理性和探索自然，是人类历史上的一次思想解放运动，为后来西方资本主义社会的发展扫清了道路。

以人文主义为旗帜的西方文艺复兴及启蒙运动直接导致了17、18世纪的科学革命和工业革命：“自然力的征服，机器的采用，化学在工业和农业中的应用，轮船的行驶，铁路的通行，电报的使用，整个整个大陆的开垦，河川的通航，仿佛用法术从地下呼唤出来的大量人口，——过去哪一个世纪能够料想到有这样的生产力潜伏在社会劳动里呢？”[①]这就是马克思、恩格斯在《共

---

① 马克思、恩格斯：《共产党宣言》，人民出版社1964年版，第28页。

产党宣言》中对那个时代社会、经济发展状况的描述。但是，工业化、城市化和现代化的进程同时也彻底改变了人类的生活方式。在现代社会中，快速发展的科学技术和大工业生产方式使人们追求感官刺激和物质欲望走过了头，低级趣味、急功近利、激烈竞争和冷酷无情随处可见。与此同时，在对物质与功利的盲目追逐中，人们的主体意识逐步丧失，想象力和创造力日益衰退，理想、信仰、伦理、道德，这些与人生的终极意义密切相关的基本社会规范与信念正在趋于瓦解。艾略特所刻画的《空心人》、马尔库塞所揭示的《单向度的人》都是这一现实的写照。

于是，在当代社会中，“人文精神”的旗帜再次被高高举起。20世纪后半期，在联合国倡导下，人文社会科学界基于对经济增长并不会“自然而然”地带来社会发展的价值判断，提出了“以人为本”或“以人为中心”的社会发展理论，以纠正单一的以“经济增长”为目标的偏好和误区。1995年在丹麦首都哥本哈根召开的“人类有史以来的首次社会发展峰会”突出地强调：“单凭市场不可能消除贫困，也不可能获得公平和平等，而这二者却是发展的基石。”[①]峰会更指出：“只有人——不论是作为个人还是作为社群——成为行动主体，变化和发展才能产生。”[②]这说明上述社会发展理论在联合国的推动下已经得到世界各国的普遍认同。同样以胡锦涛为总书记的党中央在总结发展中国特色社会主义实践经验基础上提出的“科学发展观”的核心也仍然是“以人为本”。可见“以人为本”的人文精神建构应该是人类在全球化时代的一个基本共识。

从一个企业来看，单一地追求物质功利效率，也是危险的。因为忽略了人文关怀，必然把人当作机器、当作物来操作和利用，必然引起工人的反抗，进而也影响企业的发展。如早期工业阶段工人捣毁机器的运动，就表达了这种反抗。所以现代企业普遍重视企业文化、企业精神的建构。

同样对于一个人的成长和发展来说，如果缺失了人文素质与人文情怀/精神关怀，也就必然成为一个不健全的人。鲁迅早在日本留学期间倡导中华民族的“新生”文艺运动的过程中，就在《科学史教篇》等论文中一方面肯定了

① 英奇(Inge)：《导论：新千年中争取社会进步的步骤》，《国际社会科学杂志》第17卷2000年第4期。

② 克莱尔(Clare)：《消除贫困与社会整合：英国的立场》，《国际社会科学杂志》第17卷2000年第4期。

科学技术在改造自然和推动社会进步方面的巨大作用："西方物质文明之盛，直傲睨前此两千余年之业绩"，并且使"世界之情状顿更，人民之事业益利"①。另一方面又明确地指出："当防社会入于偏"，如果"使举世惟知识之崇，人生必大归于枯寂，如是既久，则美上之感情漓，明敏之思想失，所谓科学，亦同趣于无有矣。故人群所当希冀要求者，不惟奈端（牛顿）已也，亦希诗人如狭斯丕尔（莎士比亚）；不惟波尔，亦希画师如洛菲罗（拉斐尔）；既有康德，亦必有乐人如培得诃芬（贝多芬）；既有达尔文，亦必有文人如嘉来勒（卡莱尔）。凡此者，皆所以致人性于全，不使之偏倚，因以见今日之文明者也"②。已经开始注意到实用科学（工具）理性对人性的扭曲，其结果不仅是造成人性的异化，科学也将被毁灭。因为在鲁迅看来，科学本质上是一种"人性之光"，并且"科学发见，常受超科学之力"，"本于圣觉"（灵感），"以知真理为惟一之仪的"③。人类历史上，精神与物质的价值均有各自的适当位置并应相互平衡。——因而为"致人性于全"（人的全面发展），也应该修习与具备一定的人文素质与精神。人文素质是指人们在人文方面所具有的综合品质或达到的发展程度。在很大程度上，它是由人文学科培育的。著名教育家蔡元培指出："教育乃养成人格之事业也。使仅仅为灌注知识，练习技能之作用，而不贯之以理想，则是机械之教育，非所以施以人类也。"④

《辞海》对人文科学作的解释："人文科学源出于拉丁文 humanists，意即人性、教养。在欧洲 15、16 世纪时开始使用这一名词。原指同人类利益有关的学问，以别于中世纪教育中占统治地位的神学。狭义指拉丁文、希腊文、古典文学的研究。广义一般指对社会现象和文化艺术的研究，包括哲学、经济学、史学、法学、文艺学、伦理学、语言学等。"⑤

所谓人文学科，是以人的内心世界、人的精神世界以及作为人的精神世界的客观表达形式的文化传统、各种关系辩证存在为研究对象的学科，它以人的生存价值、存在意义等为研究主题，关注的是人的精神及其意义的世界。

---

① 鲁迅：《文化偏至论》，《鲁迅全集》第 1 卷，人民文学出版社 2005 年版，第 49 页。

② 鲁迅：《科学史教篇》，《鲁迅全集》第 1 卷，人民文学出版社 2005 年版，第 35 页。

③ 鲁迅：《科学史教篇》，《鲁迅全集》第 1 卷，人民文学出版社 2005 年版，第 29-30 页。

④ 蔡元培：《一九〇〇年以来教育之进步》，《蔡元培全集》第二卷，中华书局 1984 年版，第 407 页。

⑤ 《辞海》，上海人民出版社 1999 年版，第 872 页。

而这一领域是自然科学乃至社会科学(经济学、社会学、政治学、法学等)均难以企及,并无能为力的。

所谓人文,就是人类文化,不过这里的文化主要是指人类的精神文化,是人类文化的核心部分,即“包括知识、信仰、艺术、道德、法律、习俗以及包括作为社会成员的个人而获得的任何能力、习惯在内的一种综合体”[①]。它是人类某个民族或社会所共有的“价值观和意义体系”,而一个民族和社会的共同的人文关怀与信仰就构成了这一民族与社会的精神价值,从而提供了“人之为人”的精神价值与意义家园。党的十七大提出建设“社会主义的核心价值”的任务也就是要为现代中国建构一个提供现代人生信仰的社会主义的意义与价值的精神家园。

与人文科学不同,社会科学是一种以人类社会为研究对象的科学,通常包括经济学、社会学、政治学、法学等。社会科学的形成远远迟于自然科学和人文科学,从具体时间来看,其中的经济学、社会学、政治学等以经验的方法对社会进行实证研究的学科都是从18世纪中后期才开始独立出来,19世纪才逐渐建立起自己系统的理论结构。

人文科学与社会科学之间的关系是相当复杂的,它们之间既有区别又有联系。它们的区别主要表现在两个方面:

一是研究对象的不同。人文科学研究的是人的观念、精神、情感和价值,是“人”的精神世界及其所积淀下来的文化。人文科学的价值不在于提供物质财富或实用的技术,而在于为人类提供一个意义的世界,守护一个精神的家园,使人类的心灵有所安顿、有所依归。

如果说人文科学是研究人的主观世界和人类的精神文化的话,那么,社会科学关注的中心则是客观的人类社会,它是外在于具体个人的经济学、政治学、法律学、社会学等社会科学,从各自不同的角度与向度对人类社会进行研究,它们对经济、政治、法律、社会进行分门别类的或整体的考察,对人类社会的结构、功能、机制、变迁、动因等等进行深入研究,目的在于获得关于人类社会运行与发展的系统知识与理论,使人类能够更好地、更有效率地管理社会。

二是研究方法的不同。人文科学的研究方法主要是意义分析的方法,是

---

① 泰勒:《原始文化》、上海文艺出版社1991年版,第1页。

一种解释的方法，而社会科学则较多的引进了自然科学的方法、实证的方法。所以社会科学可以称为实证科学，而人文科学则不能称为实证科学。

二、文学作为人文学科的特点与意义

文学是一种“人学”（高尔基语），“文，心学也”（刘熙载语）。文学可以说是人生（全方位的，而不是某一侧面的，如法学）与人的心灵世界、精神世界（观念、精神、情感与价值等）通过语言方式的一种艺术建构与呈现。正因为它是人生全方位的一种艺术呈现，因而人们常说文学是社会生活的（艺术）反映，把文学称为社会生活的百科全书。如毛泽东就说过《红楼梦》是封建社会的百科全书，有许多人从不同的角度去研究它，甚至它涉及的食谱也被人写成了专著。恩格斯称赞巴尔扎克的《人间喜剧》写出了贵族阶级的没落衰败和资产阶级的上升发展，提供了社会各个领域无比丰富的生动细节和形象化的历史材料，“甚至在经济的细节方面（如革命以后动产和不动产的重新分配），我学到的东西也要比从当时所有职业历史学家、经济学家和统计学家那里学到的全部东西还要多”[①]。而李泽厚则称鲁迅的文学作品是“当之无愧的中国近代社会的百科全书。只有两部散文文学堪称百看不厌，这就是《红楼梦》和鲁迅文集”[②]。——也就是说，文学具有认识社会生活与人的价值与功能，相当于社会历史的认知功能。所以我们常常称赞在这一方面取得了突出成就的文学作品为“史诗”或“史诗性”。同时文学对于社会人生的艺术呈现又是以人，特别是人的精神与灵魂为核心的，因而文学史又常常被称为人的心灵史、灵魂史（勃兰兑斯语）。

不过同样是人文学科的文学又不等同于历史。亚里士多德说，历史描写已经发生的事实，而文学则描写可能发生的事情[③]。“可能”也就是虚构（但这不是任意虚构，而是在社会人生“可能”的基础上的虚构）构成了文学不同于历史的一个鲜明的特征。同时这种虚构还有另外一个特征，就是这种“虚

---

① 恩格斯：《恩格斯致玛·哈克奈斯》，《马克思恩格斯选集》第四卷，人民出版社 1972 年版，第 462 页。

② 李泽厚：《略论鲁迅思想的发展》，《近代中国思想史论》，人民出版社 1979 年版，第 439 页。

③ 参见亚里士多德《诗学》第九章，人民文学出版社 1963 年版。

构”不仅仅根基于社会历史的基础，而且还体现了作家对于社会人生的认识、理解、见解与情感。例如前面引述李泽厚说《红楼梦》和鲁迅文集是两部堪称百看不厌的伟大作品之后，接着说“它们的性质却迥然不同。《红楼梦》是封建社会的没落挽歌，鲁迅的散文则是指向它的战斗号角”[①]——这种截然不同的性质主要就是作家在创造/虚构这些文学作品时融注于作品之中的认识、见解、情感等因素的差异造成的。曹雪芹虽然在《红楼梦》中表现了封建社会必然崩溃没落的必然趋势——所谓“忽喇喇似大厦倾，昏惨惨似灯将尽”。“为官的，家业凋零；富贵的，金银散尽；有恩的，死里逃生；无情的，分明报应；欠命的，命已还；欠泪的，泪已尽。”“好一似食尽鸟投林，落了片白茫茫大地真干净！”但是毕竟带有自传性，因而对于这一结局不无惋惜。而鲁迅则是反封建的启蒙先驱，揭露封建礼教“吃人”的思想贯注在他的全部文学作品之中。正是这样一种思想与情感可以感染人，影响人，引导人对于人生的认识与选择，并进而影响到社会生活与历史的进程。比如在现代历史上许多革命者都是接受新文学作品的感染而走上革命的道路的[②]。而五四以来蔚为时代大潮的“走出家庭”的洪流，则明显地受到易卜生的戏剧《娜娜》和巴金的小说《家》的启示与感染。——这一功能可以称为文学的教育功能，或者社会（意识形态）功能。这也是文学曾经产生过巨大的社会影响和作用的原因。但是这一功能必须以艺术的方式实现。一是必须是艺术，即具有艺术的形象与形式。二是必须是一种审美的接受方式，即在审美的愉悦中达到一种潜移默化的熏陶与改变（这也正是鲁迅弃医从文，从事“改造国民性”的启蒙事业的文学前提），即所谓的“随风潜入夜，润物细无声”（杜甫语）。如果把文学变成标语口号（如革命文学时期的郭沫若），或者赤裸裸地进行政治道德的说教，就越出了文学的边界，而变成了单纯的宣传。所以鲁迅明确指出：“我以为一切文艺固是宣传，而一切宣传却并非全是文艺，这正如一切花皆有色（我将白也算作色），而凡颜色未必都是花一样。革命之所以于口号，标语，布告，电报，教科书……之外，要用文艺者，就因为它是文艺。”[③]

---

① 李泽厚：《略论鲁迅思想的发展》，《近代中国思想史论》，人民出版社 1979 年版，第 439 页。

② 如陶铸、胡耀邦等老一辈革命家都谈到他们走上革命道路都受到过蒋光赤的小说《少年漂泊者》的影响。

③ 鲁迅：《三闲集·文艺与革命》，《鲁迅全集》第 4 卷，人民文学出版社 2005 年版，第 85 页。

文学另一个鲜明的特征是文学的语言艺术性或者审美性,也即前面提到"史诗性"中的"诗"性。这首先表现为生动的艺术形象性。也就是说文学所虚构的艺术世界是以栩栩如生的感性的艺术形象的形式呈现出来的,而且这一形象还饱含着丰富的人生情感、想象,以及智慧,因而能够感动读者,使读者产生情感与精神的共鸣,获得审美的享受。恩格斯说:"民间故事书的使命是使一个农民作完艰苦的日间劳动,在晚上拖着疲倦的身子回来的时候,得到快乐,振奋和慰藉,使他忘却自己的劳累,把他的硗瘠的田地变成馥郁的花园。民间故事书的使命是使一个手工业者的作坊和一个疲惫不堪的学徒的寒伧的楼顶小屋变成一个诗的世界和黄金的宫殿,而把他的矫健的情人形容成美丽的公主。"①——这样一种"快乐,振奋和慰藉",就是文学的审美作用。它可以在虚构的艺术世界中,(通过想象)使人的本质力量得到充分的实现,从而使被现实(权力、金钱、功利)所扭曲的心灵得到解放与复活。或许正是在这一意义上,蔡元培主张以"美育代替宗教",也就是在审美过程中实现人的心灵自由与人性的复苏,从而提供一种人文关怀与精神家园。这一功能在较低层次则是娱乐作用,特别是那些满足世俗大众欲望冲动的通俗文学(性、暴力、恐怖、幻想等)。所以科学家钱学森曾把金庸的武侠小说称为人的精神体操。

值得注意的是文学不同于其他艺术种类(如音乐、绘画、雕塑等)的是它的艺术形象与形式是通过语言来塑造的。而语言是人不可须臾离开的工具。因而文学语言在日常语言的基础上又具有不同于日常生活语言的特征。如果说日常语言是单义的,那文学语言就是复义与多义的;日常语言是清楚明白的,文学语言就是含混朦胧的;日常语言是通顺逻辑的,文学语言则是反常甚至反逻辑(悖论)的。当然文学语言又是建立在日常语言基础之上的,也就是说它包容了日常语言的内涵(否则人们根本无法理解),但又超越这些内涵的边界,多出了一些内涵与意味。而文学性往往存在于超出日常语言的那一点意味中。这在诗歌中最为突出。比如鲁迅《野草》中"于天上看见深渊,于一切眼中看见无所有"(《墓碣文》),"彷徨于无地"(《影的告别》),"无物之阵"(《这样的战士》),还有作品标题本身,如《死火》、《为了忘记的纪念》等,都充满了丰富的情感、认知与意味的悖论性张力。这种悖论性常常是文学性、诗

① 恩格斯:《马克思恩格斯论艺术》第4卷,人民文学出版社1966年版,第401页。

性之所在。

三、中国现代文学与现代文化和语言

“中国现代文学”是中国现代文化的一个重要组成部分，是现代汉语的典范载体，同时也构建着现代人文精神的家园。“中国现代文学名家名著选讲”——“中国现代”概括了本课程内容的（时空）范围“中国现代文学”（1917—1949）[①]——奠定了我们现代文化与语言的原型。从1917年至1949年，虽然只有短短的32年[②]，但是却是极其丰富的30余年，从纵向时序来看，从五四文学革命的20年代的新文学，再到30年代的革命文学（左翼文学），再到40年代的抗战文学（延安文学），既是一种文学的延伸与传承，又是一种文学的中断与开始，因而每个时段都呈现出了不同的特征。从横向坐标来看，在思想/艺术倾向方面，有启蒙、左翼、自由、唯美、现代、通俗等的不同，从文学样式来看，有小说、诗歌、戏剧文学、散文（杂文）等的区别。“名家名著”，则是指在这一文学时空场域中不同时期、不同思潮、不同文类、不同样式的经典作家与作品。所谓经典是指具有典范性、权威性的，经久不衰的传世之作；经过历史淘汰选择出来的“最有价值的（认识、教育、审美等）”的作品，也可以说是现代文化与语言“原型”的具体体现。当然随着社会历史的发展，主体认知的变化，这种经典的标准也在发生着不断的变迁。比如20世纪末的“20世纪作家排座次”就颠覆了主流文学的认知秩序[③]。实际上从中国现代文学

---

① 这一“现代”（时间）概念当然存在争议，比如笔者出版于2002年的《中国现代文学发展演变史1898—1989》，划出了1898年至1989年的时间场域，但仍然是探索性的。出于教学考虑，暂沿用传统主流的概念。

② 因而一般都称“中国现代文学三十年”。钱理群等编写的文学史就叫《中国现代文学三十年》（北京大学出版社1998年版）。

③ 1994年，王一川主编的《20世纪中国文学大师文库》（分小说、诗歌、散文、戏剧4卷）由海南出版社出版。其小说卷将鲁迅、沈从文、巴金等9位小说家的作品收入，原来作为经典的茅盾等被排除在外，原来被排斥为通俗作家的金庸列第4位，由此引起强烈反响。1995年，钱理群、吴晓东在《“分离”与“回归”——绘图本〈中国文学史〉（20世纪）的写作构想》（载《文艺理论研究》1995年1期）一文中写道：“在鲁迅之下，我们给下列六位作家以更高的评价与更为重要的文学史地位，即老舍、沈从文、曹禺、张爱玲、冯至、穆旦。”——同样颠覆了传统的文学秩序。

诞生以来，对它的认知、阐释与评价就始终处于“重写”[①]中。——但是无论怎样“重写”，中国现代文学作为中国现代人文精神的语言艺术的表达，其现代人文精神多向度的内涵与语言表达的艺术形式是无论怎样也不能否弃的标准。正是他们的作品传达了中国现代人文精神的不同表达，同时也探索了中国现代汉语表达的各种可能性。正是依据这两条标准[②]，我们透过中国现代文学史无数次的“重写”粗略选择了鲁迅、郭沫若、郁达夫、徐志摩、周作人、茅盾、老舍、巴金、沈从文、曹禺、戴望舒、艾青、赵树理、路翎、钱钟书、张爱玲等经典名家，通过对他们的介绍及其代表作品（如《狂人日记》《阿Q正传》《故事新编》《野草》《朝花夕拾》《华盖集》《女神》《沉沦》《再别康桥》《苦雨》《子夜》《腐蚀》《骆驼祥子》《家》《寒夜》《边城》《雷雨》《日出》《原野》《北京人》《雨巷》《我的记忆》《小二黑结婚》《大堰河》《雪落在中国的土地上》《财主底儿女们》《围城》《传奇》等）的解读，感受他们不同的思想追求、人文情怀、人生思考、文学形式与语言艺术，从而提升大学生的人文素质、文化修养、审美感受能力与语言表达的能力。

---

① 1988年《上海文论》开辟由陈思和、王晓明主持的“重写文学史”专栏，开始了“重写文学史”思潮。其实从早于他们的夏志清的《中国现代小说史》，到后来的“再解读”、乃至“重返80年代”等都是重写的一种表现。

② 同时兼顾了“五四”、30年代、40年代等不同历史时期，小说、诗歌、戏剧文学、散文（杂文）等不同体裁，启蒙、左翼、自由、唯美、现代、通俗等不同倾向等。

第一讲　鲁迅的小说、散文(诗)与杂文

鲁迅与中国现代文学是紧密联系的。在某种意义上说，鲁迅是中国现代文学之父。虽然一般以1917年《新青年》发表的胡适的《文学改良刍议》作为五四文学革命的标志，但是作为五四新文学的开山标志却是鲁迅1918年5月发表的《狂人日记》。也就是说中国现代文学自《狂人日记》起才开始成立。鲁迅倡导的"国民性"改造的启蒙主义思想构成了中国现代文学最基本的母题。除短篇小说外，散文诗、杂文和"故事新编"体小说都是鲁迅独特的创造。他的文学是迄今为止得到公认的最耐读、最现代也最具民族性的中国现代文学。

一、鲁迅生平、思想与文学道路

鲁迅(1881—1936)，浙江绍兴人。原名周樟寿、后更名为周树人，字豫才，鲁迅是他发表《狂人日记》开始使用的笔名。从小在越文化的熏陶下，养成了追求自由，反抗压迫的个性①，在从百草园到三味书屋的人生旅途中广

① 在一个个夏夜，当他躺在大桂树下的小板桌上乘凉，祖母摇着芭蕉扇坐在桌旁，由西湖的雷峰塔而给他讲起白蛇娘娘带着青蛇丫环嫁给曾经救过她们的许仙，却被法海和尚生生拆散，并把前来寻夫的白蛇娘娘镇压在雷峰塔下后，他当时"惟一的希望，就在这雷峰塔的倒掉"(见鲁迅《论雷峰塔的倒掉》，《鲁迅全集》第1卷，人民文学出版社2005年版，第179页)。稍大一点在大舅父那儿看到一部弹词《白蛇传》，竟用指甲将法海绣像的眼睛掐得稀烂(参见周作人:《关于鲁迅》，新疆人民出版社1997年版，第402页)。对《山海经》中"人面的兽；九头的蛇；一脚的牛；袋子似的帝江；没有头而'以乳为目，以脐为口'，还要'执干戚而舞'的刑天"则充满了如醉如痴的神往(见鲁迅《阿长与〈山海经〉》，《鲁迅全集》第2卷，人民文学出版社2005年版，第255页)。

泛吸收了(越)民族文化与越地民间文化的营养。少年时代适逢家道式微[①],他在“从小康人家坠入困顿”的途中,深深地领略了世态的炎凉,感受了封建家族制度的腐败与堕落——“我有四年多,曾经常常,——几乎是每天,出入于质铺和药店里,年纪可是忘却了,总之是药店的柜台正和我一样高,质铺的是比我高一倍,我从一倍高的柜台外送上衣服或首饰去,在侮蔑里接了钱,再到一样高的柜台上给我久病的父亲去买药。”[②]同时常随母亲回外婆家探亲的经历也使他熟悉了农村,与农民保持着亲密的精神联系,构成了他后来思想与文学及其走向左翼的精神原点。1898 年他“走异路,逃异地,去寻求别样的人们”[③]——考入南京水师学堂,次年转入江南水师学堂附属的矿务铁路学堂读书,深受维新思潮书刊《时务报》、《译书汇编》,特别是严复译的《天演论》所宣扬的进化论的影响,开始思考祖国和民族的命运。

1902 年赴日留学,以“我以我血荐轩辕”(《自题小像》)的诗句表达了献身民族解放事业的志向。在日本预备学校毕业后,“从译出的历史上,又知道了日本维新是大半发端于西方医学的事实”[④],便进了仙台医学专门学校。一次在教室里放映记录日俄战争的幻灯片,其中出现了一个中国人被日本兵捉住作为俄国间谍而杀头的镜头,围观的中国人面对惨剧却无动于衷,这使鲁迅深受刺激,觉悟到对于愚弱的国民,第一重要的还是改变他们的精神,因而弃医从文。1906 年鲁迅来到东京拟与周作人、许寿裳等创办《新生》杂志未果。1908 年发表了《文化偏至论》、《摩罗诗力说》等重要论文,在《文化偏至论》中他既批判了洋务派的“金铁论”,也批判了改良派的“立宪国会”主张,提出了“掊物质而张灵明,任个人而排众数”以“立人”的启蒙主义思想——“是故将生存两间,角逐列国是务,其首在立人,人立而后凡事举;若其道术,乃必尊个性而张精神。”[⑤]“人各有己,而群之大觉近矣”[⑥],“国人之自觉至,个

① 1893 年,鲁迅 13 岁时,祖父周介孚(翰林)因“科场案”被判“斩监候”。

② 鲁迅:《呐喊·自序》,《鲁迅全集》第 1 卷,人民文学出版社 2005 年版,第 437 页。

③ 鲁迅:《呐喊·自序》,《鲁迅全集》第 1 卷,人民文学出版社 2005 年版,第 437 页。

④ 鲁迅:《呐喊·自序》,《鲁迅全集》第 1 卷,人民文学出版社 2005 年版,第 438 页。鲁迅还说:“我的梦很美满,预备卒业回来,救治象我父亲似的被误的病人的疾苦,战争时候便去当军医,一面又促进了国人对于维新的信仰。”(同前)

⑤ 鲁迅:《文化偏至论》,《鲁迅全集》第 1 卷,人民文学出版社 2005 年版,第 58 页。

⑥ 鲁迅:《破恶声论》,《鲁迅全集》第 8 卷,人民文学出版社 2005 年版,第 26 页。

性张，沙聚之邦，由是转为人国”[①]。在《摩罗诗力说》中他介绍和赞扬了拜伦、雪莱、普希金等欧洲浪漫主义作家为“精神界之战士”，并期望中国也出现这种具有“摩罗”力量的诗人，以“起国人之新生”，表达了作家的精神与文学向往。与此同时，他还和兄弟周作人一起直译了以介绍东欧被压迫民族的进步文学为主的《域外小说集》，但在1909年出版时仅售出20本。这对于鲁迅无疑是一个沉重的挫折。他后来在《呐喊·自序》中写道：“凡有一人的主张，得了赞和，是促其前进；得了反对，是促其奋斗的。独有叫喊于生人中，而生人并无反应，既非赞同，也无反对，如置身于毫无边际的荒原，无可措手的了，这是怎样的悲哀啊，我于是以我所感到者为寂寞。”[②]鲁迅正是怀着这种悲哀而寂寞的心情于1909年回到祖国的。

回国后，鲁迅先后到浙江两级师范学堂、绍兴府中学堂任教。辛亥革命爆发后，他出任山会师范学堂[③]监督（校长），支持《越铎日报》建立现代公共空间等，并且写作了文言小说《怀旧》等，对辛亥革命展开了深度透视与思考。自1912年到（南京—北京）教育部任职后，随着袁世凯称帝、张勋复辟等倒行逆施，逐渐由怀疑失望而转入惶惑颓唐中，工作之余不断地抄写古书，辑录金石碑帖，校勘古籍，研读佛经，对中国历史和社会进行了长期深入的研究（特别是以魏晋、会稽为时空中心[④]）。其实是返回到精神故乡中去寻求民族文化之根，为他后来的文学创作和学术研究做了充分准备。

当《新青年》掀起“五四”新文化运动和文学革命的历史狂飙之后，鲁迅为了“慰藉那在寂寞里奔驰的猛士，使他不惮于前驱”[⑤]，毅然重返文坛，发出了沉默多年之后的第一声呐喊——1918年5月发表于《新青年》上的短篇小说《狂人日记》。从此“一发而不可收拾”，由《孔乙己》《药》等而《呐喊》[⑥]；由“随感录”而《热风》、《坟》等振聋发聩、犀利无比的杂文，为新文化而冲锋陷阵。

---

① 鲁迅：《文化偏至论》，《鲁迅全集》第1卷，人民文学出版社2005年版，第57页。

② 鲁迅：《呐喊·自序》，《鲁迅全集》第1卷，人民文学出版社2005年版，第439页。

③ 今绍兴文理学院前身。

④ 因而又被学者称为“魏晋感受”、“浙东情结”（见陈方竞《鲁迅与浙东文化》，吉林大学出版社1999年版，第283页；钱理群《与鲁迅相遇》，三联书店2003年版，第105-106页）。

⑤ 鲁迅：《呐喊·自序》，《鲁迅全集》第1卷，人民文学出版社2005年版，第441页。

⑥ 《呐喊》为鲁迅的第一部小说集，收1918至1922年之间的14篇小说（初版时15篇，包括《不周山》，后来该篇更名《补天》收入《故事新编》中），1923年8月由北京新潮社出版。

虽然随着新文化运动启蒙思潮的落潮，他又一次感受到了“呐喊”之后的孤寂与彷徨[①]，“热风”之中“坟”的黑暗与冷酷，但是他始终没有停息求索的步伐，成为“语丝社”[②]的主将，扶持“莽原社”、“未名社”等青年文学团体，始终坚持《新青年》的“思想革命”[③]，坚持了新文化的方向。当然这一时期也是鲁迅“命交华盖”的时期：伴随着新文化运动落潮之后分化的是兄弟绝交[④]；随后1925年5月的“女师大事件”、1926年“三一八”惨案，又遭遇章士钊、杨荫榆的体制压迫，和陈源(西滢)等“正人君子”之流流言蜚语的阴险攻击，但在走向社会反抗斗争的过程中，也深化了鲁迅对中国历史与现实的认识，促进了他思想的发展。同时与许广平交往和恋爱不但激活了鲁迅已经僵死的爱情，而且激发了鲁迅的生命激情，促进鲁迅的创作进入了一个高峰。这些复杂因素都渗透到这一时期写作的《彷徨》[⑤]、《野草》、《朝花夕拾》、《华盖集》及续编等作品中，从而使这些作品呈现出特别斑斓的色调。

---

① 鲁迅回顾自己这一时期的创作时说：“后来《新青年》的团体散掉了，有的高升，有的退隐，有的前进，我又经验了一回同一战阵中的伙伴还是会这么变化，并且落得一个‘作家’的头衔，依然在沙漠中走来走去，不过已经逃不出在散漫的刊物上做文字，叫作随便谈谈。有了小感触，就写些短文，夸大点说，就是散文诗，以后印成一本，谓之《野草》。得到较整齐的材料，则还是做短篇小说，只因为成了游勇，布不成阵了，所以技术虽然比先前好一些，思路也似乎较无拘束，而战斗的意气却冷得不少。新的战友在那里呢？我想，这是很不好的。于是集印了这时期的十一篇作品，谓之《彷徨》，愿以后不再这模样。”(见《鲁迅全集》第4卷，第469页)。

② 语丝社成立于1924年10月。主要成员有鲁迅、周作人、孙伏园、林语堂、钱玄同、刘半农等，依托《语丝》周刊在倡导思想自由和个性解放，注重社会批评和文明批评的过程中，“显示了一种特色是：任意而谈，无所顾忌，要催促新的产生，对于有害于新的旧物，则竭力加以排击”(鲁迅语)，从而形成了社会历史与思想文化领域中著名的“语丝派”和风格泼辣幽默并富有战斗性和批判性的“语丝文体”。

③ 鲁迅在这一时期写作的《华盖集·通讯》中说：“现在的办法，首先还得用那几年以前《新青年》上已经说过的‘思想革命’。还是这一句话，虽然未免可悲，但我以为除此没有别的办法。”(《鲁迅全集》第3卷，人民文学出版社2005年版，第23页。)同时他还说：“此后最要紧的是改革国民性，否则，无论是专制，是共和，是什么什么，招牌岁换，货色照旧，全不行的。”因而他“总还想对于根深蒂固的旧文明，施以袭击，令其动摇，冀于将来有万一之希望”(《鲁迅全集》第11卷，人民文学出版社2005年版，第32页)。

④ 鲁迅于1923年8月2日搬出与周作人等合居的八道湾十一号的寓所，与朱安一起，迁至西城的砖塔胡同六十一号居住。紧接着肺病复发，连续高烧、咳嗽及吐血等达一个多月之久，可见精神打击之大。

⑤ 《彷徨》是鲁迅的第二部短篇小说集，收1924年至1925年创作的11篇小说，包括《祝福》《伤逝》《在酒楼上》《孤独者》等名篇，1926年由北京北新书局出版。

1926年8月鲁迅与许广平由北平经上海到厦门(许去广州),担任厦门大学研究教授;1927年1月离开厦门到达广州,任中山大学教务长兼文学系主任,国民党右派发动广州"四・一五"事变后,营救学生未果而辞职,在广州白云楼写作、演讲。由蒋介石集团发动的"四・一二"事变深刻地影响了现代中国的历史走向。鲁迅一方面改变了原来的思路①,另一方面,从他又看见的"许多血和许多泪"中洞察到当时"国民革命"的虚妄,加快了他走向为底层民众解放而斗争的左翼运动。9月由广州去上海,住虹口景云里二十三号,与许广平正式同居,后迁入大陆新村九号。经"革命文学"论争,参加中国左翼作家联盟,并成为其精神领袖,参加中国自由运动大同盟、中国民权保障同盟等民主进步组织。率领左翼文艺队伍与国民党反动派政权及其党治文学("民族主义文学"等)进行了英勇的斗争②。同时也与胡适派"帮闲"文人(《新月》梁实秋等)和《论语》派"隐逸"型文人(林语堂等)进行了论辩与斗争。当然也在走向"革命"的过程中,始终坚持了启蒙主义的思想原则,对"只借革命以营私"③,在革命的旗号下肆意践踏人的独立个性和主体自由的"左得可怕"的现象表现出特别的警惕④,当然也使鲁迅的处境十分恶劣,因而他只能在"横站"⑤中苦斗。这一时期他文学的主要方式是杂文,先后出版杂文10多

① 鲁迅说:"我的一种妄想破灭了。我至今为止,时时有一种乐观,以为压迫,杀戮青年的,大概是老人。这种老人渐渐死去,中国总可比较地有生气。现在我知道不然了,杀戮青年的,似乎倒大概是青年,而且对于别个的不能再造的生命和青春,更无顾惜。"(见《答有恒先生》,《鲁迅全集》第3卷,第473页)又说:"我一向是相信进化论的,总以为将来必胜于过去,青年必胜于老人……然而后来我明白我倒是错了。这并非唯物史观的理论或革命的文艺作品蛊惑我的,我在广东,就目睹了同是青年,而分成两大阵营,或则投书告密,或则助官捕人的事实!我的思路因此轰毁,后来便时常用了怀疑的眼光去看青年,不再无条件的敬畏了。"(见《三闲集・序言》,《鲁迅全集》第4卷,第5页)

② 为躲避国民党反动派政权的文化围剿,1932年—1936年变换笔名就达80多个。

③ 鲁迅:《答徐懋庸并关于抗日统一战线问题》,《鲁迅全集》第6卷,人民文学出版社2005年版,第550页。

④ 鲁迅在给朋友的信中说:"有些手执皮鞭,乱打苦工的脊背,自以为在革命的大人物,我深恶之,他其(实)是取了工头的立场而已。"(1936年5月15日致曹靖华,见《鲁迅全集》第14卷,第99页)

⑤ 鲁迅在给朋友的信中说:"叭儿之类,是不足惧的,最可怕的确是口是心非的所谓'战友',因为防不胜防。例如绍伯之流,我至今还不明白他是什么意思。为了防后方,我就得横站,不能正对敌人,而且瞻前顾后,格外费力。"(1934年12月18日致杨霁云,见《鲁迅全集》第13卷,第301页)

部，使杂文成为中国现代文学一个成就辉煌的文类。同时还出版了第三部小说集《故事新编》，翻译出版了大量外国文艺创作与文艺论著，扶持与指导了木刻版画等现代艺术运动。

1936年10月9日，鲁迅积劳成疾，在上海逝世，终年56岁。成千上万的人自动汇集在为他送葬的道路上，“他是我们民族的灵魂/他是新时代的号声”的歌声陪伴他走向公墓，并在他的灵柩上盖上一面绣着“民族魂”的旗，朴素地表达了人民群众对他衷心的敬仰与爱戴。

二、《狂人日记》：中国新(现代)文学的总序言

《狂人日记》是鲁迅1918年5月发表于《新青年》上的第一篇白话小说，表达了一种崭新的文学精神，开创了一种崭新的文学形式，从而标志着中国新文学的确立[①]，也是宣告了中国新文学的总序言。

《狂人日记》由1则文言小序与13则白话日记组成。小序的叙述者为“余”，叙述他去看望一个当年朋友患病并痊愈的故事，——可称为“外叙述”；日记的叙述者为“我”(狂人——“余”昔日中学时的良友)，独白式具体展现了“我”(狂人)病狂的心理与叙事——可称为“内叙述”。

(一)“小序”的提示——三种视点三种读法

“余”所主导的“外叙述”在交代“狂人日记”由来的同时展示了三个不同观察“日记”的视点/态度：

1.“哥”是“大笑”，“出示日记二册，谓可见当日病状，不妨献诸旧友”——足见其荒唐。由“哥”的视点，叙述的是他兄弟(狂人)由病狂而至痊愈的故事。

2.“余”开始是对前学友的关怀(“偶闻其一大病；适归故乡，迂道往访”)。持归阅后，一方面知其“所患盖‘迫害狂’之类”，“语颇错杂无伦次，又多荒唐之言”；另一方面又“撮录一篇”，“以供医家研究”。——“供医家研究”已经否定了前者“语颇错杂无伦次，又多荒唐之言”(并非无意义之言)，而是蕴涵着

① 鲁迅在《〈中国新文学大系〉小说二集序》中自评说：“从1918年5月起，《狂人日记》、《孔乙己》、《药》等，陆续地出现了，算是显示了‘文学革命’的实绩。又因那时的认为‘表现的深切和格式的特别’，颇激动了一部分青年读者的心。”(《鲁迅全集》第6卷，第246页)

某种具有“研究”价值的真意与深意（实际上在他的“撮录”中已经赋予了日记以某种意义）。——显示了一种同情中的理解，荒唐中有真理的导引。

3.“狂人”虽然早愈了，但是他仍然把这一日记保留下来（不是毁弃——有害名声），并且题写了“书名”，说明在他看来，这本日记仍保存着某些他认为有价值的东西。——“此中有真意”。当然也呈现了他内在思想的某种矛盾与困惑。

这三种视点，如果说“（大）哥”与“我”（狂人）是对立的，那么“余”的视点则是由“（大）哥”到达“我”（狂人），再由“我”（狂人）回到“（大）哥”的桥梁。因而它是我们有效解读（进入）《狂人日记》意义世界的通道。

（二）如何理解“狂人”形象及其意义（主题思想）（是真疯子还是假疯子？他的性格特征是什么？有什么意义？）

首先，我们看看狂人是真疯还是假疯。如果沿着“哥”（大哥）的视点，无疑“狂人”是真疯子，“我不见他（月亮），已是三十多年”，一个人能三十多年都不见月光吗？“他”（狂人）看见“狗”看他，赵贵翁的“眼色”，看见路人，甚至小孩子在议论他，便疑心别人要“吃”他，以致看见鱼的“眼睛”而产生生理反应误认鱼肉为人肉而呕吐。当医生来给他疹病，他也把医生混同于刽子手来“揣一揣肥瘠”而“分一片肉吃”。进而他还稀奇古怪地联想到吃死肉的“海乙那”（即鬣狗、又名土狼），生拉活扯出“易牙蒸子”的故事[①]，认为来观看他的人都是“吃人的人”，他的大哥、母亲，乃至他自己也都曾吃过人（把妹子的死归结为被吃）等。从这一视点还可以看到狂人病狂（病理）加深的过程：如果说他先前白天还诡异地在外面走，晚上独自胡思乱想的话，那么当他公然指责他大哥“吃人”而引来众人的围观，进而他对众人也发出愤怒的诅咒后，病情已恶化到疯狂的地步了，他最终也就被关进了黑屋子（第十则），不能动弹。

但是狂人就真的是一个疯子吗？“余”所说“以供医家研究”的价值何在？带着这种疑问，穿过狂人的这种疯言疯语的迷雾，我们又会发现他疯狂中的清醒（回到狂人的视点）：日记第三则明白写到：“我翻开历史一查，这历史没

---

① 据《管子·小称》载：“夫易牙以调和事公（按指齐桓公），公曰‘惟蒸婴儿之未尝’，于是蒸其首子而献之公。”桀、纣各为我国夏朝和商朝的最后一代君主，易牙和他们不是同时代人。这里说的“易牙蒸了他儿子，给桀纣吃”（把不同时代的事混在一起），也明显的是“狂人”“语颇错杂无伦次”的一种表现。

有年代,歪歪斜斜的每页上都写着'仁义道德'几个字。我横竖睡不着,仔细看了半夜,才从字缝里看出字来,满本都写着两个字是'吃人'!"——"仁义道德""吃人"!这无疑是石破天惊的思想。因为"仁义道德"正是我们民族几千年来所恭行并奉为天经地义的道德规范与行为准则。植根于宗法社会血缘伦理的封建等级秩序,以"仁义道德"为象征的礼教规范成为这一秩序的核心,但这一秩序是以扼杀人的个性,维护专制统治为指向的。因而是"吃人"的①。顺着这一思路,联系狂人前后的心理和行为,我们就可以看见他疯言疯语所隐含的清晰的逻辑:狂人由月光(一种契机:或许可以喻指一种新思潮)的启迪引起了他对自身的叛逆("以前的三十多年,全是发昏")。同时对于"赵家的狗"的眼睛产生了害怕的感觉("不然,那赵家的狗,何以看我两眼呢?我怕得有理")——"不安和恐怖在这里不是逼疯主人公的原因,而是和发疯(觉醒)同时产生的结果"②。因而由这新的眼光/视野,他重新审视了他周围的民众、现实和历史——由众人"吃人"的"眼光"展开——("凡事须得研究,才会明白……"),结果他发现了中国四千年来的历史和现实的秩序与规范——"仁义道德"便是"吃人"!无论是"易牙蒸子"的远古(所谓"郭巨埋儿"不是公开张扬的道德吗?还有作品中"我"被教导的"割股疗亲"),还是"吃到徐锡林"的近代(徐被杀害后心肝被恩铭的卫队挖出炒食),以至"去年城里杀了犯人,还有一个生痨病的人,用馒头蘸血舐"(隐喻《药》夏瑜/秋瑾),都是被传统"仁义道德"所笼罩的黑暗的"吃人"的时代。对那些敢于挑战这一黑暗秩序的反抗者,人们都给他罩上"恶人"/"疯子"的罪名吃掉(狼子村的佃户打死一个"大恶人",吃了他的心肝),甚至还要"食肉寝皮"。"狂人"由于"廿年以前,把古久先生的陈年流水簿子,踹了一脚"而预感到自己也与他们具有相同的命运("被吃")。而狂人周围的人没有经历这样一种思想的觉醒,因而觉得这是天经地义,从来如此。这样两者在价值观上就发生了交错与矛盾:在狂人看来,人是从"吃人的人"向"真的人"(独立自主人格

---

① 正是从这一角度,郁达夫敏锐地揭示了五四新文化运动的历史意义:"五四运动的最大成功,第一要算'个人'的发现。从前的人是为君而存在,为道而存在,为父母而存在,现在的人才晓得为自我而存在了。"(见《〈中国新文学大系·散文二集〉导言》,《郁达夫文集》第7卷,三联书店1983年版,第261页)

② 伊藤虎丸:《鲁迅与日本人——亚洲的近代与"个"的思想》,河北教育出版社2000年版,第107页。

的人)进化的,有的已经“变了真的人”;有些,包括他的同胞,却还停留在“吃人的人”(被奴役的人)的阶段,其原因便是他们心思还想着“吃人”(被传统的“仁义道德”所奴役)。无疑这是一种石破天惊的发现,正是这一发现及狂人与“吃人者”斗争的呐喊宣告了五四新文化运动反封建礼教及其家族制度的战斗宣言(“意在暴露家族制度和礼教的弊害”[①])同时也就意味着争取个性的觉醒与解放——“我是我自己的,他们谁也没有干涉我的权力”(子君《伤逝》)——确立起现代精神的基点。正是受到《狂人日记》的启发,被称为“只手打孔家店”[②]的吴虞写出名文《吃人与礼教》,颠覆了几千年的传统价值世界(礼教)。

不过这一发现所体现出来的(狂人的)新的价值观使狂人与人们(常人)的(旧/传统)价值观产生了尖锐的隔膜与对立:“狂人”被他周围的人视为疯子,常人也被“狂人”看作“吃人的人”。进一步看,这种隔膜和对立还造成了狂人的悲剧命运。狂人的使命并不仅仅在于发现了“仁义道德”“吃人”,更重要的还在于要把这种发现告诉他的同胞(首先是他的大哥),唤醒他们,使他们从被“仁义道德”奴役了的“吃人的人”变为“真的人”。因而“我”不仅诅咒着“吃人的人”,呼唤着“你们可以改了,从真心改起!要晓得将来容不得吃人的人,活在世上”。另一方面又去热切地劝转他们去了“吃人”的“心思”,但是“狂人”遇到的却是“冷笑”、“凶狠”的“眼光”和“铁青”的“脸”。面对一个青年人,他询问道:“吃人的事?对么?”但得到的回答是:“从来如此……”而当他进一步追问:“从来如此,便对么?”青年人说:“你说便是你错!”狂人的询问像纸球弹在钢板上一样被习惯和常规弹回来了。已经内化为人们的习俗和准则的“仁义道德”禁止任何异端的思维(医生的话:“不要乱想,静静的养!”——“非礼勿视,非礼勿听,非礼勿言,非礼勿动”)。这才是狂人更深的忧虑:他发现人们一旦陷入“仁义道德”之网所织就的奴化世界,便难以超越出来走向一个新的世界(“真的人”世界);虽然“他们——也有给知县打枷过的,也有给绅士掌过嘴的,也有衙役占了他妻子的,也有老子娘被债主逼死的”——是一些受苦的人;虽然“去了这心思,放心做事走路吃饭睡觉,何等舒服。这只是一条门槛,一个关头”;但是“他们可是父子兄弟夫妇朋友师生仇

---

① 鲁迅:《〈中国新文学大系〉小说二集序》,《鲁迅全集》第6集,第246页。

② 胡适:《〈吴虞文录〉序》,《胡适文集》第2卷,北京大学出版社1998年版,第610页。

敌和各不相识的人,都结成一伙,互相劝勉,互相牵掣,死也不肯跨过这一步”。也使狂人这个发现了这一“吃人”真相的人难以与人们对话。这种相互隔绝,既使他无能为力,陷于深深的孤寂之中,更使他深爱着的人们难以走出这历史的深谷。他处于这样一种尴尬的两难处境:他越是激烈地呼唤人们,劝转人们,人们就越是把他当作疯子,他们就越是处在一种隔膜和对立中,他的目的就越是无法实现。对于狂人自己来说,也未尝没有“吃过人”,沾染上“仁义道德”的毒汁——“有了四千年吃人履历的我,当初虽然不知道,现在明白,难见真的人!”——升华到整个民族主体觉醒的历史困境。事实上他也只是在看到月光后才觉醒过来的。那么,还有没有没有“吃过人”的人呢?还有没有可以理解他的人呢?狂人的答案,是不确定的:“没有吃过人的孩子,或者还有?”“救救孩子……”

可以说,正是两个价值世界的隔膜与对立所造成的启蒙的艰难,使狂人又重新回到常人的世界,由“疯狂”而复归“清醒”,赴某地候补去了。不过这种复归不能理解为简单的倒退,而是一种否定之否定式超越。也就是说,狂人与其停留于疯狂的世界中,发出一些空洞无效的呐喊,不如回归到常人世界中去寻觅交流与对话的文化语码。否则他为什么要把这些日记保留下来,并且题名让其兄献诸旧友一阅呢?(回应前面的思考)当然这种选择毕竟是无可选择的选择,包含着难言的痛楚与深广的忧愤①。实际上这种痛楚和忧愤正深刻地揭示出中国启蒙的困境和启蒙先驱者的悲剧命运(也是鲁迅不同于陈独秀等的乐观而更深刻的地方)。这种困境不仅仅在于中国封建宗法秩序及其伦理文化的根深蒂固:“有了四千年吃人履历的我”,“难见真的人”!而且在于没有经历现代市场熏陶的以农民为主体的广大民众还被这种秩序和文化深深地奴役和禁锢着,成为消解以个性解放和主体自由为核心的启蒙思想的天然罗网,从而阻碍着中国社会的现代化进程。正是在这一特殊的历史语境中,那些思想解放的启蒙先驱往往都被民众视为“狂人”、“疯子”、“异类”,乃至“国民公敌”。近代以来,从康有为、梁启超到孙中山、章太炎,再到陈独秀、鲁迅本身都曾有过这种经历。所以通过狂人满怀悲怆的选择,作家

① 鲁迅曾比较他的《狂人日记》与果戈理的同名小说时说:“比果戈理的忧愤深广,也不如尼采超人的渺茫。”(《〈中国新文学大系〉小说二集序》,《鲁迅全集》第6集,人民文学出版社2005年版,第246页)

实际上提出了如何有效地启发民众觉醒的历史课题，隐含着作家对新文化运动的悲剧性思考和对中国特殊的现代化进程历史困境的深刻洞察；并且穿过半个多世纪的时间隧道，在1970年代末刘心武的《班主任》再一次发出的“救救孩子”的呼唤中得到了历史的回应，并且延续到新世纪之交的社会生活和学者的思考中。回过头来，再阅读《狂人日记》，我们会更加深切地感受到狂人那种随时“被吃”的感受，那种黑漆漆的“黑夜”氛围，被狗（赵家的狗）、路人，乃至鱼的眼睛所追踪与困扰，还有流淌着滴滴鲜血的历史和沉重的梦魇……都加深着这种历史的恐怖与困境。

（三）由“余”引导的艺术形式（结构与语言）

所以狂人既可以说是一个真疯子，也可以说是穿透历史迷雾而发现了历史的真理，并致力于启发民众觉醒的启蒙先驱。“疯狂”与“清醒”（被迫害）的尖锐对立正揭示了两个（价值）世界巨大的鸿沟与距离，揭示了由传统的人（“吃人的人”）走向现代的人（“真的人”/个性觉醒的人）的艰难。而“日记”内部正是分别由常人与狂人的不同视野构成一个双视野交错的结构。当我们由“余”引导，穿过大哥视点而与狂人视点认同，也就是逐渐把狂人由一个“语颇错杂无伦次，又多荒唐之言”的疯子理解为一个穿透了历史迷雾而发现了历史的真理，并致力于启发民众觉醒的启蒙先驱时，我们也就实现了由常人/“吃人的人”的价值世界向“狂人”/“真的人”的价值世界的跨越，完成了“日记”中“狂人”难以完成的历史任务。这或许正是“小序”中“余”“撮录一篇”，“以供医家研究”之真意与深意之所在。而文言“小序”和白话“日记”之间也构成（文体）相互的对峙与反讽。白话“日记”颠覆了文言“小序”对狂人的喜剧性描绘，而文言“小序”中狂人命运的最终逆转又深化了狂人形象的悲剧性内涵，凸显了“五四”启蒙主义的历史困境。我们可以把这一结构称为由“余”/“我”的双重叙述展开双重否定的双重第一人称叙事结构。

在《狂人日记》部分，作品采取了第一人称独白叙述，运用自由联想，幻觉、梦、潜意识流动等多种形式展示主人公复杂深邃的内心世界及其现代性焦虑（打破了传统的第三人称叙述）。并且适应双重价值世界交错展开和相互对立的艺术紧张，广泛采用能够穿透两个价值层面的象征语符，例如“吃人”“月光”“发昏”“古久先生”“陈年流水簿子”“狗”“不要乱想”“静静的养”等词语都在各自的价值世界中具有不同的含义，构建起不同的意义系统，充分显示出现代小说文体的艺术张力——能够深邃复杂叙事的现代小说文体的确立。

三、《阿Q正传》:国民性的剖析

(一)背景

《阿Q正传》最初是应孙伏园之邀,为《晨报副刊》而写作的一篇小说。1921年12月4日起开始刊载在"开心话"这一栏目里,继第二章起即转入"新文学"栏目中。至1922年2月12日止,每周或隔周刊登一次,署名巴人。后收入《呐喊》集中。作者在1925年曾为这篇小说的俄文译本写过一篇短序,后收在《集外集》;1926年又写过《〈阿Q正传〉的成因》一文,收在《华盖集续编》中,都可参阅。

《阿Q正传》是鲁迅唯一的一篇中篇小说,共分为八章:"第一章　序"、"第二章　优胜记略"、"第三章　续优胜记略"、"第四章　恋爱的悲剧"、"第五章　生计问题"、"第六章　从中兴到末路"、"第七章　革命"、"第八章　不准革命"。其中第一至第三章主要是以对传统小说/传记的一种戏拟手法横向地介绍了阿Q姓名、籍贯、形状与性格;自第四章开始转入纵向描写阿Q在辛亥革命前后的命运悲剧。

(二)阿Q性格

阿Q是一个贫苦农民,但又不同于闰土被紧紧地束缚于土地上,而是一个流浪的雇农,一个咸亨酒店的"短衣帮",靠给人打短工度日,不仅没有姓名,连落脚的地方也没有,只是借住在土谷祠。然而另一方面他的精神又很优越,因为他有独特的"精神胜利法"。虽然他根本不能确定自己姓什么,但却自诩先前比别人阔多了;虽然他因头皮上的"癞疮疤"而被别人戏弄侮辱,但他会报复说"你还不配……";虽然他常常被别人打,但他会说"我总算被儿子打了"。而当别人强迫他说是"打虫豸"之后,他又会发明出他是第一个能够自轻自贱的人,而状元也是"第一个",因而仍然得意地去喝酒了。当然阿Q也感到过"屈辱",这便是他与王胡比赛捉虱子输了且被王胡打了之后,因为在他看来,这王胡又癞又胡,地位是应该在他之下的。更晦气的是他又接着挨了他“深恶痛绝”的“假洋鬼子”的一顿文明棍。但马上当他拧了小尼姑的脸，引起酒店的人得意的哄笑之后，他又“飘飘然似乎要飞去了”。

如何来认识阿Q这种独特的精神胜利法？首先我们应该认识到阿Q的精神胜利法源于对现实压迫与屈辱的反抗（无论是对他头上“癞疮疤”的嘲笑，还是不准他姓赵的人权的剥夺）。但是他对自己的失败命运与奴隶地位却采取了一种令人难以置信的粉饰态度：或盲目自尊（如虚构先前与未来的“优胜”——“我们先前——比你阔的多啦！你算是什么东西！”/“我的儿子会阔得多啦！”——其实连婚都没有结；又如鄙薄城里人将未庄人的“长凳”叫“条凳”，油煎大头鱼，未庄都加上半寸长的葱叶，城里却加上切细的葱丝），或麻木健忘（如刚被“假洋鬼子”的“哭丧棒”教训了一通，经历了“生平第二件的屈辱”，但“拍拍的响了之后”，他倒“似乎完结了一件事，反而觉得轻松些”，不久竟“有些高兴了”；又如向吴妈求爱惹下大祸，被秀才大竹杠打了之后，“似乎一件事也已经收束，倒反觉得一无挂碍似的”，竟还要去看吴妈要死要活的闹剧），或向弱者转嫁屈辱（如受了王胡与假洋鬼子的屈辱之后，马上去欺负小尼姑，“似乎对于今天的一切‘晦气’都报了仇；而且奇怪，又仿佛全身比拍拍的响了之后更轻松，飘飘然的似乎要飞去了”），或自轻自贱（如明明被人打了，并被逼着说是人打虫豸，但是“仍然心满意足的得胜的走了，他觉得他是第一个能够自轻自贱的人，除了‘自轻自贱’不算外，余下的就是‘第一个’。状元不也是‘第一个’么？‘你算是什么东西’呢！?”），而更有甚者，是自欺欺人，自我摧残（如在一次赛会的晚上赌钱，他意外地赢了许多钱，莫名其妙地被人抢了又被人打，他无论说是被儿子拿去了，还是说自己是虫豸，都无法解除痛苦时，他便自己打自己，来获得精神的平衡），总之，是以虚妄的精神上的胜利来掩盖现实中实际的失败，求得心灵上的自我满足。

这种精神胜利法的后果怎样？虽然维护了短暂的精神平衡与愉快，但在阿Q一连串“飘飘然”的精神胜利之中，掩盖着的却是他血泪斑斑和每况愈下的屈辱史。由不准姓赵，到不准恋爱，再到生计危机（剥夺了他打短工的资格），再到从城里中兴（实际上是做强盗伙的一个小角色）回到未庄，再到由革命的梦幻走向断头台，虚枉地葬送了自己的生命。可以说阿Q是糊里糊涂生活，又糊里糊涂地死去。导致他糊涂的一个重要原因便是“精神胜利法”，或者说一种独特的“阿Q精神”（或“阿Q主义”）。其实质是不能正视现实的自我欺骗、自我麻醉，结果使精神胜利者更深地陷入现实的痛苦之中（以致在被杀头的画押中他还只是为他画不圆而羞愧，转而又以“孙子才画得很圆的圆圈呢”而释然。这里的“圆圈”正寓示了他大团圆的人生轨迹——象征着他始终没有越出他固有精神的“圆”的束缚)——应该说这样一种糊涂(愚昧麻木)的生存状态正是中国人的一种普遍状态，如鲁迅笔下的孔乙己、闰土、华老栓、祥林嫂等。

“阿Q精神”生成的原因：为什么阿Q会形成这种“阿Q精神”？我以为其中一个重要原因是他朴素的反抗精神和个性要求被强大的封建专制秩序与仁义道德所扭曲与奴役的结果(或者说根源于一种封建宗法等级制的主奴根性/礼教的规训)。阿Q不同于闰土的地方就在于他具有一定(甚至是比较顽强)的反抗精神(这也是人的生存本能要求的一种释放，因而不同于闰土完全被封建礼教所驯服和压抑的“沉默”)。赵太爷、钱太爷在未庄是大受居民的尊敬的，除有钱之外，就因为都是文童的爹爹，而阿Q却“在精神上独不表格外的崇奉”；不过当赵太爷不准他姓赵，并“给了他一个嘴巴”后，他也“并没有抗辩他确凿姓赵，只用手摸着左颊”退了出去。他敢于憎恶“假洋鬼子”钱秀才(因为剪了辫子，因而有里通外国之嫌——虽然十分荒谬，却在荒谬之中，表达了朴素的爱国情感)，甚至骂了一声“秃儿。驴……”但当这秃儿(驴)举起那“哭丧棒”(文明棍)时，他还是“赶紧抽紧筋骨，耸了肩膀候着……”实际上在阿Q意识中，从赵太爷、钱太爷……到“假洋鬼子”到他，再到又癞又胡的王胡、又瘦又乏的小D、不入流的小尼姑是排成了一个等级森严的金字塔式的层次序列的。他自然应该被赵太爷们欺负压迫，他也同样可以压迫欺负小D们。因而形成他与王胡、小D、小尼姑冲突的不同态度[①]——这一层次序列正是封建宗法秩序的产物/投影。)可以说正是这种残酷的专制压迫使他规训在这样一种等级森严的封建秩序中，自觉接受比他地位高的人的处罚。另一方面封建统治者倡导的仁义道德规范也影响着他，使阿Q的思想“样样合于圣经贤传”，使他自觉遵从这一等

① 对于别人(闲人们)的耻笑与侮辱，阿Q虽然用了种种可笑的精神胜利法来维护可怜的自尊，但是对于“从没有奚落他，更不必说动手”打过他的王胡却主动挑衅、漫骂、乃至殴打(当然最终结果是他自不量力地被王胡教训了一顿)。对于比他更弱更卑的“小尼姑”之流，他更是不但看见“一定要骂”，而且动手摸她的头皮，还为了满足那些赏鉴家(看客)而极尽欺负之能事——先是“扭住伊的面颊”，然后“再用力的一拧，才放手”。

级森严的封建秩序[1]，而这些“圣经贤传”，即儒释道的传统文化中包含着许多扭曲人的个性的因素，如道家的“退婴”的思想，儒家的正统思想（崇上媚上），夷夏之辨，仇视异端，仇视革命[2]，等等，以至在青春性爱意识的冲动中，他也赋予了它“不孝有三，无后为大”（不是个人的感情追求，而是为了家族的延续）的畸形内涵。人成了一种道德的符号，爱情等同于生殖、不洁——这些思想也漫延在封建统治者中，形成一种“阿Q精神”。特别在晚清丧权辱国的屈辱中表现得十分突出。再加上阿Q又是一个到处流浪的雇农，“很沾了些游手之徒的狡猾”[3]——既善于变化，又容易走极端，因而便生成了这种独特的精神胜利法——去寻求一种虚幻的精神胜利来粉饰现实的屈辱。

（三）阿Q性格与未庄社会及其意义

其实这种阿Q性格并不仅仅是阿Q个人的，而是代表了未庄的一种普遍的社会人格。他和其他人的差异正如作品所描写的只是“十分”与“九分”的差异而已。例如当阿Q去向小D寻仇，小D不是主动向阿Q承认自己是“虫豸”吗（固然我们作为现代的读者也许会感到一丝嘲讽，但小D是难有这种主体的胸襟与意识的）？王胡虽然轻松地教训过阿Q一顿，但当阿Q“中兴”回来，特别是还在赵太爷之上的举人老爷家里帮过忙，王胡便自觉在阿Q之下了。以至当阿Q讲看杀头时，忽然扬起右手，照着伸长脖子听得出神的王胡的后颈窝劈去，王胡只是“惊得一跳，同时电光石火似的赶快缩了头，……并且再不敢走近阿Q的身边”。而当阿Q迎着革命的风暴喊出了几声“造反了！”之后，不准阿Q姓赵的赵太爷却怯怯地迎着阿Q低低地叫“老Q”。实际上这时的赵太爷已经在心理上蜕变成了“阿Q”，而把现实的阿Q当成了新的“太爷”。所以阿Q与未庄人是互为因果的。在他们的意识中都有一种等级森严的宗法秩序与观念，并制约着他们的行为。阿Q只是未庄

---

① 当阿Q被王胡教训了一通之后，阿Q感到很意外，“难道真如市上所说，皇帝已经停了考，不要秀才和举人了，因此赵家减了威风。因此他们也便小觑了他么？”——说明他是自觉地归附于封建科举制度所建构的封建秩序的。

② 当然具体到阿Q，又是以自我利益为转移的，因而导致了他对革命的态度前后几次的反复与转折。

③ 鲁迅：《寄〈戏〉周刊编者信》，《鲁迅全集》第6卷，人民文学出版社2005年版，第154页。

人的一个代表。小D、王胡、赵太爷在某种程度上都是阿Q。在某种意义上，以阿Q为代表的普遍的社会人格正是愚昧的中国国民性格的投影，封建的伦理道德"仁义道德"正是建立在这一宗法秩序(家族制度)基础之上的，它的实质就是使人失去真正的自我。因而《狂人日记》中说他们还是"吃人的人"，其原因就是"仁义道德"(封建礼教)"吃人"。这种普遍人格也渗透影响到知识分子(如巴金《家》中的高觉新等)的心灵中，使他们成为"畸人"、"愚人"(巴金《家》)。

(四)阿Q与革命

最后谈谈阿Q的革命问题。《阿》发表之后，郑振铎以"西谛"的笔名发表了一篇评论《呐喊》(1926《文学周报》)，除高度评价《阿》外，也对阿Q后来做革命党提出批评，认为"至少在人格上似乎是两个"。其实虽然阿Q的思想"样样合于圣经贤传"，但他作为一个活生生的人也必然有自己生存发展的要求(如闰土感到"苦"，祥林嫂对地狱的追寻)。而他的社会人格(精神胜利法为核心)也并不能完全扼杀和取代他的个性人格。用弗洛伊德的精神分析学说来看，如果说阿Q·在生计(生存)危机之前的精神胜利法是在认同"超我"的秩序下以一种病态的手段来维持可怜的"自我"的虚幻尊严的话，那么在面临生存危机的巨大压迫时，他本能的"本我"便冲破虚幻的"超我"的压抑与束缚而爆发出来，开始真正对社会现实有所不满了。一连串的"妈妈的"正是他不满的表示。而当他看到使百里闻名的举人老爷惊恐害怕时，他便开始"神往"革命并投向革命党了。所以鲁迅在答复西谛(郑振铎)的批评时说："中国倘不革命，阿Q便不做，既然革命，就会做的。我的阿Q的运命，也只能如此，人格也恐怕并不是两个。"[①]当然阿Q的革命同样也是畸形的，带有他普遍的社会人格的投影，他在土谷祠里展开的革命梦幻不过是处死小D、赵太爷、秀才、"假洋鬼子"和王胡，把秀才娘子的宁式床搬到土谷祠……而且杀人比现存统治者还更残酷——"……留几条么？王胡本来还可留，但也不要了。……"而在选择女人的标准中，除美丑外，仍是清朝视为"宝贝"的小脚与辫子。正是这种根深蒂固的封建正统意识决定了阿Q革命的轨迹只能是

① 鲁迅：《〈阿Q正传〉的成因》，《鲁迅全集》第3卷，人民文学出版社2005年版，第397页。

从阿Q到赵太爷，再由赵太爷到阿Q彼此贯通的“圆”。他所想象的“革命”也不外乎是穿戴着“白盔白甲”的人“拿着板刀，钢鞭，炸弹，洋炮，三尖两刃刀，钩镰枪”等兵器去抢东西和杀仇人而已。受他一己私利左右，他可以“深恶而痛绝之”，也可以投革命，而假洋鬼子不准他革命，他又反过来要告发他。假洋鬼子不准他革命，他也同样不准小D革命。所以阿Q的“革命”，虽然本质上反映出受压迫农民自发要求改变生存现状的渴望，但其行动的支配思想，却是封建正统思想，以及农民狭隘的报复思想。这种“革命”即使成功了，也只能成为改朝换代的工具，而不可能是一种新的社会制度的出现。——这种阿Q式革命是对于几千年封建社会农民革命的经验教训的历史总结，同时提出了现代革命必须对于农民的素质加以改造的历史课题。这在后来古华《芙蓉镇》的王秋赦、高晓声的“陈奂生系列”[①]中的陈奂生等形象中得到了延续。

综上所述，《阿Q正传》刻画了一个极其独特(具有“精神胜利法”性格特征)的阿Q形象，同时在与未庄社会的相互作用中揭示出一种普遍的中国国民的性格(人格)，并探讨了中国农民的出路及其与革命的关系问题。特别是对于国民性的解剖，在五四新文化运动中激起了热烈的反响。茅盾说阿Q是“中国人品行的结晶”[②]。周作人说：“阿Q这人是中国一切的‘谱’——新名词称作‘传统’的结晶，没有自己的意志而以社会的因袭的惯例为其意志的人。”[③]后来何其芳则提出“共名说”[④]。阿Q性格所包含的各种相互对立冲突的复杂因素的张力也引起了人们的关注——对他的探讨始终不断。甚至抽象了他性格因素的具体内涵，还可以理解为人类个体面临生存困境的人生追求(人类学，精神解脱)或者主观与客观关系的思考[⑤]。等等。

---

① 包括《“漏斗户”主》、《陈奂生上城》》、《陈奂生转业》、《陈奂生包产》，《战术》、《种田大户》、《陈奂生出国》等小说。

② 沈雁冰(茅盾)：《通信》(1922)，《鲁迅研究学术资料汇编》(1)，中国文联出版公司1987年版，第25页。

③ 周作人：《阿Q正传》(1922)，《鲁迅研究学术资料汇编》(1)，中国文联出版公司1987年版，第28页。

④ 何其芳于1956年10月16日在《人民日报》上发表论文《论阿Q》，认为阿Q主要是一个思想性典型，一个如同诸葛亮作为智慧的“共名”，堂·吉诃德成为可笑主义的“共名”，阿Q则是精神胜利法的“共名”。

⑤ 参见钱理群等编著《中国现代文学三十年》，北京大学出版社1998年版，第38页。

(五)讽刺性戏拟的章回体小说形式、悲喜剧精神的交融与文笔情趣

不同于《狂人日记》的第一人称内心独白形式,《阿Q正传》戏拟传统的章回体小说形式,创造出一种具有鲜明讽刺特征的章回小说形式。虽然全书共分为从序言到尾声(最后两段"至于当时的影响,最大的倒反在举人老爷……至于舆论,在未庄是无异议,……而城里的舆论却不佳,……")的八章,几乎从头到尾地叙述了阿Q的命运,但是却取消了严格的回目(押韵的对偶句),并且纵横交错、截取片断展开(不像传统章回小说追求情节的连贯性)。同时在文体上也加入了"杂文笔法"[①]。如开篇谈给阿Q做正传的缘由,便针对几乎所有的古代传记文体"列传,自传,内传,外传,别传,家传,小传"一一加以讨论——"从我的文章着想,因为文体卑下,是'引车卖浆者流'所用的话,所以不敢僭称,便从不入三教九流的小说家所谓'闲话休题言归正传'这一句套话里,取出'正传'两个字来,作为名目"——在颠覆传统的文体与价值观念的同时凸现出阿Q作为底层民众典型的国民性问题——"精神胜利法"。

悲喜剧精神的交融:不过虽然作家对于阿Q性格的"精神胜利法"是批判的、嘲笑的,因而对于他"得意"、"心满意足"、"看哪,他飘飘然的似乎要飞去了!"给以冰冷的讽刺与批判;但是对于他(作为一个底层农民)的不幸的悲剧命运又给予了深切的同情。如在被绑赴刑场的过程中,切入他四年前遭遇饿狼的感受并代他发出"救命"的呼吁。——小说的视点也由高高在上的第三人称全知转入了与人物同一的第三人称限知。其根本原因正来源于阿Q这一形象本身的悲喜剧因素,也体现了作家对他"怒其不争"、"哀其不幸"的复杂情感与态度。

文笔情趣:一是"丰富的简洁":如描写阿Q调戏小尼姑之后"飘飘然的似乎要飞去了",一个"飞"字便活画出阿Q得意忘形的神态,而"飘飘然"则

---

① "行文的操纵离合"——就是杂文这一文体中常见的与其他文体有明显区别的一些运思规律、行文技法、语言风格。有人将杂文的笔法归纳为十多种,诸如以小见大、小题大做、借古讽今、声东击西、顺手一击、欲抑先扬、好用反语、借题发挥、用语双关、对照比较、引经据典、形象说理、幽默含蓄、冷嘲热讽等——实际上就是一种自由挥洒,意在言外,含蓄幽默,而又涉笔成趣、入木三分的艺术表现方式——在鲁迅的杂文中得到了炉火纯青的艺术表现,因而又称之为"鲁迅笔法"。

形象地展开了阿Q昏昏然而又不可一世、得意洋洋的姿态。而当举人老爷把箱子送到赵府来时,“赵太爷肚里一轮”,一个“轮”字也就画龙点睛式地点出了赵太爷的心计,具有强烈的动作性,并显示出赵善于深藏不露,玩弄阴谋诡计的性格特点。

“‘老Q,’赵太爷怯怯的迎着低声的叫。”——“怯”具有“胆小,畏缩不前;害怕;体质虚弱”等多重意思,这时候的赵太爷的性格正具备这多重内涵,而“怯怯”重叠起来,更强化了他胆小虚弱、畏缩不前,而又心怀鬼胎的内在心态与外在情态。

二是语句的峭拔:如“阿Q十分得意的笑”,把“十分得意”这一补语成分提前到状语位置上,不仅强化了阿Q笑的荒谬,而且与后文“酒店里的人也九分得意的笑”构成呼应,展示出一种普遍的愚昧状态。

——这样一种幽默泼辣,而又充满睿智与张力的文学语言正鲜明地体现出鲁迅小说文体的底色。如苏雪林所说:鲁迅小说的文体特征“第一是用笔的深刻冷峻,第二是句法的简洁峭拔,第三是体裁的新颖独创”①。

四、《故事新编》:鲁迅独特的文学创造

(一)《故事新编》与“故事新编”体

就在鲁迅即将逝世的1936年,鲁迅又出版了他的第三部小说集《故事新编》。但不同于《呐喊》《彷徨》的现实题材小说,而是一部“神话,传说及史实的演义”②。它虽然只有8篇小说,却经历了从1922年到1935年的“足足有十三年”的漫长岁月。鲁迅说,“第一篇《补天》——原先题作《不周山》——还是一九二二年的冬天写成的。那时的意见,是想从古代和现代都采取题材,来做短篇小说,《不周山》便是取了‘女娲炼石补天’的神话,动手试作的第一篇”。“直到一九二六年的秋天,一个人住在厦门的石屋里,对着大海,翻着古书,四近无生人气,心里空空洞洞。而北京的未名社,却不绝的来信,催促杂志的文章。这时我不愿意想到目前;于是回忆在心里出土了,写了十篇《朝华

① 苏雪林:《〈阿Q正传〉及鲁迅创作的艺术》,《鲁迅研究学术资料汇编》(1),中国文联出版公司1987年版,第1039页。

② 鲁迅:《〈自选集〉自序》,《鲁迅全集》第4卷,人民文学出版社2005年版,第469页。

夕拾》;并且仍旧拾取古代的传说之类,预备足成八则《故事新编》。但刚写了《奔月》和《铸剑》——发表的那时题为《眉间尺》,——我便奔向广州,这事就又完全搁起了。后来虽然偶尔得到一点题材,作一段速写,却一向不加整理。"[①]。而最后五篇《非攻》、《理水》、《采薇》、《出关》、《起死》则写作于1934—1935年间。特别是后三篇集中写作于1935年12月。这时一方面由于华北事变,日寇侵略中国的危机日益加深;另一方面在错综复杂的国际国内矛盾情势中,鲁迅面临来自国民党法西斯专制政权及其帮凶、帮闲文人日益严酷的"文化围剿"与武力镇压,同时也受到来自同一营垒的"明枪暗箭"的攻击,特别是极"左"路线新的专制压迫与奴役,乃至形形色色思潮、文人的嘲弄与污蔑,因而也是鲁迅身心交瘁、内外交困,面临死亡威胁的时期,因而留下了特有的沉重与幽默,展示了鲁迅的生命情怀与精神空间。如前所述,每当鲁迅面临精神困境与危机的时候,他总是返回他的精神故乡去寻觅抵抗黑暗的资源与力量。这次他也同样如此。如果说在1920年代的"华盖"时期,他主要挖掘了越文化中由句践原型所象征的在复仇中抗争的精神的话(以《铸剑》为代表),那么面对日益深重的民族危机和错综复杂的国际国内形势,这次他更着重发掘的是由大禹原型所象征的在求实中探索的另一原型文化精神(以《理水》《非攻》为代表)。当然对于中国历史文化的总结与思考,应对1930年代复杂纷纭的思想冲突与斗争,乃至启蒙主义的困境及其反思等也都渗透到这一小说集中,因而使这部小说集呈现出一种独特的艺术方式——"油滑"。

鲁迅在"序言"中反思了在写作《补天》时不知怎么中途停了笔,由于受到现实的刺激(由某君对于汪静之君的《蕙的风》的批评而感到一种"可怜的阴险"的"滑稽"),便"止不住有一个古衣冠的小丈夫,在女娲的两腿之间出现了。这就是从认真陷入了油滑的开端"。无疑这样一种古今杂糅的方式对于历史小说来说是有可能破坏历史的庄重与严肃的。因而鲁迅说:"油滑是创作的大敌,我对于自己很不满。"但是与此同时鲁迅又说历史小说有多种方式,"对于历史小说,则以为博考文献,言必有据者,纵使有人讥为'教授小说',其实是很难组织之作,至于只取一点因由,随意点染,铺成一篇,倒无需

① 鲁迅:《故事新编·序言》,《鲁迅全集》第2卷,人民文学出版社2005年版,第353-354页。

怎样的手腕。”[①]其实《故事新编》固然有超越历史文献的地方，但也正是这些“随意点染”“铺成”的地方更强化了作品的历史的洞察力与现实的批判性，“借古事的躯壳来激发现代人之所应憎与应爱”[②]，在古今杂糅之中“并没有将古人写得更死”。因而鲁迅说“过了十三年，依然并无长进”，“仍不免时有油滑之处”[③]。并且鲁迅还明确说虽然《故事新编》“都不免油滑，然而有些文人学士，却又不免头痛，此真所谓‘有一利必有一弊’，而又‘有一弊必有一利’也”[④]，因而“此后也想保持此种油腔滑调”[⑤]。

在某种意义上，可以说“油滑”构成了《故事新编》基本的艺术方式。王瑶说：“所谓‘油滑’，即指它具有类似戏剧中丑角那样的插科打诨的性质，也即具有喜剧性。”[⑥]这里的“喜剧性”说明了它独特的艺术效果，即它具有讽刺批判性的审美力量。具体说来，在《故事新编》中，这样一种讽刺批判是通过在古代的神话、传说与史实的演义中穿插与交织进一些富有喜剧性的现代的人物、情节、细节与语言等手段来实现的，比如在《补天》中，作家采取“女娲炼石补天”的神话本意是取了“弗罗特说来解释创造——人和文学的——的缘起”，因而呈现出一种瑰伟壮丽明亮的宏大色彩。但是中途停了笔，去看日报，看到胡梦华因为汪静之的诗集《蕙的风》里有“娇艳的春色，/映进灵隐寺，/和尚们压死了的爱情，/于今压不住而沸腾着了，/悔煞不该出家啊！”和“一步一回头地瞟我意中人”等诗句，便痛责诗人在诲淫，惊呼“应当为诗国痛哭”。鲁迅看后十分反感，以为“中国之所谓道德家的神经，自古以来，未免过

---

① 鲁迅：《故事新编·序言》，《鲁迅全集》第 2 卷，人民文学出版社 2005 年版，第 353-354 页。

② 茅盾：《〈玄武门之变〉序》，《鲁迅研究学术资料论著汇编》第 2 辑，中国文联出版公司 1985 年版，第 760 页。

③ 鲁迅：《故事新编·序言》，《鲁迅全集》第 2 卷，人民文学出版社 2005 年版，第 354 页。

④ 鲁迅：《致黎烈文》，《鲁迅全集》第 14 卷，人民文学出版社 2005 年版，第 17 页。

⑤ 鲁迅：《致黎烈文》，《鲁迅全集》第 12 卷，人民文学出版社 2005 年版，第 402 页。——木山英雄说：“作者在序中几度流露出对‘油滑’表示反省的话。然而实际上这种手法贯穿着《故事新编》的全部作品。关于此书，作者在书信中除说‘油滑’之外，还多次自我评说是‘玩笑’‘稍许游戏’‘游戏之作’等等。令人感到，这与其说是作者表示谦虚，毋庸说是在提醒人们对这一点引起注意。其中也许还包含着鲁迅在创作方法上的自负……”见《〈故事新编〉译后解说》，《鲁迅研究动态》1988 年第 11 期。

⑥ 王瑶：《〈故事新编〉散论》，《鲁迅作品论集》，人民文学出版社 1984 年版，第 184 页。

敏而又过敏了,看了一句‘意中人’,便即想到《金瓶梅》,看见一个‘瞟’字,便即穿凿到别的事情上去”[①]。进而便在小说中虚构了一个“古衣冠的小丈夫”,一方面在补天的女娲的“两腿之间向上看”,一方面又装模作样地发出“裸裎淫佚,失德蔑礼败度,禽兽行。国有常刑,惟禁!”的呈辞,甚至还假惺惺地挤出了“两粒比芥子还小的眼泪”。虽然“将结构的宏大毁坏了”[②],却“将古代和现代错综交融,成为一而二、二而一”[③],造成了历史与现实杂陈,怪诞与幽默交映的艺术品格与效果,伸展出富有内在张力与悖论的多重意蕴与多种情感向度,成为一种具有丰富意味的艺术形式。“如果读者在最瑰丽奇幻的神话传说中都读到个人恩怨的唐突穿插,作者抒情性主观性的个体时间不仅从历史时间中奔涌而出,而且与后者在‘新编’中等值化了。”[④]在某种意义上,可以说“油滑”正构成了鲁迅文学的一种独特的艺术标志与方式。并开创了一种“古今杂糅”,扭结着多重精神向度与复杂的喜剧意蕴的“故事新编”体小说。

(二)《采薇》解读

作品叙写的是商周之交辽西孤竹君的两个世子伯夷和叔齐不食周粟饿死首阳山的历史故事。早在《史记·伯夷叔齐列传》中司马迁就曾慨叹伯夷、叔齐的死是天地的无情。当然司马迁在这里是借他人之酒杯浇自己胸中之块垒。与司马迁不同的是鲁迅却从伯夷、叔齐的逃亡中,拷问出他们灵魂自身的矛盾与缺陷。在伯夷、叔齐的逃亡途中,作家有意虚构了两个困境。一是在他们惊慌失措地逃亡华山的途中,被自称华山大王的“小穷奇”一伙强盗拦路打劫。伯夷、叔齐受尽凌辱却只有唯唯诺诺,低声下气。殊不知,古训早有“士可杀不可辱”、“杀身以成仁”。虽然伯夷、叔齐宣称自己恪守先王之规矩,然而当自己的尊严被侵犯、被侮辱时,却毫无勇气反抗,就不能不对他们

① 鲁迅:《反对含泪的批评家》,《鲁迅全集》第1卷,人民文学出版社2005年版,第425页。

② 鲁迅:《我怎么做起小说来》,《鲁迅全集》第4卷,人民文学出版社2005年版,第527页。

③ 茅盾:《〈玄武门之变〉序》,《鲁迅研究学术资料论著汇编》第2辑,中国文联出版公司1985年版,第760页。

④ 黄子平:《“灰阑”中的叙述》,上海文艺出版社2001年版,第116页。

的精神世界投以质疑的目光（当一个人连捍卫自己的勇气和力量都没有时，他遵守先王之规矩的精神道路也难以走远）。二是当伯夷、叔齐落脚于首阳山之后，表面上，他们似乎完成了某种恪守先王之规矩的精神仪式；然而他们却又陷入了另一重更加紧迫的困境，被饥饿感和生存欲望所紧紧追逐。虽然他们千辛万苦地找到"薇"可以勉强度日，但是当阿金姐告诉他们说"'普天之下，莫非王土'，你们吃的薇，难道不是我们圣上的吗？"时，无异于又宣告了他们所谓的精神操守只是另一种道德的虚伪与堕落的证据。因而最终他们只能死。所以在一个专制王权的国家，要真心实意坚守"先王之道"（实际上我们可以剥去其具体内涵，而把它抽象为一种人类的精神信仰），几乎是不可能的。

与伯夷、叔齐不合时宜的迂直相对照的是周武王们的虚伪、残暴与凶狠。周武王的伐纣明明违反了先王之道，却打着"恭行天伐"的旗号，并因此而博得了"王道的祖师而且专家"的美名。实际上这也是历代封建统治者所奉行的"天道"。首阳村的第一等高人小丙君，原是妲己舅公的干女婿，做着祭酒。武王伐纣后，马上见风转舵来投奔新的"明主"，打出旗号却仍然是维护先王之道。而对真正奉行先王之道的伯夷、叔齐却大放厥词，居然大义凛然、斩钉截铁地攻击他们在吃"我们圣上"的薇。如果说这类人物是对鲁迅一直深恶痛绝的"无特操"的"做戏的虚无党"的历史溯源的话，那么华山大王的"小穷奇"一伙强盗则表现出以最漂亮最时髦的名义公开进行抢劫和掠夺的赤裸裸的流氓的行径与嘴脸。在他们打劫伯夷、叔齐时，居然也用"先王遗教"来遮掩，说："小人们也遵先王遗教，非常敬老，所以要请您老留下一点纪念品……（否则）那可小人们只好恭行天搜，瞻仰一下您老的贵体了！"①

在这样的政治—社会—文化格局中，广大民众也只能是示众的看客。当周武王出兵时，大路两旁就挤满民众，水泄不通；人满为患在威风凛凛的王爷面前，个个肃然起敬。伯夷、叔齐的进谏，使人们惊恐万分。而听得姜太公称之为"义士"，又赶紧让开道，恭而敬之地让他们走了。战争期间，则津津乐道于纣王的宝贝、头、姨太太。而当伯夷、叔齐落脚于首阳山之后，又引起他们

① 北岛在1980年代有这样的诗句："以太阳的名义/黑暗公开地掠夺/沉默依然是东方的故事/人民在古老的壁画上/默默地永生/默默地死去"（《结局或开始——献给遇罗克》）——揭示了这一现象在中国的长盛不衰。

的围观和评头论足的议论。特别是当伯夷、叔齐死于石洞中后，人们在听到阿金姐说兄弟俩死于贪心的故事(老天爷“他看见他们的撒赖，快要饿死了，就吩咐母鹿，用它的奶去喂他们。您瞧，这不是顶好的福气吗？用不着种地，用不着砍柴，只要坐着，就天天有鹿奶自己送到你嘴里来。可是贱骨头不识抬举，那老三，他叫什么呀，得步进步，喝鹿奶还不够了。他喝着鹿奶，心里想，‘这鹿有这么胖，杀它来吃，味道一定是不坏的。’一面就慢慢的伸开臂膊，要去拿石片。可不知道鹿是通灵的东西，它已经知道了人的心思，立刻一溜烟逃走了。老天爷也讨厌他们的贪嘴，叫母鹿从此不要去。”)大家都感到了肩膀的轻松，甚至恍恍惚惚地想象着他们拼命吃鹿肉的情形来提高自己的尊严。——从这样一种比照的视野，我们不又可以透过周武王们的虚伪、残暴与凶狠，小丙君、“小穷奇”和阿金们的无耻、卑劣与阴险，普通民众的愚昧、自私与奴性，看见 30 年代光怪陆离的思想与社会现实的面向与投影，折射出作家充满多重悖论的心灵洞察与复杂思考吗？

五、《野草》与《朝花夕拾》

(一)作为鲁迅哲学的散文诗:《野草》

20 年代中期是鲁迅心灵经历激烈震荡的时期，也是他文学创作最丰硕的时期之一。一方面他用小说的形式来凝聚他对人生的探索以及对感伤彷徨情绪的抗争，用杂文的形式来继续他对旧文明的攻击和与“正人君子”们鏖战与肉搏;另一方面那一闪即逝的难以名状的内心“离奇的芜杂”，便借一种更加轻倩灵活而又凝练含蓄的形式及时地捕捉和凝结下来。这便是收入《野草》(1927 年)集中的 23 篇散文诗(最初发表在 1924 年至 1926 年的《语丝》上)。虽然这些散文诗只是一些记录“小感触”的“短文”，但是却是鲁迅最具个人化的写作，构成一种心灵的“独语”。

章衣萍、许寿裳都曾谈到《野草》是鲁迅的哲学与诗。如前所述，20 世纪 20 年代中期是鲁迅“命交华盖”的一个时期，也是他的内心充满困惑、寂寞、苦闷、痛苦，乃至虚无与绝望的一个时期。鲁迅在给许广平的信中写到:“你好像常在看我的作品，但我的作品，太黑暗了，因为我常觉得惟‘黑暗与虚无’乃是‘实有’，却偏要向这些作绝望的抗战，所以很多偏激的声音。其实这或许是年龄和经历的关系，也许未必一定的确的，因为我终于不能证实：惟黑暗与虚无乃是实有。”①正说明了鲁迅这一时期的深刻的精神危机。在某种意义上《野草》正是鲁迅探索这种精神危机，并且提升出自己“反抗绝望”的人生哲学的诗章。当然这种探索不是以逻辑范畴，而是以客观物象与主观意趣相统一的意象单位（元素）呈现出来的。因而这些作品虽然短小，却瑰奇幽深。并且通过这些意象的相互纠缠冲突、多重矛盾运动，凸现出鲁迅这一时期心灵的内在黑暗、苦闷、紧张、困惑与悖论，以至战胜这一精神危机的过程，凸现出鲁迅心灵运动的辩证法和人格精神的博大与坚强。

那“彷徨于明暗之间”的“影”——“然而黑暗又会吞并我，然而光明又会使我消失”——如同《在酒楼上》等小说，展示了作家不同的心灵侧面及其矛盾与交战（《影的告别》）。那要么“冻灭”，要么“烧完”的“死火”——同前面一样也显示了作家的人生困境及其抗争（《死火》）。“……抉心自食，欲知本味。创痛酷烈，本味何能知？……”“……痛定之后，徐徐食之。然其心已陈旧，本味又何由知？……”的矛盾（《墓碣文》）。“无词的言语”的“颤动”——一种难言的悲愤（《颓败线的颤动》）。这些诡奇、荒诞的意象都昭示出这是一个矛盾与困惑的世界。因而我只能“彷徨于无地”，“偷生在不明不暗的这‘虚妄’中”（《影的告别》），当“我”用希望之盾，去“抗拒那空虚中暗夜的袭来”的时候，“我”不过耗尽了青春，心却分外的寂寞和平安，没有爱憎，没有哀乐，没有颜色；而且青年也很平安：“没有星和月光，没有僵坠的蝴蝶以至笑的渺茫，爱的翔舞”（《希望》）——“我不过一个影，要别你而沉默在黑暗里了。然而黑暗又会吞并我，然而光明又会使我消失”（《影的告别》），连续的语意转折正表明作家对自我困境的洞悉与选择的困惑。那种绝望似乎是无底深渊，那困顿倔强的过客，虽然从他还能记得的时候起，他就在这么走，并且拒绝了老翁的劝告与小女孩布施，始终坚定不渝的前行，但是那前方也不过就是标志着生命终结的“坟”（《过客》）。这既是作家对他所经历的启蒙人生“黑暗与虚无”的深刻洞察，又是他潜意识深层心理的艺术升华②，正因此许多篇什都是以“梦”的形式出现的。

实际上这种人生的困境与深重的悲怆在很大程度上根源于现实背景上

① 鲁迅：《两地书·四》，《鲁迅全集》第11卷，人民文学出版社2005年版，第21页。

② 所谓“人睡到不知道时候的时候，就会有影来告别，说出那些话——”（《影的告别》）。

展开的民众与为民众战斗的精神战士之间的隔膜和距离[①](如同《狂人日记》中"狂人"的感受)。当傻子帮助过着猪狗般生活的奴才在秽气冲鼻的黑屋里砸开一扇光明的窗洞时,迎来的却是奴才的喊打(《聪明人和傻子和奴才》);当以自己的血泪和屈辱养育大孩子后,衰颓的老女人却被孩子以害苦、带累来埋怨和赶杀(《颓败线的颤动》);那仇恨以色列人的现在,较永久地悲悯他们的前途的人之子耶稣,却被以色列人残酷地钉杀(《复仇(其二)》)。……这一系列意象实际上都蕴含着一种"信而见疑、忠而被谤"的原型情感,传达出一种难以言传的悲愤和伤痛。为治疗民众这种精神的愚昧和麻木,精神的战士只好向他们施以精神的"复仇":在广漠的旷野里,他们俩(一男一女),裸着全身,捏着利刃,然而既不拥抱,也不杀戮,这样地以至于永久,由圆活而干枯;但也因此,使从四面八方赶来的看客和路人由干枯而失了生趣(《复仇》)。那"老女人"也终于并合了眷念与决绝,养育与歼除,祝福与咒诅……以"人与兽的,非人间所有的,所以无词的言语,伴合着颓败身躯的颤动"(《颓败线的颤动》)。这表面上是对民众的一种峻急严厉的"憎",然而"倘非真爱,就也不会憎,也不会厌的,因为所谓'可爱不胜,可憎百倍',憎者,不过就是爱的一种变态"[②],所以这"憎"的后面又隐含着一种更广大更深沉的爱[③]。因而当碎骨的大痛楚透到心髓时,耶稣却沉酣于大欢喜大悲悯之中(《复仇(其二)》)。

不过值得注意的是,正是这种黑暗与虚无使作家洞悉了世事的虚妄与隐秘。"有我所不乐意的在天堂里,我不愿去;有我所不乐意的在地狱里,我不愿去;有我所不乐意的在你们将来的黄金世界里,我不愿去。"(《影的告别》)——在对"天堂"、"地狱"、"将来的黄金世界"的质疑与否定中洞穿了世人虚无缥缈的所谓理想[④]。面对那些"近于儿戏"的"追着哀呼","装着手势"的求乞,"我将用无所为和沉默求乞！……"起码可以摆脱那种"装",而得到

---

① 鲁迅说:"孤独的精神的战士,虽然为民众战斗,却往往反为这'所为'而灭亡。"(见《鲁迅全集》第 1 卷,人民文学出版社 2005 年版,第 21 页)

② 厨川白村:《出了象牙之塔》,鲁迅译《苦闷的象征 出了象牙之塔》,人民文学出版社 1988 年版,第 176 页。

③ 鲁迅说:"因为人在天性上不能没有憎,而这憎,又或根源于更广大的爱。"(见《〈医生〉译者附记》,《鲁迅全集》第 10 卷,人民文学出版社 2005 年版,第 192 页)

④ 在小说《头发的故事》中鲁迅便借 N 先生之口呼问到:"你们将黄金时代的出现豫约给这些人们的子孙了,但有什么给这些人们自己呢?""改革么,武器在那里? 工读么,工厂在那里?"

“虚无”(《求乞者》)。因而这种“虚无”其实是揭穿人们的假面之后的一种真实。所以虽然这种黑暗与虚无意味着绝望,但同时也正是这种洞穿一切假象的眼光对世事的穿透达到了前所未有的深刻——“……于浩歌狂热之际中寒;于天上看见深渊。于一切眼中看见无所有;于无所希望中得救。……”(《墓碣文》),并且鲁迅虽然深切地感受和体验到人生的“黑暗”与“虚无”,感受和体验到存在的“荒诞”,感受到生命的绝望,然而他所追寻的人生意义恰恰就在这面对绝望的抗战中。因而那“彷徨于无地”的“影”要告别“你”(人)而去,“我独自远行,不但没有你,并且再没有别的影在黑暗里。只有我被黑暗沉没,那全世界全属我自己”——随着“影”的告别与偕黑暗消逝,留下(给人的)或许就是一个没有黑暗的世界(《影的告别》);那“死火”也终于“跃起”而“烧完”,并让那碾死“我”的“大石车”“坠入冰谷中”(《死火》)。甚至当“我”放下希望之盾,肉搏这虚空中的暗夜时,“我的面前又竟至于并且没有真的暗夜”,因而“绝望之为虚妄,正与希望相同”(《希望》)。可以说,对绝望的抗战既构成了鲁迅的人生哲学,也构成了《野草》的主旋律,而且越来越洪亮明朗,虽然“这样的战士”每每刺中的也不外乎是一件件外套,而他却在面对无物之阵的战斗中衰老,寿终……“但他举起了投枪!”——举枪投刺构成了他生命的最终归宿。《野草》终章于那“叛逆猛士”的“屹立”(《淡淡的血痕中》)和青年魂灵的“粗暴”(《一觉》)中。这种演进的逻辑正呈现出鲁迅心灵搏斗的内在轨迹。所以,虽然《野草》时时可见浓重的苦闷,却并不消沉;虽然《野草》常常表现出某种绝望,但又始终贯穿着对这绝望的抗争和不懈的追求。苦闷和绝望构成鲁迅思想的深刻,而抗争和追求又推动着鲁迅对自我的超越而不断前进,进而升华出鲁迅独特的人生哲学的诗章。

(二)《朝花夕拾》:“安魂曲”与精神突围

几乎与出版《野草》同时,鲁迅还出版了另一部散文集《朝花夕拾》。它最初是鲁迅 1926 年 2 月至 11 月有计划的写作并发表在《莽原》半月刊上的一组回忆性散文。发表时有一个总的题目《旧事重提》,每发表一篇时,都注明是《旧事重提》第几篇,显然要对自己过去的生活道路作比较系统的回顾①。

---

① 正是在这一意义上,黄子平认为《朝花夕拾》也可以被看作是“由十个片段组成的、关于少年周树人的一部‘成长小说’”(见《“灰阑”中的叙述》,上海文艺出版社 2001 年版,第 110 页)。

1927年7月,鲁迅在广州重新编订时更名为《朝花夕拾》,并添写《小引》和《后记》。在《小引》中鲁迅写到:“我常想在纷扰中寻出一点闲静来,然而委实不容易。目前是这么离奇,心里是这么芜杂。一个人做到只剩了回忆的时候,生涯大概总要算是无聊了罢,但有时竟会连回忆也没有。……前天,已将《野草》编定了;这回便轮到陆续载在《莽原》上的《旧事重提》,我还替他改了一个名称:《朝花夕拾》。带露折花,色香自然要好得多,但是我不能够。便是现在心目中的离奇和芜杂,我也还不能使他即刻幻化,转成离奇和芜杂的文章。或者,他日仰看流云时,会在我的眼前一闪烁罢。我有一时,曾经屡次忆起儿时在故乡所吃的蔬果:菱角、罗汉豆、茭白、香瓜。凡这些,都是极其鲜美可口的;都曾是使我思乡的蛊惑。后来,我在久别之后尝到了,也不过如此;惟独在记忆上,还有旧来的意味存留。他们也许要哄骗我一生,使我时时反顾。”[①]无疑透露了《朝花夕拾》写作的心境:一方面是期望“在纷扰中寻出一点闲静来”,这种“纷扰”包括他在“北京寓所的东壁”,后来的“流离”,以及“被学者们挤出集团之后”来到“厦门大学的图书馆的楼上”的颠沛流离的经历,而这些经历又和“当局”、“文人学者”的压迫相关;另一方面由于“目前是这么离奇,心里是这么芜杂”,而又不能即刻将这些离奇和芜杂“幻化”,“转成离奇和芜杂的文章”,因而只能是“朝花夕拾”,逝去的儿时与故乡的生活成为“我思乡的蛊惑”,虽然味道也可能“不过如此”,但是那“旧来的意味”,却“也许要哄骗我一生,使我时时反顾”。可以看到,在《朝花夕拾》之中,对儿时与故乡生活的反顾是与目前的“离奇”与“芜杂”相对应展开的。——“他们——敝同乡‘下等人’——的许多,活着,苦着,被流言,被反噬,因了积久的经验,知道阳间维持‘公理’的只有一个会,而且这会的本身就是‘遥遥茫茫’,于是乎势不得不发生对于阴间的神往。人是大抵自以为衔些冤抑的;活的‘正人君子’们只能骗鸟,若问愚民,他就可以不假思索地回答你:公正的裁判是在阴间!想到生的乐趣,生固然可以留恋;但想到生的苦趣,无常也不一定是恶客。无论贵贱,无论贫富,其时都是‘一双空手见阎王’,有冤的得伸,有罪的就得罚。”[②]——“《朝花夕拾》里的回忆,始终有一个‘他者’的存在:正是这些‘绅士’、‘名教授’构成了整部作品里的巨大阴影。鲁迅在《朝花夕拾》里所要创

---

① 鲁迅:《朝花夕拾·小引》,《鲁迅全集》第2卷,人民文学出版社2005年版,第236页。

② 鲁迅:《朝花夕拾·无常》,《鲁迅全集》第2卷,人民文学出版社2005年版,第279页。

造的'世界'是直接与这些'绅士'、'名教授'的世界相抗衡的:不仅是两个外部客观世界的抗衡,更是主观精神、心理的抗衡。"[①]无论是视角、思想和语言,"阴间"、"民间"都和"阳间"、"官方"构成了鲜明对照与对立的两个世界。

从童年"躺在一株大桂树下的小板桌上乘凉,祖母摇着芭蕉扇坐在桌旁",给他猜谜,讲故事,到他再次离开故乡,获悉好友范爱农之死,历时20多年,其中主要记叙的是他儿时的故乡的生活。这里有在"几百年的老屋中的豆油灯的微光下","飘忽地走着,吱吱地叫着,那态度往往比'名人名教授'还轩昂"的老鼠;有"自新郎、新妇以至傧相、宾客、执事,没有一个不是尖腮细腿,像煞读书人的,但穿的都是红衫绿裤"的"老鼠成亲"的花纸;有"给放在饭桌上,便检吃些菜渣,舔舔碗沿;放在我的书桌上,则从容地游行,看见砚台便舔吃了研着的墨汁"的可爱的小隐鼠[②];又有着"碧绿的菜畦,光滑的石井栏,高大的皂荚树,紫红的桑椹","鸣蝉在树叶里长吟,肥胖的黄蜂伏在菜花上,轻捷的叫天子(云雀)忽然从草间直窜向云霄里去了",油蛉在低唱,蟋蟀们在弹琴,充满无限趣味的蜈蚣、斑蝥、何首乌、木莲、覆盆子,传说中的赤练蛇的"我的乐园"的"百草园"[③];还有《山海经》那"人面的兽;九头的蛇;一脚的牛;袋子似的帝江;没有头而'以乳为目,以脐为口',还要'执干戚而舞'的刑天"所展开的神奇的想象[④];当然还有虽然"常喜欢切切察察",懂得许多我所不耐烦的规矩与道理,并且晚上睡觉"在床中间摆成一个'大'字,挤得我没有余地翻身,久睡在一角的席子上",却给我买来了日夜渴望的《山海经》,"别人不肯做,或不能做的事,她却能够做成功"的保姆长妈妈[⑤];还有教我在冬天的雪地里捕雀的"闰土的父亲"和严正博学的老先生[⑥];还有"迎神赛会"和"目连戏"中"打一百零八个嚏,同时也放一百零八个屁……""鸭子浮水似的

① 钱理群:《文本阅读:从〈朝花夕拾〉到〈野草〉》,《江苏社会科学》2003年第4期。

② 鲁迅:《朝花夕拾·狗·猫·鼠》,《鲁迅全集》第2卷,人民文学出版社2005年版,第244页。

③ 鲁迅:《朝花夕拾·从百草园到三味书屋》,《鲁迅全集》第2卷,人民文学出版社2005年版,第287-288页。

④ 鲁迅:《朝花夕拾·阿长与〈山海经〉》,《鲁迅全集》第2卷,人民文学出版社2005年版,第255页。

⑤ 鲁迅:《朝花夕拾·阿长与〈山海经〉》,《鲁迅全集》第2卷,人民文学出版社2005年版,第254-255页。

⑥ 参见鲁迅《朝花夕拾·从百草园到三味书屋》。

跳舞起来”的活无常(《无常》)[①];……虽然也难免有《二十四孝图》“以不情为伦纪”的恐怖,但是这种自然的民间的底层的生活总体上还是质朴而生动,快乐而温馨的,构成“我”童年精神的故土与乐园。难怪当家里的人要将我送进书塾,不能再常到百草园了时,“我”由衷地发出了“Ade,我的蟋蟀们! Ade,我的覆盆子们和木莲们!”[②]的感叹;而对于已逝的长妈妈则发出了“仁厚黑暗的地母呵,愿在你怀里永安她的魂灵!”[③]的深沉祝愿!“在某种程度上,这正是鲁迅心灵深处的呼唤,是他在受到外部的种种伤害以后所发出的生命的呼唤:他要回到这个‘仁厚黑暗的地母’的怀里,永安他的灵魂。在这个意义上,我们可以说,《朝花夕拾》是鲁迅的‘安魂曲’”[④]。当然重提“旧事”的目的是为了镜照现在,是从过去的历史与生活中吸取精神的资源与力量,因而也可以说是他在“华盖运”的笼罩中返回精神故乡的一种精神突围,再一次彰显了鲁迅与以“无常”为代表的底层民众精神世界的血缘联系。

当然这样一种“旧事重提”的视角,也隐喻了一种“说故事”的方式,是对他童年记忆的“谈闲天”的追忆与模拟。因而属于一种“闲话风”[⑤],是在一种自然、亲切、和谐、宽松的谈闲天的氛围中展开他的回忆与反顾的,真诚坦率而弥散出多种情怀。例如《阿长与〈山海经〉》对保姆长妈妈的记叙,既有对她晚上睡觉成一个“大”字形象的生动描绘,也有对她繁琐礼节与道理的厌烦,还有对她害死我心爱的隐鼠的憎恶(叫“阿长”),更有她不辞艰辛为我买来渴慕已久的《山海经》的感谢。而最后独立成段的一句“仁厚黑暗的地母呵,愿在你怀里永安她的魂灵!”——则表达了对她永远的感激与怀念。同时也真实地呈现了少年鲁迅天真活泼的个性。其他如“藤野先生”、“范爱农”等也都如此。同时这种“闲话风”还表现出由“任心闲谈”而带来的从容与幽默;行文结构上的随意性与语言趣味的“原生味”追求。例如《无常》在迎神赛会(承前《五猖会》)的各种鬼物中特别推出浑身雪白的“活无常”,然后又介绍城隍庙

---

① 鲁迅:《朝花夕拾·无常》,《鲁迅全集》第2卷,人民文学出版社2005年版,第280页。

② 鲁迅:《朝花夕拾·从百草园到三味书屋》,《鲁迅全集》第2卷,人民文学出版社2005年版,第289页。

③ 鲁迅:《朝花夕拾·阿长与〈山海经〉》,《鲁迅全集》第2卷,人民文学出版社2005年版,第255页。

④ 钱理群:《文本阅读:从〈朝花夕拾〉到〈野草〉》,《江苏社会科学》2003年第4期。

⑤ 钱理群等:《中国现代文学三十年》,北京大学出版社1998年版,第39页。

或东岳庙的“无常”、《玉历钞传》上的像，和“死有分”相对，然后又谈他在佛教中的渊源，再转入探讨人们喜爱他的原因，再转入“大戏”、“目连戏”（又穿插张岱在《陶庵梦忆》的介绍）中的“无常”，再回到迎神赛会的“无常”。而所有的行文又都贯注着对“正人君子”的调侃与嘲弄：“我的故乡，在汉末虽曾经虞仲翔先生揄扬过，但是那究竟太早了，后来到底免不了产生所谓‘绍兴师爷’，不过也并非男女老小全是‘绍兴师爷’，别的‘下等人’也不少。……他们——敝同乡‘下等人’——的许多，活着，苦着，被流言，被反噬，因了积久的经验，知道阳间维持‘公理’的只有一个会，而且这会的本身就是‘遥遥茫茫’，于是乎势不得不发生对于阴间的神往。人是大抵自以为衔些冤抑的；活的‘正人君子’们只能骗鸟，若问愚民，他就可以不假思索地回答你：公正的裁判是在阴间！”——这样一种杂文的笔调实际上正鲜明地体现了鲁迅幽默泼辣，嬉笑怒骂皆成文章的艺术特点与语言个性。

（三）《秋夜》解读

《秋夜》是《野草》的首篇[①]，写作于1924年9月15日，最初发表于1924年12月1日出版的《语丝》周刊第3期上。

作品开篇（第1段）就是奇崛的：“在我的后园，可以看见墙外有两株树，一株是枣树，还有一株也是枣树。”——在看似重复啰索的语句中强调的是“枣树”的存在（特别是联系后文直刺着天空的枣树是全文的中心意象），这种重复“一株”、“一株”——正在于凸现它那孤独、倔强与独立（人格与抗争）的精神[②]。然后（第2段）展开后园的秋景的描绘：“夜的天空，奇怪而高，我生平没有见过这样的奇怪而高的天空”，“非常之蓝，闪闪地䀹着几十个星星的眼，冷眼”，“他的口角上现出微笑，似乎自以为大有深意，”——它不仅仅与人间拉开了深不可测的距离，充满威严与神秘，而且还“将繁霜洒在我的园里的野花草上”。——对人间的花草构成严重的压迫与侵害。因而这里的“夜空”与

① 有学者进而认为“《秋夜》，作为《野草》的第一篇，在整体的精神脉络、文本结构和美感氛围上，已几乎浓缩了整部《野草》的全部信息，预示了《野草》未来发展的方向。《秋夜》，实际上承担了《野草》的“序”的功能。（见汪卫东《〈秋夜〉：〈野草〉的“序”》，《中国文学研究》2006年第4期）

② 如五四时期沈尹默的白话诗《月夜》（1918）：“霜风呼呼的吹着，/ 月光明明的照着。/ 我和一株顶高的树并排立着，/ 却没有靠着。”——呈现出一种个性独立的历史性自觉。

"花草"的对立关系已不是简单的自然关系,而被作家赋予了社会性内涵。(第3段)面对这种威压与繁霜,小"粉红花"(隐喻一些幼稚的青年)只能"在冷的夜气中,瑟缩地做梦,梦见春的到来,梦见秋的到来,梦见瘦的诗人将眼泪擦在她最末的花瓣上,告诉她秋虽然来,冬虽然来,而此后接着还是春,胡蝶乱飞,蜜蜂都唱起春词来了"。(第4段)与之相对的是"枣树",虽然它也知道小粉花的梦(秋后要有春),落叶的梦(春后还是秋),虽然它"落尽了叶子","单剩干子",并且还受了伤,但是那"最直最长的几枝,却已默默地铁似的直刺着奇怪而高的天空,使天空闪闪地鬼睒眼;直刺着天空中圆满的月亮,使月亮窘得发白"。(第5段)以至使天空要"离去人间","只将月亮剩下。然而月亮也暗暗地躲到东边去了"——但是枣树的抗争却并没有松懈:"一无所有的干子,却仍然默默地铁似的直刺着奇怪而高的天空,一意要制他的死命,不管他各式各样地睒着许多蛊惑的眼睛。"——从枣树的形象及其与夜空、月亮,乃至"许多蛊惑的眼睛"的斗争中,我们不难看到正寄托着鲁迅这时期面对压迫和迫害,乃至各种正人君子之流的中伤与诬蔑(所谓"公理正义的美名"、"正人君子的徽号"、"温良敦厚的假脸"、"流言公论的武器"、"吞吐曲折的文字"等等)而顽强抗争的意志和精神。那种"已默默地""仍然默默地铁似的直刺着"的形象正是鲁迅所倡导的韧性战斗精神的写照。

由对这一战斗图画的体验与感知,(第6、7段)"我"在听到"夜游的恶鸟飞过了"之后,发出了夜半的笑声,并且被四围的空气应和着。而回到了自己的房里。——关于"恶鸟"有不同理解,可以理解成一种给旧世界带来不祥之兆的"猫头鹰"(鲁迅曾经几次把自己的文章比作"枭鸣"),因而可以理解为"我"回应"恶鸟"的战斗的叫声而发出了同样昂扬的声音,同时也是呼应枣树与恶鸟的笑声。回到房里,"我"又被另外一幅图画:随着"我"将灯火带子旋高,几个"小青虫"奋不顾身地扑了过来。而由灯罩上的"栀子花",我不由得展开了新的沉思:"猩红的栀子开花时,枣树又要做小粉红花的梦,青葱地弯成弧形了。"——夜正长,一个秋夜的天空过去了,一个新的秋夜又会到来。因而"我又听到夜半的笑声"——一个新的战斗即将到来。甚至这种战斗还是非常残酷的,因而"我""点起一支纸烟,喷出烟来,对着灯默默地敬奠"那些"苍翠精致的英雄们"。——当然对他们轻易的牺牲(以身殉火)也表示了默默的惋惜和悼念。——从而在一个广阔的视野中显示了作家面对黑暗而坚持韧性战斗的深沉思考,展示了作家复杂深邃的内心世界。——因而表面的描写秋景实际上是作家的自我心灵的抒怀与现实的象征，这正构成《野草》最基本的艺术特征。其直刺着"奇怪而高的天空"的"枣树"、"瑟缩地做梦"的"小红花"、"窘得发白"并"暗暗地躲到东边去了"的"月亮"乃至"夜游的恶鸟"、扑火的"小青虫"等意象交织成一副奇异的图画，这既是20世纪20年代中期社会思想文化领域的写照，也折射出作家不屈的意志与深沉的思考。

六、作为匕首投枪的杂文

（一）杂文的特征与鲁迅的杂文

鲁迅早在五四时期便开始了随感录的写作。在鲁迅看来，杂文是现代社会中，"能和读者一同杀出一条生存的血路的东西"，是"匕首和投枪"[①]，因而杂文是贯穿鲁迅文学活动始终的重要文学形式。特别是后期成为他最主要的文学方式。鲁迅在《且介亭杂文二集·后记》(1935)中说："我从在《新青年》上写《随感录》起，到写这集子里的最末一篇止，共历十八年，单是杂感，约有八十万字。后九年中的所写，比前九年多两倍；而这后九年中，近三年所写的字数，等于前六年。"[②]又说："其实'杂文'也不是现在的新货色，是'古已有之'的，凡有文章，倘若分类，都有类可归，如果编年，那就只按作成的年月，不管文体，各种都夹在一处，于是成了'杂'。分类有益于揣摩文章，编年有利于明白时势，倘要知人论世，是非看编年的文集不可的，现在新作的古人年谱的流行，即证明着已经有许多人省悟了此中的消息。况且现在是多么切迫的时候，作者的任务，是在对于有害的事物，立刻给以反响或抗争，是感应的神经，是攻守的手足。潜心于他的鸿篇巨制，为未来的文化设想，固然是很好的，但为现在抗争，却也正是为现在和未来的战斗的作者，因为失掉了现在，也就没

① 鲁迅：《小品文的危机》，《鲁迅全集》第4卷，人民文学出版社2005年版，第591页。鲁迅还说："何况在风沙扑面，狼虎成群的时候，谁还有这许多闲工夫，来赏玩琥珀扇坠，翡翠戒指呢。他们即使要悦目，所要的也是耸立于风沙中的大建筑，要坚固而伟大，不必怎样精；即使要满意，所要的也是匕首和投枪，要锋利而切实，用不着什么雅。"（见《鲁迅全集》第4卷，人民文学出版社2005年版，第592页）

② 鲁迅：《且介亭杂文二集·后记》，《鲁迅全集》第6卷，人民文学出版社2005年版，第466页。

有了未来。”[①]在鲁迅看来，杂文是“古已有之的”，是“生存的小品”，是“为现在抗争”的文学。因而他把杂文写作作为实现他自我生命的一种方式。在编完了《华盖集》之后，鲁迅写到：“现在是一年的尽头的深夜，深得这夜将尽了，我的生命，至少是一部分的生命，已经耗费在写这些无聊的东西中，而我所获得的，乃是我自己的灵魂的荒凉和粗糙。但是我并不惧惮这些，也不想遮盖这些，而且实在有些爱他们了，因为这是我转辗而生活于风沙中的瘢痕，凡有自己也觉得在风沙中转辗而生活着的，会知道这意思。”[②]而他之所以“爱他们(杂文)”，就在于这样一种文体可以“乐则大笑，悲则大叫，愤则大骂”，因而“即使被沙砾打得遍身粗糙，头破血流，而时时抚摩自己的凝血，觉得若有花纹，也未必不及跟着中国的文士们去陪莎士比亚吃黄油面包之有趣”[③]。可以将他“所遇到的，所想到的，所要说的，一任它怎样浅薄，怎样偏激，有时便都用笔写了下来”，“如悲喜时节的歌哭一般”，“借此来释愤抒情”[④]。可以说，杂文这样一种突破“艺术之宫”的“禁令”而任意书写的特点正好适应了鲁迅自由舒展的气质与个性。

从在《新青年》上发表“随感录”起直到他生命的终止，他创作了 80 余万字的杂感文学，先后结集为 14 个杂文集。按时间顺序是：《热风》主要收“五四”时期短小精悍的“随感录”；另一些较长的文字主要收入《坟》中。《热风》之后，作家又于 1926 年和 1927 年分别出版了《华盖集》和《华盖集续篇》，主要收 1925 至 1926 年的杂感。一些较长的杂文也收入《坟》中。作家说这些杂文已不似《热风》“质直”，“措辞也时常弯弯曲曲，议论又往往执滞在几件小事情上”[⑤]。实际上正是变化了的时代社会环境在他文风中的投影。《热风》

---

① 鲁迅：《且介亭杂文·序言》，《鲁迅全集》第 6 卷，人民文学出版社 2005 年版，第 3 页。

② 鲁迅：《〈华盖集〉题记》，《鲁迅全集》第 3 卷，人民文学出版社 2005 年版，第 4-5 页。因长期专执于这一文体的写作，鲁迅甚至被赐予“杂感家”的恶谥——“有些人们，每当意在奚落我的时候，就往往称我为‘杂感家’，以显出在高等文人的眼中的鄙视”。但鲁迅非但不惧惮这一谥号，而简直有些爱“它”了，他一再坦然地说：“‘杂感’之于我，有些人固然看作‘死症’，我自己确也因此很吃过一点苦，但编集是还想编集的。”(见鲁迅《三闲集·序言》，《鲁迅全集》第 4 卷，人民文学出版社 2005 年版，第 3 页)

③ 鲁迅：《〈华盖集〉题记》，《鲁迅全集》第 3 卷，人民文学出版社 2005 年版，第 5 页。

④ 鲁迅：《〈华盖集续编〉小引》，《鲁迅全集》第 3 卷，人民文学出版社 2005 年版，第 195 页。

⑤ 鲁迅：《〈华盖集〉题记》，《鲁迅全集》第 3 卷，人民文学出版社 2005 年版，第 3 页。

中那种尼采式的断语少了，形式走向多样。并且直接针对当时文化斗争和政治斗争的焦点（如“三一八”惨案）与北洋军政府及其帮闲文人（“正人君子”）展开肉搏战，如《估〈学衡〉》、《记念刘和珍君》诸篇。不过其中心仍是执着思想启蒙的国民性批判。如《坟》中《春末闲谈》、《灯下漫笔》等都继续了“五四”启蒙主义的主题，着眼于对传统“文明”的批判和对国民劣根性的揭露。

《而已集》收1927年的杂文，虽然仍保留有与“现代评论派”论战的余波，但主要是阐述作家的革命文学主张和揭露蒋介石的反革命政变，同时也显露出作家思想变化的痕迹。《三闲集》主要收1928年作家到上海后参与无产阶级文学论争的文字。“三闲”之取名便在于他曾被成仿吾指责为“有闲”，并且是三个。《二心集》是作家于1930年至1931年间杂文的结集。《南腔北调集》收1932年至1933年间发表在《自由谈》之外的杂文。这两个集子多当时文学论争的文章，如《对于左翼作家联盟的意见》等，显示出一种“锋利”的特色。《伪自由书》是1933年发表在《申报·自由谈》上的杂感结集，多时事评论，如揭露国民党投降卖国政策的《中国人和生命圈》等。1933年5月下旬《自由谈》编者迫于严酷的政治压迫，“吁请海内文豪，从兹多谈风月”之后，鲁迅便不断变换笔名，继续发表杂文，至1934年结集为《准风月谈》。又将1934年在《自由谈》以及《太白》等刊上刊发的杂文，编为《花边文学》。这两个集子除时事短评之外，主要是对当时文化战线的批评。这些杂文由于是在险恶的政治和文化环境中写成的，因而说话“往往很晦涩”[①]，“可说之处说一点，不能说之处便罢休”[②]。但仍然能在对日常社会生活或文坛琐事的议论中或隐晦曲折地揭露中外反动势力的黑暗统治，或洞幽入微地表达出作家对社会文化的真知灼见。

《且介亭杂文》、《且介亭杂文二集》、《且介亭杂文末编》是鲁迅生命最后三年心血的结晶。其中最后一本是鲁迅去世后，由许广平编辑出版的。包括杂感、短论、随笔、书信、序引、回忆性散文，乃至墓志铭等丰富多样的形式。其中不少篇章是他对社会人生和文化艺术问题的深沉总结。如《关于中国的二三事》，从中国的“火”、“监狱”和“王道”等三个方面剖析与透视了自周秦以来的历代统治者统治术的两手策略：政治虐杀和文化统治。《中国人失掉了

① 鲁迅：《〈伪自由书〉前记》，《鲁迅全集》第5卷，人民文学出版社2005年版，第4页。

② 鲁迅：《〈南腔北调集〉题记》，《鲁迅全集》第4卷，人民文学出版社2005年版，第427页。

自信力吗?》、《拿来主义》等都是作家一贯思想的总结与升华。由于作家身染沉屙,进入生命的黄昏,因而生老病死成为其经常的话题,如《这也是生活》、《死》等篇表达了一个生命不息、战斗不止的伟大战士的情怀。而《女吊》《我的第一个师傅》则回顾了故乡的精神家园。

(二)鲁迅杂文的思想艺术特征

瞿秋白说:"杂感这种文体,将要因为鲁迅而变成文艺性的论文(阜利通——feuilleon)的代名词。"[①]的确,杂文这种文体是与鲁迅的名字紧密联系在一起的。正是经过鲁迅的创造,杂文才"侵入高尚的文学楼台",成为一种既具有强烈的战斗性、深刻的思想性,又具有高超的艺术性和审美特质的文学体裁。具体说来体现为以下特征:

1. 深邃的思想性与生动的形象性的统一

鲁迅杂文具有深邃的思想力量,这来自于他辩证的理性思维。一是微观与宏观的统一。鲁迅杂文涉及的大都是极广阔深刻的社会批评和文明批评,但通常又是从细小寻常的社会现象入手,"执滞在几件小事情上"[②],往往"借一斑而略窥全豹,以一目而尽传精神"[③]。如他自己所说"写的常是一鼻,一嘴,一毛,但合起来,已几乎是或一形象的全体"[④]。二是历史与现实的统一。鲁迅杂文并不拘泥于具体的人物、事件和社会现象,而往往从现实与历史的联系中,追溯出事物发展的渊源、过程与规律,富有一种历史的深度与力量。在他看来:"历史上都写着中国的灵魂,指示着将来的命运,只因为涂饰太厚,废话太多,所以很不容易察出底细来。正如通过密叶投射在莓苔上面的月光,只看见点点的碎影。"[⑤]。如《华盖集·通讯》提出的"活埋庵":"我现在住

---

① 瞿秋白:《〈鲁迅杂感集〉序言》,《瞿秋白选集》,人民出版社 1985 年版,第 525 页。

② 鲁迅:《〈华盖集〉题记》,《鲁迅全集》第 3 卷,人民文学出版社 2005 年版,第 3 页。

③ 鲁迅:《〈近代世界短篇小说〉小引》,《鲁迅全集》第 4 卷,人民文学出版社 2005 年版,第 134 页。

④ 鲁迅:《〈准风月谈〉后记》,《鲁迅全集》第 5 卷,人民文学出版社 2005 年版,第 402 页。在《做"杂文"也不易》中又说:"'杂文'有时确很像一种小小的显微镜的工作,也照秽水,也看脓汁,有时研究淋菌,有时解剖苍蝇。从高超的学者看来,是渺小,污秽,甚而至于可恶的,但在劳作者自己,却也是一种'严肃的工作',和人生有关,并且也不十分容易做。"(《鲁迅全集》第 8 卷,人民文学出版社 2005 年版,第 418 页)

⑤ 鲁迅:《忽然想到·四》,《鲁迅全集》第 3 卷,人民文学出版社 2005 年版,第 17 页。

在一条小胡同里，这里有所谓土车者，每月收几吊钱，将煤灰之类搬出去。搬出去怎么办呢？就堆在街道上，这街就每日增高。有几所老房子，只有一半露出在街上的，就正在豫告着别的房屋的将来。我不知道什么缘故，见了这些人家，就像看见了中国人的历史。”——由日常（现实/微观）所见街道上的“煤灰堆”联想到——（历史）“一个明末的遗民，他曾将自己的书斋题作‘活埋庵’”。——（宏观、现实）“谁料现在的北京的人家，都在建造‘活埋庵’，还要自己拿出建造费。看看报章上的论坛，‘反改革’的空气浓厚透顶了，满车的‘祖传’，‘老例’，‘国粹’等等，都想来堆在道路上，将所有的人家完全活埋下去”——对1920年代反改革的复古论调/“整理国故”等给予切实的回应。

正是以上的这些“统一”使鲁迅杂文显示出一种思想的“深”，一种深邃的鲁迅智慧。他的批判与针砭常常能抓住中国文化与社会的“灵魂”。但是他的这些深刻的思想见解又不是如一般论文通过逻辑的形式直接呈现出来，而是透过艺术形象的创造和对生活现象富有情趣的描绘表现出来的——杂文思维中的“个”和“类”[①]。并且这种议论的形象化方式是丰富多彩的，如仅就意象的创造来说：

（1）或是借想象、联想创造出“简直可以当作普通名词”，成为社会某种典型的象征性、比喻性形象：如“叭儿狗”——“虽然是狗，又很像猫，折中，公允，调和，平正之状可掬，悠悠然摆出别个无不偏激，惟独自己得了‘中庸之道’似的脸来。因此也就为阔人，太监，太太，小姐们所钟爱，种子绵绵不绝。它的事业，只是以伶俐的皮毛获得贵人豢养，或者中外的娘儿们上街的时候，脖子上拴了细链子跟在脚后跟。”[②]——正好是对正人君子们惟妙惟肖的一个画像。还有吸人血，但在未叮之前，偏要“哼哼地发一篇大议论”[③]的“蚊子”。既倚靠权门，凌蔑百姓，又装作和主子“并非一伙”的“二丑”[④]文人，还有“落水狗”、“挂着铃铎的山羊”等。

（2）或是以起绰号和画漫画的方法，揭示对象的本质，如“革命小贩”（《答杨邨人先生公开信的公开信》）、“洋场恶少”（《扑空》）、“革命工头”、“奴隶主

---

① 钱理群等：《中国现代文学三十年》，北京大学出版社1998年版，第292页。

② 鲁迅：《论“费厄泼赖”应该缓行》，《鲁迅全集》第1卷，人民文学出版社2005年版，第287-288页。

③ 鲁迅：《夏三虫》，《鲁迅全集》第3卷，人民文学出版社2005年版，第42页。

④ 鲁迅：《二丑艺术》，《鲁迅全集》第5卷，人民文学出版社2005年版，第207页。

管”(《答徐懋庸并关于抗日统一战线问题》)和“西崽”(《“题未定”草(二)》)等。

(3)或是直接描摹人物的动作、声音和心理达到一种形象的展开。比如《准风月谈·推》从一个卖报的孩子上电车时,“误踹住了一个下来的客人的衣角,那人大怒,用力一推”,结果孩子跌入车下而被碾死一事为引子(点、现象),以“推”这一动作展开对“高等华人”恶行的批判——“上车,进门,买票,寄信,他推;出门,下车,避祸,逃难,他又推。推得女人孩子都踉踉跄跄,跌倒了,他就从活人上踏过,跌死了,他就从死尸上踏过,走出外面,用舌头舔舔自己的厚嘴唇,什么也不觉得。旧历端午,在一家戏场里,因为一句失火的谣言,就又是推,把十多个力量未足的少年踏死了。死尸摆在空地上,据说去看的又有万余人,人山人海,又是推。”并且“推了的结果,是嘻开嘴巴,说道:“阿唷,好白相来希〔上海话,好玩得很的意思。〕呀!”[①]

在议论形象化的基础上鲁迅杂文还追求议论的理趣化和抒情化。鲁迅杂文的理趣化首先表现为广阔的知识视野(纵古博今、中西融合),广泛征引中外神话、寓言、传说、故事、小说、戏剧、诗歌,以及文学家、思想家材料,自由出入于文学、历史、地理、哲学、心理、民俗、人类学、政治学、文化学,乃至自然科学等各种学科,通达古今中外,增加谐趣,并运用夸张、借喻、双关、反语、暗示、讽刺、幽默等喜剧手法造成视野开阔、逸趣横生的艺术境界(民间的“狂欢化”);同时在这一知识视野与情趣中他又常常有独创性的真理发现,如他突破人们的司空见惯,在“几乎无事”的社会现象中,发现其内含的“悲剧”,因而他能“含笑谈真理”。

如《而已集·“文学与出汗”》——“譬如出汗罢,我想,似乎于古有之,于今也有,将来一定暂时也还有,该可以算得较为‘永久不变的人性’了。然而‘弱不禁风’的小姐出的是香汗,‘蠢笨如牛’的工人出的是臭汗。不知道倘要做长留世上的文字,要充长留世上的文学家,是描写香汗好呢,还是描写臭汗好?这问题倘不先行解决,则在将来文学史上的位置,委实是‘岌岌乎殆哉’〔语出《孟子·万章》:“天下殆哉,岌岌乎!”即危险不安的意思〕。”[②]——通达古今、雅俗混融(民间的“狂欢化”)的艺术境界。

---

① 鲁迅:《推》,《鲁迅全集》第5卷,人民文学出版社2005年版,第205-206页。

② 鲁迅:《“文学与出汗”》,《鲁迅全集》第3卷,人民文学出版社2005年版,第581-582页。

宕开一笔的讽刺(顺手一击)——杂文情趣:如《三闲集·通信》在谈到自己心情时突然插入对别人攻击的反击:“至于希望中国有改革,有变动之心,那的确是有一点的。虽然有人指定我为没有出路——哈哈,出路,中状元么(可联想到阿Q——引者注)——的作者,‘毒笔’的文人,但我自信并未抹杀一切。”[①]甚至延伸到其他文体,如《无常》对于“公理”维持会与“绍兴师爷”[②]的议论;又如《铸剑》对眉间尺“他近来不大喜欢红鼻子的人”[③]的叙述。《理水》中鸟头先生对“大禹是一条虫”[④]的攻击等,等富有深厚的现实寓意。

议论的抒情化则在于鲁迅杂文不是冷冰的说理,而是洋溢着一种燃烧的诗情。如鲁迅自己所说,他的杂文不过是将他“所遇到的,所想到的,所要说的,一任它怎样浅薄,怎样偏激,有时便都是用笔写了下来……就如悲喜时节的歌哭一般,那时无非借此来释愤抒情”[⑤]。在这种情感抒发中,鲁迅杂文的情感色调也是丰富多彩的。直接抒情常有火山突发之势,如“惨象,已使我目不忍睹;流言,尤使我耳不忍闻。我还有什么话可说呢?……沉默呵,沉默呵!不在沉默中暴发,就在沉默中灭亡。”[⑥]间接抒情则常有吞吐曲折、回旋递进之绵长情韵。如“夜正长,路也正长,我不如忘却,不说的好罢。但我知道,即使不是我,将来总会有人记起他们,再说起他们的时候的。……”[⑦]

2.鲜明的现实战斗性和含蓄深沉的艺术风格的统一

鲁迅说:“生存的小品文,必须是匕首,是投枪,能和读者一同杀出一条生存的血路的东西。”[⑧]这既是鲁迅对杂文本质特征的揭示,也是他自己杂文的艺术概括。鲁迅杂文是与二三十年代的社会思想文化论争,与时代的风云紧密地联系在一起的,深深地触及现代社会的各个层面和领域。他始终把杂文作为社会“感应的神经”、“攻守的手足”,“对于有害的事物,立刻给以反响或

---

① 鲁迅:《通信》,《鲁迅全集》第4卷,人民文学出版社2005年版,第42页。

② 鲁迅:《无常》,《鲁迅全集》第2卷,人民文学出版社2005年版,第278-279页。

③ 鲁迅:《铸剑》,《鲁迅全集》第2卷,人民文学出版社2005年版,第433页。

④ 鲁迅:《理水》,《鲁迅全集》第2卷,人民文学出版社2005年版,第386页。

⑤ 鲁迅:《〈华盖集续编〉小引》,《鲁迅全集》第3卷,人民文学出版社2005年版,第195页。

⑥ 鲁迅:《记念刘和珍君》,《鲁迅全集》第3卷,人民文学出版社2005年版,第292页。

⑦ 鲁迅:《为了忘却的纪念》,《鲁迅全集》第4卷,人民文学出版社2005年版,第502页。

⑧ 鲁迅:《小品文的危机》,《鲁迅全集》第4卷,人民文学出版社2005年版,第591页。

抗争”①。因而他的杂文成为一种寒光闪闪的利刃,“能以寸铁杀人,一刀见血”②,甚至在反常规的“多疑”思维烛照下的犀利与刻毒③——“当我们见到局部时,他见到的却是全面。当我们热衷去掌握现实时,他已把握了古今与未来。”④而这种独特的思维方式又是与他所承继的源远流长的越文化中异端思潮的另类思维和底层民众的“鬼”的视野与生存智慧密不可分的。

不过迫于险恶的环境,他又并不能直说,只能借助于各种艺术手段和方法弯弯曲曲地表现出来,——多曲折、见波澜(借题发挥、层层剥笋、比喻推理、模拟推理、等等),“笔常常是扩张又收缩的”,惯于用“然而”、“不过”、“倘若”、“总之”等转折字;“读者的思想先是随着驰骋却终于兜回原处,也就是鲁迅指定之所”⑤。同时面对30年代森严的文禁与文网,鲁迅还运用“‘引语叙述’的策略”,“大量采用古典引文和报章杂志的摘引,引申、发挥、嘲弄”⑥,与30年代的中国现实与文化构成一种紧张的隐喻与对峙的关系。从而形成了鲁迅杂文尖锐、深刻、泼辣而又隽永、含蓄、蕴藉的艺术特征——虽然尖锐,有时甚至是“刻毒”的,但是又多转折,多婉约,多反语,正是在两者相反相成的艺术张力中创造出一种耐人寻味的艺术韵味,构成一种非常特殊的鲁迅文体与鲁迅式风格。

(三)鲁迅杂文的艺术成就

1. 一个时代的文学

虽然杂文并没有进入西方文学理论的殿堂,但是那些文学规范是什么

---

① 鲁迅:《且介亭杂文·序言》,《鲁迅全集》第6卷,人民文学出版社2005年版,第3页。

② 郁达夫:《中国新文学大系散文二集·导言》,《郁达夫文集》第6卷,花城出版社1983年版,第272页。

③ ——鲁迅说:“我看事情太仔细,一仔细,即多疑虑。”“我的习性不大好,没不肯相信表面上的事情”,常有“疑心。”(《两地书》)现实险恶“我向来是不惮以最坏的恶意,来推测中国人的,然而我还不料,也不信竟会下劣凶残到这地步”(《纪念刘和珍君》)。——进而提出了“推背图”/推背法的思维方式:“自称盗贼的无须防,得其反倒是好人;自称正人君子的必须防,得其反则是盗贼。”(《而已集·小杂感》)“损着别人的牙眼,却反对报复,主张宽容的人,万勿和他接近。”(《死》)

④ 郁达夫:《鲁迅的伟大》,《鲁迅研究学术论著资料汇编》第2卷,中国文联出版公司1985年版,第700页。

⑤ 李长之:《鲁迅批判》,北京出版社2003年版,第131页。

⑥ 黄子平:《“灰阑”中的叙述》,上海文艺出版社2001年版,第122-123页。

呢？“形式要有‘定型’，要受‘文学制作之体裁的束缚’；内容要有所不谈；范围要有限制。这‘严肃的工作’是什么呢？就是‘制艺’，普通叫‘八股’。”① 因而恰恰是无规范的杂文才真正体现了执着于现在抗争的自由写作精神。而鲁迅不但使现代杂文走向成熟，影响了众多杂文作者和流派的出现，而且矗立起一座杂文艺术的丰碑。因而有学者认为“能拿出来作为20世纪中国文学的代表，并以其成就和影响而能与历史上的诗经、楚辞、汉赋、唐诗、宋词、元曲、明清小说并列的，唯鲁迅（当然也包括其他确有成就的杂文作家）所独创的杂文而已矣。”②

2. 活的中国人“人史”

鲁迅说：“‘中国的大众的灵魂’，现在是反映在我的杂文里了。”③ 由于鲁迅始终坚持现实的抗争，置身于时代斗争的漩涡里，并且在历史与世界的时空与视野中反思与批判，因而他的杂文不仅是中国社会、政治、法律、宗教、哲学、道德、文学艺术、乃至经济、军事……的“百科全书”，而且成为中国现代国民的文化心理、行为准则、价值取向，以及民性、民情、民俗、民魂的“人史”。

3. 现代中国人精神信仰的灯塔

王富仁、钱理群说，《鲁迅全集》引领他们走出十年浩劫的漫漫黑暗，同时给予他们求索光明的良知与勇气。如果“黑夜给了我黑色的眼睛，/我却用它寻找光明”（顾城）。那么我们可以在鲁迅的杂文中与鲁迅相遇，在一个被金钱与功利所左右的时代，建构起我们安身立命的精神家园。

---

① 鲁迅：《做“杂文”也不易》，《鲁迅全集》第8卷，人民文学出版社2005年版，第418页。

② 吴林兵、胡子明：《鲁迅杂文——从绝唱到绝响》，《学术研究》2000年第12期。当然也有不少的学者和作家仍然囿于西方的文学标准否认杂文属于文学，如海外的夏志清、司马长风等。司马长风说：“‘杂文’那些东西在政治史上，或文学与政治的研究上，有其独特的重要性，但与文学便不大相干了。”（《中国新文学史》中卷，昭明出版社，1978年版，第148页）。王朔认为“鲁迅光靠一堆杂文几个短篇是立不住的，没听说有世界文豪只写过这点东西的”（《我看鲁迅》，《收获》2000年第2期），也不过重复这些陈词滥调。——这些论调的一个基本特征就是简单地套用西方的文学话语来剪裁中国的现代文学，以一元文化的霸权主义压抑了多元的现代文化（文学）的差异性，忽视了中国文化（文学）的民族个性与特色。

③ 鲁迅：《准风月谈·后记》，《鲁迅全集》第5卷，人民文学出版社2005年版，第423页。

第二讲　郭沫若的诗歌

中国文学由古代到现代，经过了剧烈的变革。其中诗歌的震动最大。随着以白话取代文言的五四文学革命高歌猛进，建立在文言基地上的古典诗歌格律砰然倒塌。但是如何在白话的地基上建立诗歌的王国？对于新文学作家来说，却是一个严峻的考验。率先摧毁了古典诗歌格律的胡适虽然尝试作新诗，并且于 1920 年出版了第一部白话诗歌集——《尝试集》，然而其平实的想象、直白的语言很难使诗歌飞腾起来，再加上"放脚鞋样"般"还带着缠脚时代的血腥气"[①]的形式格调，都很难确立中国现代白话新诗的根基。真正奠定了现代白话新诗根基的是郭沫若 1921 年出版的《女神》。其火山内发式的情感狂飙、升腾飞动的艺术想象与绝端自由自主的形式真正张扬起中国现代新诗的自由精神。现代自由诗由此得到确立。

一、郭沫若的生平与文学道路

郭沫若(1892—1978)，四川乐山人。原名郭开贞，沫若是他的笔名，喻故乡沫水(大渡河)与若水(青衣江)合拢之意。不满 5 岁便开始接受家塾教育，在诵读《诗经》、《唐诗三百首》中，培育了最早的诗歌兴趣。1906 年进嘉定(乐山)高小，1910 年到成都高等学堂分设中学班读书(和李劼人同学)。一方面广泛涉猎了《庄子》、《楚辞》、《史记》等古典文学名著；另一方面也阅读了梁启超、章太炎等人的政论文章和林纾翻译的外国文学作品，在民主主义的启迪和影响下，积极参加引发辛亥革命的四川保路运动。不过革命后的混乱使他失望与苦闷。1913 年底，郭沫若离开祖国经朝鲜于翌年抵达日本，考入东京第一高等学校预科。1915 年升入冈山第六高等学校，3 年后考入福岗九

---

① 胡适：《尝试集·四版自序》，《胡适文集》第 9 卷，北京大学出版社 1998 年版，第 91 页。

州帝国大学医科，希望“学点实际的本领，来报国济民”。但在学习英文和德文的过程中，大量的世界文学名著激发起他原拟放弃的文学爱好和兴趣。受印度诗人泰戈尔和德国诗人海涅冲淡诗风的影响，于 1916 年至 1917 年间先后写作了《新月与白云》、《死的诱惑》、《Venus》等表现他与日本姑娘安娜爱情的诗。同时又因泰戈尔唤醒了他对庄子和王阳明沉潜的记忆，并进而通过斯宾诺沙的哲学和歌德的诗歌而接受了“泛神论”。“泛神论”是 16 世纪至 18 世纪流行于西欧的一种哲学思想，它否定中世纪的宗教神学，否认神是自然界的造物主，认为神不在自然界之外，而是和自然界融合一体的。郭沫若结合中国古代天人合一的传统观念对之加以改造，形成了他独特的泛神论思想。他在《〈少年维特之烦恼〉序引》中指出：“泛神便是无神。一切的自然只是神的表现，自我也只是神的表现。我即是神，一切自然都是自我的表现。”一方面，这种“物我无间”的境界，为他的艺术想象拓展出一个广阔的空间，从而创造出一个融会贯通宇宙万物的艺术形象体系；另一方面，又强化突出了他自我精神的主体性，为他反因袭、反传统、蔑视权威、表现自我、张扬个性的精神创造寻求到一种哲学依据。

十月革命的成功和“五四”新文化运动的兴起进一步唤起了郭沫若心中的文学冲动，他已不再满足于自然科学的研究，而要“借文学来鸣我的存在，在文学中更借诗歌的这只芦笛来表达他内发的火热情感”。这时期他更多地接近了美国诗人惠特曼。他说：“惠特曼的那种把一切的旧套摆脱干净了的诗风和五四时代的狂飙突进的精神十分合拍，我是彻底地为他那雄浑的豪放的宏朗的调子所动荡了。”[1]1919 年 9 月上海《时事新报·学灯》发表了他的两首诗也鼓舞着他，使他从 1919 年下半年至 1920 年上半年产生了一个诗的创作爆发期，使他几乎每天都在诗的陶醉里[2]。他多年的“个人的郁积，民族

---

① 郭沫若：《我的作诗经过》，《郭沫若全集》文学编第 16 卷，人民文学出版社 1989 年版，第 216 页。

② 郭沫若回忆说：“《地球，我的母亲》，是民八学校放好了年假，跑到福冈图书馆去看书，突然受到诗兴的袭击，便出了馆，在馆后僻静的石子路上把‘下駄’（日本的木履）脱了，赤着脚踱来踱去，时而又率性倒在路上睡着，想真切地和‘地球母亲’亲昵，去感触她的皮肤，受她的拥抱——这在现在看起来，觉得是有点发狂，然在当时却委实是感受迫切。在那样的状态中受着诗的推荡、鼓舞，终于见到了它的完成，便连忙跑回寓所把来写在纸上，自己觉得就好象真是新生了一样！”“《凤凰涅槃》那首长诗是在一天中分两个时期写出来的。上半天在学校的课堂里听的时候，突然有诗意袭来，就在抄本上东鳞西爪地写出了那诗的前半。在晚

的郁积”[①]便借惠特曼诗歌自由不拘的艺术形式喷发了出来，创作并发表了一系列具有“男性的粗暴”的诗篇，于1921年8月结集为《女神》，由上海泰东书局出版。以狂热的激情和飞腾的想象抒写了对旧世界的叛逆和对新中国的向往，开创了自由体抒情诗的一代诗风。

与此同时，诗人还作为灵魂人物发起组建了在“五四”时期被称为“异军突起”的创造社。1921年、1922年的两年中，郭沫若曾三次回国，祖国现实的黑暗使他的美丽憧憬归于幻灭。1923年出版的诗集《星空》正表现了诗人怀着“深沉的苦闷”向闪耀着寒星幽光的太空寻求慰藉的情绪，曾为诗人赞美的大自然成为寄托抑郁、孤寂情绪之所在。1923年郭沫若从日本帝国大学医科毕业回国与郁达夫、成仿吾一起编辑创造社刊物。一方面受“二七”大罢工革命形势高涨的影响，对现存社会制度和丑恶现实给予愤激的反抗，并流注到后来出版的诗集《前茅》中，同时还通过历史剧的创作表达了反抗暴政，追求自由解放的心声。另一方面又在诗集《瓶》（写作于1925年，出版于1927年）以及《漂流三部曲》等小说中流露出“五四”落潮后的时代苦闷与感伤。

1924年前期创造社发展受挫后，郭沫若又东渡日本，通过翻译日本河上肇博士介绍马克思主义的著作——《社会组织与社会革命》，接触和认识了马克思主义。同时在回国赴宜兴调查卢（永祥）齐（燮元）战乱的过程中更深切地认识了中国的社会现实，从而开始否定自己的个性主义思想而转移到无产阶级的立场上。认为“在大多数人完全不自主地失掉了自由，失掉了个性的时代，有少数的人要来主张个性、主张自由，总不免有几分僭妄”。[②]1926年他赴广州任广东大学（即后来的中山大学）文学院院长之后，进一步否定了他前期的文学观，加入革命文学倡导者的行列，提出了同情于无产阶级的社会主义写实主义文学的口号。同时也表现出非此即彼的二值逻辑的简单化倾向。1927年7月郭沫若又投笔从戎，加入北伐军，任国民革命军政治部副主任。

上行将就寝的时候，诗的后半的意趣又袭来了，伏在枕上用着铅笔只是火速的写，全身都有点作寒作冷，连牙关都在打战。……在民八、民九之交，那种发作时时来袭击我。一来袭击，我便和扶着乩笔的人一样，写起诗来。有时连写也写不赢。”（见《我的作诗经过》，《郭沫若全集》文学编第16卷，人民文学出版社1989年版，第216、217页）

① 郭沫若：《序我的诗》，《郭沫若全集》文学编第19卷，人民文学出版社1989年版，第408页。

② 郭沫若：《〈文艺论集〉序》，《郭沫若全集·文学编》第15卷，人民文学出版社1989年版，第146页。

蒋介石背叛革命后,他发表了著名的《请看今日之蒋介石》的讨蒋檄文,同时参加了"八一"南昌起义和中国共产党。起义失败后他旅居日本,一直到抗战爆发的1937年才回到祖国。不过在日期间,他一直关注着国内文坛。1930年加入了"左联",并先后创作了《我的童年》、《反正前后》、《创造十年》等自传性作品和6篇历史小说(于1936年结集为《豕蹄》出版)。

1937年抗战爆发后回到祖国的郭沫若主要投身于抗战文化的领导工作。1941年"皖南事变"后,他在陪都重庆爆发出又一次的创作激情,一气创作了4部以战国历史为题材的"战国史剧":《屈原》、《棠棣之花》、《虎符》、《高渐离》(均为1942年),以及描写元末历史题材的《孔雀胆》(1943)和明末历史题材的《南冠草》(1943),构成了他自"五四"《女神》诗歌创作之后的又一次创作高峰。

二、中国现代新诗的奠基:《女神》

郭沫若在20世纪中国诗歌史上的崇高地位,主要是由他的《女神》奠定的。虽然这部诗集出版于1921年(创造社丛书之一),晚于胡适的《尝试集》,但是却一改初期白话诗平实说理之风,以内发火山式的激情狂飙和飞腾的艺术想象,开了一代诗风。

《女神》除序诗外,共分三辑。第一辑由《女神之再生》《湘累》和《棠棣之花》3部诗剧组成(又被称为"《女神》三部曲");第二辑为五四高潮期(1919年下半年至1920年上半年)的作品,如《凤凰涅槃》《天狗》等,是《女神》的主体;第三辑主要是早期受泰戈尔影响的一些清新恬淡的抒情小品。

(一)"五四"时代精神的汇聚与喷发

1. 破旧创新的叛逆与创造的精神构成了《女神》的主旋律与灵魂

五四时代无疑是中国历史上一个破旧创新的时代。诗人感应着这一时代精神,以坚决、彻底、勇猛的姿态,反对一切旧物——旧社会、旧制度、旧观念,其反抗的精神如火山爆发的激情狂飙,在毁灭旧世界的同时又着力创造一个新鲜的理想的世界。首篇《女神之再生》抒写女神面对被共工和颛顼争夺帝位而毁坏了的世界,不再去炼五色石来补它,而是致力于新造一个太阳,来"照彻天内的世界,天外的世界"。——在对"补天"神话的改写中表达了诗人与旧世界彻底决裂的叛逆精神。正是这种叛逆精神使诗人热情地讴歌了一系列勇敢反叛陈规旧制的“匪徒”(对从政治革命到社会革命,再到宗教革命,再到学说革命、文艺革命、教育革命的“一切匪徒”,都三呼“万岁”)(《匪徒颂》)。著名的《凤凰涅槃》则以凤和凰与旧世界一同焚毁来创造一个新鲜、净朗、华美、芬芳的新世界。凤凰正是一个集合叛逆与创造精神于一身的英雄形象。一方面它们集香木以自焚,表达了对黑暗的旧世界绝望与憎恶的情绪;另一方面,恰恰是在它们的自焚中,它们又创造出一个新鲜、净朗、华美、芬芳的新世界。破坏与创造正是中国走向新生的必须的“涅槃”[①]。还有诗人站在《梅花树下醉歌》:“一切的偶像都在我面前毁破!/破!破!破!/我要把我的声音唱破!”《立在地球边上放号》:“无限的太平洋提起他全身的力量来要把地球推倒”,“不断的毁坏,不断的创造,不断的努力哟!/啊啊!力哟!力哟!“——都是这种叛逆与创造精神的喷涌与形象的显现。

2. 在破坏旧物创造新物的过程中矗立起一个鲜明的抒情主人公形象

这个形象既是诗人自我的体现,又是“五四”时代觉醒“大我”的写照。

首先,可以理解为一个“开辟鸿荒的大我”——“五四”时期觉醒的中华民族的自我形象。《凤凰涅槃》中那哀哀地唱着哀歌,衔来一枝枝香木,然后在集成的香木堆上啄出火星,伴着这熊熊燃烧的火光它们又唱歌又跳舞的凤凰正是这一觉醒的中华民族的自我形象,因为它们飞向东南西北,到处都是“屠场”、“囚牢”、“坟墓”和“地狱”;而面对“五百年”的历史,也只能是“眼泪倾泻如瀑”,“眼泪淋漓如烛”。因而它们对周围的世界发出愤怒的诅咒,决绝地将自我与这旧世界一同焚毁。因为它们知道正是在这“涅槃”中,它们会迎来自己的新生。因而当它们更生后以连续五个复唱来欢唱新世界的新鲜、净朗、华美与芬芳。这里的“一切的一”与“一的一切”正表达了凤凰、诗人自我与自然万物的融合无间、息息相通的境界。——由狂欢化达到的欢乐世界:虽然这一境界带有一种理想化的色彩,但也的确体现出五四时期具有青春气象的我们民族的光辉形象(象征)。所以诗人又不惜化为燃烧的黑煤,来倾诉他对祖国——“我年青的女郎!”的“火一样的心肠”(《炉中煤》)。在《晨安》中一口

---

① 梵语,意为“入灭”、“圆寂”。佛教所宣扬的最高境界。佛教认为,信仰佛教的人经过长期修道,即能“寂灭”一切烦恼,得到“圆满”/具备一切“清净功德”,这一境界,名为“涅槃”。后也称佛或僧人的死为“涅槃”。

气喊出了27个"晨安",不仅向着"我年青的祖国","我新生的同胞","浩荡荡的南方的扬子江","冻结着的北方的黄河";也向着那遥远的"恒河"、"印度洋"、"红海"、"尼罗河畔的金字塔"、"大西洋畔的新大陆"和"太平洋上的扶桑"都致以亲切的问候,实际上正表现出一个觉醒的民族自立于世界民族之林的独立与自豪感,所以《女神》抒情主人公的目光已"不局限于中国一隅,而是面对整个世界与人类"[①]。这正显示出一个现代民族主体崛起的尊严感与平等的自我意识。

其次,这一抒情主人公形象当然也体现了诗人自我的灵魂与个性。在许多方面这一大我形象与小我形象都是和谐统一的。例如《女神》中"我"对于理想的热烈追求、面向世界的眼光,都真实地反映了诗人热情奔放,胸襟开阔乐观的个性,而"我"彻底的破坏与创造的精神,不仅表现了诗人叛逆的反抗性格,也体现了他偏激、喜欢走极端的个性特征。

另外,《女神》还热情地讴歌了现代的科学和文明,融合了大量科学的术语和事物,如"X光线"、"振动线"、"燃烧点"、"电气"、"神经纤维"等,乃至直接引用外语(如Energy),呈现出一种新的诗歌气象,增强了反映时代的力度。

(二)开一代诗风的艺术形式与艺术风格

《女神》这种开天辟地的创造精神,也使它在艺术形式方面开一代新的诗风,并形成了一种独特的艺术风格。

首先,呈现在我们面前的是一种万物汇通、物我无间、汪洋恣肆的形象体系与升腾飞动的艺术想象。这一特征是建筑在"泛神论"的基础之上的。如前所述,郭沫若曾把这种"泛神论"概括为"泛神便是无神。一切的自然只是神的表现","我即是神,一切自然都是自我的表现"。这种"物我无间"的思维,为他的艺术想象拓展出一个广阔的空间,从而创造出一个融会贯通宇宙万物的极其壮阔的艺术形象体系(宇宙地球、日月星辰、山岳海洋、风雨雷电、草木飞禽奔涌其间)——形象的壮阔性;同时这种"物我无间"的思维,也使诗人想象升腾飞动,形成了形象的奇特性:上天入地,吞云吐月,驰骋纵横于宇宙万物之间,灼灼生辉。将自然万物乃至声光电能都赋予人的个性与情感,

① 钱理群等:《中国现代文学三十年》,北京大学出版社1998年版,第81页。

编织成一个囊括宇宙万物的形象世界。同时源远流长的神话传说和历史故事也被诗人改写，无论是凤凰、天狗，还是屈原、聂嫈，都被注入了诗人与"五四"时代的生命与灵魂。再次这种"泛神论"思维，还推动诗人发现宇宙万物的中所蕴含的"动的精神"与"创造的力"，从而赋予形象以飞动的气势。——形象的飞动性。常常以一些富有力度感的词语融入或嵌进诗句里(如《天狗》中的"飞奔"、"狂叫"、"燃烧")，以增强诗的强度与硬度，以连续的排比和反复来强化诗的气势和力感，——创造出一种"力的诗歌"、"力的绘画"、"力的舞蹈"、"力的音乐"(《立在地球边上的放号》)。相对传统的温文尔雅、和谐静谧的美学精神来说这一特征正体现出躁动狂暴、恣肆粗犷的现代美学精神。

其次，是情感浓烈，炽热感人。相对于初期白话诗的平淡来说，《女神》是情感的内发火山，激情狂飙。如《凤凰涅槃》以毁旧创新、大悲大喜的主旋律定型反复，恣肆奔放而又不断增强，从而形成一种热烈雄壮、酣畅淋漓的情感旋流。《天狗》、《晨安》等则以长江奔流的狂放旋律宣泄出一种破坏与创造的内在激情。所以在《序诗》中，诗人呼唤他的《女神》"去寻那与我的振动数相同的人"，"去寻那与我的燃烧点相等的人"，"把他们的心弦拨动/把他们的智光点燃"。——实际上是强调一种情感的撞击、感应与交流。在郭沫若看来，诗歌的美学正生成于这一情感交融之中。

再次，由于这种奔放的激情，因而在形式上便采用了"绝端的自由，绝端的自主"①的自由诗体式。这种诗体的核心是完全随情感的律动而自由展开诗歌的形式(字、句/行、节，音韵等)，彻底打破了中国古典诗歌格律的束缚，自由舒展地表现自己的诗情。每首诗的行数、顿数和节奏都不固定，押韵也不统一，而只是遵循情感的节奏而展开一种内在的旋律。如《天狗》全诗4节，少至2行一节，多至13行一节；每行字数少至3字，多至10字，完全随情感旋律的消涨而起伏展开。所以闻一多曾说较之于同时代的新诗，数郭沫若的新诗"与旧诗词相去最远"②。或许是由于这种内在节奏的诗歌由于切合了现代汉语的语言特点(以双音节词为主体)和现代人复杂动荡的个性与情感，因而自由诗体很快便成为现代诗歌的主流与主导的形式。

---

① 郭沫若:《致宗白华》,《郭沫若全集》文学编第15卷，人民文学出版社1989年版，第49页。

② 闻一多:《〈女神〉之时代精神》,《闻一多全集》，湖北人民出版社1993年版，第110页。

正是以上的艺术成就（一是火山内发式的情感狂飙与升腾飞动的艺术想象，形成一种壮阔的形象体系、奇异的想象与飞动的色彩；二是创造了绝端自由自主的诗歌形式/自由诗体开了一代诗风），《女神》虽然晚于胡适的《尝试集》，却成为现代新诗的奠基作。著名诗人冯至追述了他阅读《女神》的感受说：《女神》"在我的面前展开了一个辽阔而丰富的新世界"，"有了《女神》，我才知道什么样的诗是好诗，我对于诗才初步的有了欣赏和批判的能力……从此以后，我才渐渐能够写出叫做'诗'的诗"①。

（三）《天狗》解读

《天狗》最初发表于1920年2月7日上海《时事新报·学灯》。全诗一共四节。也是借神话传说来寄托和表达诗人所感受与把握到的时代精神与情绪。古人看来，以为日月蚀是天狗吞食日月，遇日蚀或月蚀时人们就敲锣打鼓来驱赶天狗。在这样一种传说与习俗中，"天狗"无疑被人们视为一个既有世界的破坏者，同时也是一个既有世界的"异类"。如同现代文学中的"狂人""匪徒"等一样，"天狗"恰恰提供了一种挑战传统，反抗旧社会的角色与视点。诗人也就一反陈规旧俗地一开首就把自己化身为"天狗"——"我是一条天狗呀！"然后便以既有世界叛逆者"天狗"的口吻发出"吞吐"日月星辰、乃至全宇宙的咆哮。而正是在"吞吐"日月星辰的过程中，我才真正成为了一条"天狗"/实现了自我——"我便是我了！"实际上寓意着五四时期觉醒的青年正是在与旧世界的决裂与斗争中才能成长为时代的"新青年"——从而鲜明地凸现了挣脱传统束缚，争取个性解放与精神自由的五四时代精神。

如果说第一节表达了一个觉醒青年的时代呼唤的话，那么第二节则表现这觉醒青年"我"极度的自我扩张：由"月底光"、"日底光"、"一切星球底光"、"X光线底光"，最后汇聚成"全宇宙底Energy底总量！"——"我"已经与日月星辰宇宙融合一体，因而具有无坚不摧的破坏性力量。第三节则一方面展开"我"对旧世界的毁坏——"我""飞奔"、"狂叫"、"燃烧"；另一方面又展开"我"对自我的改造——"我剥我的皮，/我食我的肉，/我嚼我的血，/我啮我的心肝"。——而正是在对旧世界与旧自我的双重否定中（如同《凤凰涅槃》中凤

① 冯至：《我读〈女神〉的时候》，《中国当代文学研究资料　郭沫若专集》，四川人民出版社1984年版，第470-471页。

凰的自焚——新生），“我”才能成长为一个全新的自我。因而最后一节便以“我便是我呀！/我的我要爆了！”作结。——既凸显了一个“新我”的诞生，也充分抒发了这一“新我”爆破性的力量。如一首狂暴的乐曲，经过翻天覆地的翻腾与改造后，最后定音在一个“爆”字上——而这正是“五四”破旧立新的时代精神最凝练的升华与结晶。

至于诗歌形式，如前所述，完全打破了传统诗歌格律的束缚，无论是诗节、诗句，还是节奏、韵律，都或长或短、或伸或缩，或急促或舒缓，以“绝端的自由，绝端的自主”的精神随“我”情感的翻卷与想象的飞腾而自由舒展地展开，如破峡的飞舟，一日千里，或如翻卷的巨龙，腾跃在九天，创造出一种穿透束缚，自由奔放的艺术节奏与艺术境界。而架构并贯穿全诗各个意象的“吞”、“飞奔”、“狂叫”、“燃烧”、“飞跑”、“剥”、“食”、“嚼”、“啮”、“爆”等富有力度与硬度的动词又建构起一种钢筋铁骨的内在结构，传达出一种“力的绘画”、“力的舞蹈”、“力的音乐”。

第三讲 郁达夫的小说

在“五四”新文学文坛上，同样作为异军突起的创造社主将的郁达夫，其艺术成就主要体现在小说领域(当然其散文与旧体诗词也有很高的成就)。如果说鲁迅开创了深刻透视人生的“为人生”小说；那么郁达夫则以独特的“自传体”形式书写开创了中国现代文学中的“为艺术”的情调小说(亦称“心境小说”)，并且以中国现代文学史上“最有性情、最让人难以忘怀的作家”[①]而著称。

一、郁达夫的生平与文学道路

郁达夫(1896—1945)，原名郁文，浙江富阳人。自幼家道(教书行医)中落(3岁丧父，姐姐给别人做童养媳)而饱读古典诗词，形成多愁善感而又富有反抗精神的气质。他从小就是孤独的，父亲死后，母亲挑起了沉重的生活担子，四处奔波，老是不在家。两个哥哥早就去离家很远的书塾读书。在这个静得如同坟墓里一样的家里，陪伴他的，时常只是老祖母那凄凉而单调的念经声音。从而形成了他比较孤僻内向的性格与气质。由于生活的寂寞，郁达夫就怀着无限亲切的感情眷恋着大自然。富阳是一个美丽的城镇。郁达夫曾写了这样一首诗，来咏叹富阳的自然风光的美丽：“家在严陵滩上住，秦时风物晋山川，碧桃三月花如锦，来往春江有钓船。”——这样优美的山水，无疑会使郁达夫从小就受到潜移默化的熏陶，使他逐渐具有文人气质，并创作出风格清丽的诗文。正如郁达夫在《忏余独白》中所说的：“在小学校念书的时候——也许是在进小学校之先——记得老爱走上离城市稍远的江边上去玩。因为在那里有的是清新的空气，浓绿的草场，和桑槐的并立排着既不知

① 吴晓东：《中国现代审美主体的创生——郁达夫小说再解读》，《中国现代文学研究丛刊》，2007年第3期。

从何处始也不知在何处终的树影，而从树丫枝里望出去的长空，似乎总是一碧无底的。在这些青葱蓝碧的中间，记得还有许多喳喳卿卿和悠然长曳地沁的一声便踪迹全无的飞鹰的绝叫声听得出来。置身于这些绿树浓荫的黄沙断崖中间，躺着，懒着，注目望望江上的帆船——那时候这清净的钱塘江上是并没有轮船的——和隔江的烟树青山，我总有大半日的白日之梦好做。对于大自然的迷恋，似乎是我从小的一种天性。”①

郁达夫 7 岁(1902 年)时进入私塾读书。对中国的古典诗歌有很强的接受能力，并开始练习写得一手像样的诗了。郁达夫曾在《自述诗》中写道：“九岁题诗四座惊，阿连少年便聪明，谁知早慧终非福，碌碌瑚琏器不成。”5 年后(1907)进入富阳高等小学。1911 年以优异成绩毕业。得《吴梅村(吴伟业)诗集》一部，成为他专心研求韵律的开始。这期间，他还和一位邻家的赵姓少女产生了朦胧的恋情。然后到嘉兴中学、杭州府中学堂就读。课余阅读了大量的文学书籍，并开始写作并发表诗歌。第一次投稿被采用的是一首模仿宋人的五言古诗，登在《全浙公报》上。当他看见自己的诗发表出来后，高兴极了，简直“快活得想大叫起来”。此后，他更是废寝忘食地写，写好了就用了很多假名寄出去发表。坚持了两三年后，觉得发表诗作有七八成的把握了，才用自己的真实姓名。发表过他的诗作的报刊，主要有《全浙公报》、《之江日报》以及上海的《神州日报》。1912 年为更好地学习英文，转入杭州之江大学预科。之江大学原名育英书院，是美国长老会办的教会学校。这所学校最让郁达夫苦恼的是强迫他信神。他说：“每天早晨，一起床就得祷告，吃饭又是祷告；平时九点到十点是最重要的礼拜仪式，末了又是一篇祷告。《圣经》，是每年级都有的必修重要课目；礼拜天的上午，除有了重病，不能行动者外，谁也要去做半天礼拜。”他把这种生活，称为“叩头虫似的学校生活”②，比在杭州府中学读死书还要难受。进校两个月后，学校闹起了罢课学潮，反对校长偏袒殴打学生的厨子。郁达夫是学潮的积极参与者，结果被开除出校门。这初步显示了他热爱自由，敢于反抗社会黑暗势力的品格。此后郁达夫回到家乡，开始索居独学的生活，实际上是有计划的自学。同时他还有意识地去观察了解农民的生活。因而他后来说：“将近两年的独居苦学，对我的一生，却

① 郁达夫：《忏余独白》，《郁达夫文集》第 7 卷，花城出版社 1983 年版，第 249 页。

② 郁达夫：《孤独者》，《郁达夫文集》第 3 卷，花城出版社 1983 年版，第 411 页。

是收获最多，影响最大的一个预备时代。”①

1913年随兄郁曼陀赴日留学。1914年7月进入东京第一高等学校预科，与郭沫若、张资平等同学。开始读第一科（文哲、经济和政法），后来听从兄长的意见改读三科（医学）。郁达夫在认真学好功课的同时，对文学感到很大的兴趣。他不仅经常写作旧体诗，而且喜欢读欧美的文学作品，尤其爱读小说。同时也深切地感受到弱国子民的悲哀。即使那些本来是天真无邪而又温馨至极的日本少女，“一听到了弱国的支那两字，那里还能够维持她们的常态，保留她们的人对人的好感呢？支那或支那人的这一个名词，在东邻的日本民族，尤其是妙年少女的口里被说出的时候，听取者的脑里心里，会起怎么样的一种侮辱，绝望，悲愤，隐痛的混合作用，是没有到过日本的中国同胞，绝对地想象不出来的。”②郁达夫在东京第一高等学校预科班就读时，除了时常为祖国的国际地位落后而深感悲哀苦恼外，还经常陷入男女两性间的烦恼之中。当时，两性解放的潮流早已在东京上流社会、尤其是知识阶层和学生群众中盛行开来了。名女优妖艳的照相，妇女画报上的淑女名姝的记载，东京名人的姬妾的艳闻，等等。凡是足以挑动青年心理的一切对象与事件，在这一个世纪末的过渡时代里，来得特别得多，特别得杂。而日本女性大都长得肥白柔美，所受的又都是顺从男子的教育，再加上历来日本国人口不繁，衣饰起居简陋，一般女子对于守身的贞节观念较淡薄。此外，当时日本的城市中淫业是公开化合法化的，妓馆很多。这一切，都给当时正处于青春期的郁达夫以很大的刺激与诱惑。但是，每当他跟日本女孩子稍有接近时，又常常受到奚落，甚至侮辱。于是，他常常陷入性的苦闷中，甚至亢奋到不可抑制的地步，从而形成了他变态的性心理。

1915年9月郁达夫离开东京，坐火车去名古屋第八高等学校就读。住在学校附近御器丽村专供学生寄宿的旅舍内，每月领取32元的官费维持生活。当这一年的寒假考完试以后，接连下了两天大雪。郁达夫一个人住在被厚雪封锁住的乡间，觉得怎么也忍耐不住了，就在一天雪片还在飞舞着的午后，踏上了东海道线开往东京去的客车。在孤冷的客车里，喝了几瓶热酒，

---

① 郁达夫：《大风圈外》（自传之七），《郁达夫文集》第3卷，花城出版社1983年版，第436页。

② 郁达夫：《雪夜——自传之一章》，《郁达夫文集》第4卷，花城出版社1983年版，第95页。

看看四面并没有认识的人，胆子忽而放大了。于是，到了夜半停车的一个小站上、郁达夫忽然飘飘然跳下了车厢。日本的妓馆，本来是到处都有的，但一则因为怕被熟人看见，再则考虑有梅毒的纠缠，所以郁达夫过去只是胡乱想过，却不敢轻易地去试一试。这次却不同了，人地既极生疏，时间又是夜半，再加上喝了几瓶酒后异常兴奋，走出车站，跳上了人力车，把围巾向脸上一包，就放大了喉咙叫车夫直接拉他到妓廊的高楼去。受了龟儿鸨母的一阵欢迎后，郁达夫便选定了一个肥白高壮的花魁妓女。这一晚，他直坐到深夜，且歌且饮之后，便把童贞破了。第二天中午醒来，在锦被里伸手触着了那一个温软的肉体，便迷迷糊糊地想起了昨夜的痴乱的狂态，顿时觉得像在大热天里，当头被泼上了一身凉水。他情不自禁地流下了两行热泪，狠狠地自责说："太不值得了！太不值得了！我的理想，我的远志，我的对国家所抱负的热情，现在还有些什么？还有些什么呢？"[①]这表明郁达夫内心多么矛盾，而灵魂又是多么苦痛啊！自此之后，郁达夫每当陷入性苦闷之时便跑去妓馆里寻求刺激和解脱。据郁达夫在八高时的同窗钱潮回忆说："达夫在名古屋时生活很浪漫，常去妓院，有时回来还向我介绍他的见闻，如日本妓女都坐在哪里，头上挂有介绍姓名、年龄的牌子，供来客挑选等等。达夫早期的小说大都以妓女生活为题材，恐怕与此不无关系。"[②]

应怎样看待郁达夫的这些行为呢？郁达夫对于自己之所以沉迷于酒色生活的情由，曾这样说过："人生终究是悲苦的结晶，我不信世界上有快乐的两字。人家都骂我是颓废派，是享乐主义者，然而他们哪里知道我何以要去追求酒色的原因呢？唉唉，清夜酒醒，看看我胸前睡着的被金钱买来的肉体，我的哀愁，我的悲叹，比自称道德家的人，还要沉痛数倍。我岂是甘心堕落者！我岂是无灵魂的人？不过看透了人生的命运，不得不如此自遣耳。"[③]这一段话说明郁达夫跟一般的荒淫无耻的伪君子是不同的，他只是认为自己的人生大悲苦，认为自己的命运不可能有什么希望，因而不得不用酒色来排遣内心的苦闷。这就表明，他的这些行为主要是由于黑暗的时代造成的，他并

① 郁达夫：《雪夜——自传之一章》，《郁达夫文集》第 4 卷，花城出版社 1983 年版，第 96 页。

② 钱潮：《我与郁达夫同学》转引自陈子善、王自立编《回忆郁达夫》，湖南文艺出版社 1986 年版。

③ 郁达夫：《〈茑萝集〉自序》，《郁达夫文集》第 7 卷，花城出版社 1983 年版，第 153 页。

非真的是一个没有灵魂的人，更不是一个自甘堕落的人。

郁达夫自从干了那件蠢事之后，忧郁情绪愈来愈严重，到 1916 年春，发展成为刺激性的神经衰弱症（一时昏厥如羊痫病，但无痉挛状态）。这一年春假考试，因为病情较重，中途停考，七门学科只考了三门。发病期间，郁达夫曾于 2 月在风景幽雅的梅林（晴雪园）中租得楼房一间，住进那里休养。直到病情稍有好转（9 月开学前），才搬回原住处寄宿。虽然身体不大好，精神时常“苦闷极矣”。但是，他的爱国之情却有增无减。袁世凯称帝和其后的军阀纷争都引起了他的谴责。在给他大哥的信中说：“国事弟意当由根本问题着想。欲整理颓政，非改革社会不可。”也许正是出于改革中国社会的愿望，郁达夫于 1916 年 9 月放弃学医，从第三部医科转到第一部丙科的法学部学习政治学科，而且从头学起。但主要兴趣却在文学方面，写作并发表了大量旧体诗，并受到日本友人的称赞。郁达夫在名古屋高等学校期间，大量接触了西方文学，尤其以小说为多（研读了 1000 多部外国名著）。他“从杜儿葛纳夫到托尔斯泰，从托尔斯泰到陀思妥耶夫斯基、高尔基、契诃夫。更从俄国作家，转到德国各作家的作品上去。后来甚至于弄得把学校的功课丢开，专在旅馆里读当时流行的所谓软文化作品。”[①]他借书的方式很特别。别人借书总是先查看目录，然后选择自己所需要的去借，而他却从书架上的第一栏第一本到第几本整批地借去，从来不查看目录。待到借去的这批书看完了，又从前回终止的地方开始，往下整批地借出去。就这样，一栏又一栏，一架又一架地借下去，直到出校门的时候为止。正是这样借书阅读的方法，不仅使郁达夫成为借阅数量最多的，而且无形中对各种作品的好坏优劣有了比较鉴别，大大提高了鉴赏水平。可以说，在名古屋第八高等学校就读时，郁达夫几乎全身心地沉进了书海之中，阅读了大量的西方小说和日本小说，尤其是俄罗斯的小说为多，对于他后来走上小说创作的道路产生了重大影响。

“五四”新文化运动与文学革命爆发后，郁达夫受到极大的震动，激起了他从事新文学写作的冲动。1919 年 10 月 13 日致胡适信说：“你们的那一番文艺复兴的运动，已经唤起了几千万的同志者。”[②]先后和东京帝大的同学张

① 郁达夫：《五六年创作生活的回顾》，《郁达夫文集》第 7 卷，花城出版社 1983 年版，第 178 页。

② 郁达夫：《致胡适》，《郁达夫文集》第 9 卷，花城出版社 1983 年版，第 326 页。

资平(地质系)、成仿吾(造兵科)、田汉等筹建新文学团体;于1921年6月和郭沫若等正式成立创造社(依托上海泰东书局)。9月回国编辑创造社的刊物,又(10月)赴安徽政法学校任教(英文)。同时(上海泰东书局)出版了第一部现代短篇小说集《沉沦》(创造丛书之一),包括《沉沦》、《银灰色的死》、《南迁》三个短篇。主要通过几个留日学生的凄凉遭遇倾诉了他们的内心苦闷(以青春"性的苦闷"为突破口),成为创造社在小说方面的主要代表。作品出版后,受到青年读者热烈的欢迎,成为风行一时的畅销书。泰东书局曾将此书接连出了十余版,出版数量达三万余册,这在当时来说是十分可观的现象;也遭到了某些伪君子和假道学者的攻击和诽谤,甚至受到了一些新文学家的指责和非难,说郁达夫是"浪漫作家"、"颓废文人","就和街头的乞丐一样,故意在自己身上造些血浓糜烂的创伤来吸引过路人的同情"。这时周作人于1922年3月26日《晨报副刊》"文艺批评"栏发表《"沉沦"》一文,为《沉沦》作了有力的辩护:"综括的说,这集内所描写是青年的现代的苦闷,似乎更为确实。生的意志与现实的冲突是这一切苦闷的基本;人不满足于现实,而复不肯遁于空虚,仍就这坚冷的现实中,寻求其不可得的快乐与幸福。现代人的悲哀与传奇时代的不同者即在于此。""所谓灵肉的冲突,原只是说情欲与压迫的对抗,并不会有批判的意思,以为灵尤而肉劣,老实说来超凡入圣的思想倒反于我们凡夫觉得稍远了,难得十分理解,譬如中古诗里的'柏拉图的爱',我们如不将他解作性的崇拜,便不免要疑是自欺的饰词。我们赏鉴这部小说的艺术地写出这个冲突,并不要他指点出那一面的胜利与其寓意。他的价值在于非意识的展览自己,艺术地写出升华的色情,这也就是真挚与普遍所在。至于所谓猥亵部分,未必损伤文学的价值,即使或者有人说不免太有东方气,但我以为倘在著者觉得非如此不能表现他的气氛,那么当然没有可以反对的地方。"①那些攻击和否定《沉沦》的声音才销声匿迹。郁达夫曾说:"我的这抒情时代,是在那荒淫惨酷,军阀专权的岛国里过的。眼看到的故国的陆沉,身受到的异乡的屈辱,与夫所感所思,所经所历的一切,剔括起来没有一点不是失望,没有一处不是忧伤,同初丧了夫主的少妇一般毫无力气,毫无勇毅,哀哀切切,悲鸣出来 的,就是那一卷当时很惹起了许多非难的

① 周作人:《"沉沦"》,钟叔和编《周作人文选》,广州出版社1995年版,第153-154页。

《沉沦》。"[①]他在《〈沉沦〉自序》中又说："《沉沦》是描写一个病的青年的心理，也可以说是青年忧郁病 Hypochondria 的解剖，里边也带叙着现代人的苦闷，——便是性的要求与灵肉的冲突。"[②]实际上这样一种"性的苦闷"与病态的心理是与当时中国社会的黑暗现实和这些留学生所在备受歧视的异国他乡的环境相联系的。因而通过他们的悲剧与呼唤也就表达了他们争取个性解放、反帝反封建的时代呼声。同时还以鲜明的自叙色彩开创了"自叙传"抒情小说这一独特的小说文体与潮流。

以作家 1921 年回国后赴安庆教书的经历为素材写成的《茫茫夜》及《秋柳》继续了以"性的苦闷"来倾诉被压抑的个性情感的主题。其主人公于质夫同样具有孤独忧郁的气质，并受着性欲的煎熬。当他从日本回国时也曾决心改革旧时恶习，开始新生活。但是他来到 A 地教书的新生活才刚开始，便被军阀操纵的动乱把正常的生活秩序破坏了。他的恶习又复萌了，甚至不得不到花街柳巷去寻求慰藉。作家在刻画主人公变态心理的同时注意发掘其与军阀专权、社会腐败的关联，使作品具有更加强烈的现实意义，但同时也把感伤情调推向了新的层次。不过在那醉与笑的放浪中他始终未能摆脱那刻骨铭心的孤寂。

1922 年夏，郁达夫结束学业回国先后在安庆法政学校、北京大学、武昌师大、广东大学任教，更加真切地体验到生活的困境，感受到中国社会的黑暗和人的价值尊严的失落，因而"生的悲哀"成为他这时期作品的主题。创作了《茑萝行》《春风沉醉的晚上》与《薄奠》等小说。《春风沉醉的晚上》并不只是写烟厂女工陈二妹在生活困境中仍关切着与她同是天涯沦落人的失业知识分子"我"，而且还以他们共同的困境展现出下层社会的普遍贫困。同样《薄奠》中叙述人"我"也不仅仅是那个正直善良、勤劳俭朴的人力车夫的悲剧的见证人，而且"我"也有着同样的苦楚。因而"我"才那么伤心地哭他，并诅咒那可怕的社会与命运。值得注意的是在前期小说中以激烈的灵与肉冲突的形式表现出来的情欲要求也开始得到了净化。在《春风沉醉的晚上》中，当"我"的理智克制了想拥抱陈二妹的欲望之后，"觉得我的周围，忽而比前几秒钟更光明了"。这是一种超越肉的感官而追求一种灵的沟通与交融的新的

---

① 郁达夫：《忏余独白》，《郁达夫文集》第 7 卷，花城出版社 1983 年版，第 250 页。

② 郁达夫：《〈沉沦〉自序》，《郁达夫文集》第 7 卷，花城出版社 1983 年版，第 149 页。

境界。

1927年在大革命的高潮中，郁达夫发表敏锐揭露革命阵营内部阴暗面的《广州事情》而遭到创造社友人误解与攻击。他也因此登报脱离了创造社。同时面对国民党蒋介石的法西斯专制统治，虽然他曾与鲁迅合作编辑《奔流》(1928—1929)杂志，发起中国自由大同盟等；但是消极退隐思想日渐浓厚，于1933年离开上海移居杭州，建“风雨茅庐”；克制个人的欲望冲动，追求田园隐逸的倾向日渐明显；创作的重心也转向游记与随笔。1932年写作的小说《迟桂花》中升华到一个更加明丽纯净的层次。当叙述人“我”向老同学之寡妹翁莲坦白了自己的情欲之后，两人纯真的友情与静谧清幽的五云山景融为一体，再伴以随风阵阵飘来的迷人的桂花香，真使饱受人生创伤的翁氏兄妹与“我”一起进入一种返朴归真的境界。消除了那种自我呼号式的情感倾泻之后，文体也变得明丽、轻灵与优美起来；当然与此同时也流露出作家厌倦社会斗争，隐逸山水田园的厌世倾向。不过他仍关注着现实。1935年创作的中篇《出奔》以大革命为背景，展示一个青年革命者钱时英被地主腐蚀、收买到觉醒后焚烧地主全家而“出奔”的过程，显示出作家开始转向现实主义艺术的信息。但这种转变并没有完成，抗战的烽火便将郁达夫再次召唤到火热的斗争中。1938年他赴武汉福州参加抗日文化活动，1938年奔赴南洋(新加坡-苏门答腊)继续抗日斗争，1945年日本投降(8月15日)后的9月17日被日本宪兵杀害。

二、《沉沦》解读

《沉沦》是郁达夫早期短篇小说的名篇，亦是他的代表作之一。1921年5月9日定稿，收入1921年7月由上海泰东书局出版的同名小说集《沉沦》中。

小说的主人公是一个留学日本的大学生“他”(带有作家自我经历的浓厚投影)。《沉沦》开篇一句话就是“他近来觉得孤冷得可怜”。这是因为他们一方面正值青春年少，萌发了爱情的要求；另一方面作为弱国子民的他们又深感自卑，难以正常实现自己的爱情追求，因而感到孤冷。不过他们越是孤冷，就越是渴求异性爱情的慰藉，也就越是强烈地感受到社会的压迫，从而越是加深了他们的忧郁。这似乎是一个难以解开的死结。《沉沦》便率真地展开了“他”的这一心理困境。一方面是“他”孤冷得可怜，“上课的时候，他虽然坐在全班学生的中间，然而总觉得孤独得很，在稠人广众之中，感得的这种孤独，倒比一个人在冷清的地方，感得的那种孤独，还更难受”。另一方面则是“他”对同情与爱情的倍加渴望：“知识我也不要，名誉我也不要，我只要一个能安慰我体谅我的‘心’。一副白热的心肠！从这一副心肠里生出来的同情！从同情而来的爱情！”然而这种要求对“他”来说又是非常难以实现的。这不仅在于视支那人如同猪狗的异国环境，而且在于“他”自卑情结的阻碍，使“他”难以同人正常交往。比如对房东的女儿，“他心里虽然非常爱她，然而她送饭来或来替他铺被的时候，他总装出一种兀不可犯的样子来。他心里虽想对她讲几句话，然而一见了她，他总不能开口。她进他房里来的时候，他的呼吸竟急促到吐气不出的地步。他在她的面前实在是受苦不起了，所以近来她进他的房里来的时候，他每不得不跑出房外去。然而他思慕她的心情，却一天一天的浓厚起来。”因而“他”只能躲在被窝里犯罪，然后又深自痛悔，不仅在心理上，而且在生理上陷入一种恶性循环的怪圈。以至身不由己地去偷看浴女，窃听野合，步入妓馆，走向“沉沦”。虽然他困惑于两位日本女生的眼波而产生了错乱的幻想，但是他还是敏感到他的爱情不能实现与他作为一个弱国子民的身份紧密关联——因而在日记中写到：“我何苦要到日本来，我何苦要求学问。既然到了日本，那自然不得不被他们日本人轻侮的。中国呀中国！你怎么不富强起来，我不能再隐忍过去了。”最后在绝望之中呼唤着祖国啊“你快富起来！强起来罢！/你还有许多儿女在那里受苦呢！”而蹈海自尽。所以“他”虽然是一个畸形病态的“沉沦”青年，但是透过他那饱受折磨的心理困境既折射出一个弱国子民在异国他乡所遭受的屈辱与痛苦，又表达了对自我价值、人格尊严的热情呼唤。郭沫若说：“他那清新的笔调，在中国枯槁的社会里面好像吹来了一股春风，立刻吹醒了当时的无数青年的心。他那大胆的自我暴露，对于深藏在千年万年的背甲里面的士大夫的虚伪，完全是一种暴风雨式的闪击”，使那些假道学、假才子们“感受着作假的困难”[①]。这无异于在具有几千年禁欲传统的中国大地上扔下了一枚重磅炸弹，起到了惊世骇俗的作用。当然那畸形的抗争，也带有某种世纪末的病态的色彩。

为了坦露主人公的内心困境，作品在艺术上不再采取传统小说有头有

① 郭沫若：《论郁达夫》，《郭沫若全集》文学编第 20 卷，人民文学出版社 1989 年版，第 317 页。

尾，顺序展开，环环相扣的连贯的情节结构，而是通过对故事时间的切割、重组，建构起一种以揭示人物的内在心境和情绪为中心的逆时序的叙事时间结构。首先是从“他”的学校开学半月之后的一天(即 9 月 22 日)“他”在原野里漫步开始叙述的。接下来按情节的自然进程概述了“他”在学校里和同学的关系日渐隔离，以及一天放学后他与两个日本女学生相遇所引起的心理骚动。然后便出现了第一叙事层的中断，切入了对“他”的家庭和过去经历的追叙，这一追叙一直到“他”20 岁由东京来到这 N 市的高等学校学习的第二年才截止。到第五节“一礼拜前的有一天午后，他拿了一本 Words worth 的诗集，在田塍路上逍遥漫步了半天。……前几天在路上遇着的那两个女学生常在他脑里，……”才续上了前面(第一叙事层)的叙述线索(到这时我们也才明白了“他”开始漫步时的年龄，而这种交代在传统小说中是需随人物的上场时便说清楚的)。这样一种逆时序的叙事结构，正在于突出刻画和坦露“他”的心境和情绪。之所以要截取“他”的漫步中途起始叙述，也是为了突出“他”心境的忧郁和孤冷，而接着的发展也在于进一步展开他忧郁病的深化。正是在把“他”的这种忧郁的心境烘托凸显出来之后，接着再才去追溯“他”忧郁病的根源。所以其情节结构(不仅仅指故事)的轴心不是沿着故事的层面展开，而是围绕着主人公“他”的心境。正是“他”的心境情绪的起伏构成了情节结构的基本节奏：第一次是“他”遇见两位日本女生的自伤自卑；第二次是“他”窥浴后的自我羞愧；第三次是“他”从酒楼出来后的自我谴责以至最终投海自尽。因而在这些小说中，情节的高潮并不是外在矛盾冲突的激化，而是人物内心冲突的激烈。这样一种小说也可以称为“心境小说”①。

三、郁达夫“自叙传”小说的文体特征及其艺术成就

(一)“自叙传”/浪漫抒情小说文体的确立

虽然郭沫若 1920 年就写出了《鼠灾》等自我小说，但是真正开自我小说风气并成为范式的却是郁达夫的《沉沦》。郁达夫说：“我的对于创作的态度，

① 参见王晓初：《心境小说 ：郁达夫早期小说的叙述形式与意义》，《中国现代文学研究丛刊》，2003 年第 2 期。

说出来或者人家要笑我，我觉得‘文学作品，都是作家的自叙传’这一句话，是千真万真的。”[①]其特点首先表现为题材的自叙性，郁达夫小说（尤其是前期）的题材和人物大都来源于郁达夫自己的经历和生活。其主人公，无论是以第一人称“我”出现，还是以第三人称“他”，或者于质夫、文朴的名字出现，实际上都有作家自我的投影。如果把他们连接起来，基本上能折射出作家自我生活的轨迹。其次是叙述的主观性。或者是以主人公的第一人称“我”来叙述，或者是在形式上采取了第三人称他叙视角，但叙述人叙述的视域常常局限于主人公的视角范围内，并往往与主人公的视点重合或同一，因而仍然带有强烈的主观性，被涂上了浓郁的主观情绪色彩。再次着力于主人公内在心境的表现。如作家自己便说：“《沉沦》是描写一个病的青年的心理，也可以说是青年忧郁病 Hypochondria 的解剖。”[②]因而也就消解了传统小说连贯的情节结构，而依据主人公心绪的展开来组织叙事结构，常常出现主人公回忆的逆时序、闪回等，同时经常使用抒情独白、梦幻、日记和书信等叙事手段，并造成情节线的跳跃、空白与中断等，以抒情性的情绪节奏取代了情节线的叙事节奏，如《沉沦》。再次，注意通过对自然景物的描绘和富有感情色彩的语言的选用来渲染气氛，营构出抒情诗式的意境和韵味。这尤其是在郁达夫中后期的小说，如《春风沉醉的晚上》、《迟桂花》中有突出的表现。《沉沦》能使人心灵栖息的自然、田野、稻田/月光、清寥或澄明的景色、梅林大海等；《春》能慰藉人心灵的闪烁的星群与星星、春景与春风；《迟》中飘香的桂花等意象都渲染环境氛围，强化了主题情调，构成一种情景交融的意境。

（二）“零余者”形象系列的塑造

如前所述，郁达夫小说的主人公大都具有同一性，从而组成了一组独特的人物形象系列，郁达夫在《茑萝行》中曾称之为“零余者”。这是五四时期一部分彷徨于歧路的知识青年的形象反映；其特征是遭到社会的挤压，但又无力把握自己的命运，因而只能在精神上与社会处于势不两立的对立之中，以愤世嫉俗或变态的行为来表达自己的反抗。这些零余者形象，是作者对自己

① 郁达夫：《五六年创作生活的回顾》，《郁达夫文集》第 7 卷，花城出版社 1983 年版，第 180 页。

② 郁达夫：《〈沉沦〉自序》，《郁达夫文集》第 7 卷，花城出版社 1983 年版，第 149 页。

精神困境的一种自述，也是对五四知识分子的精神世界的探索。“零余者”在渊源上受俄国文学“多余人”，特别是屠格涅夫《多余人日记》(郁达夫翻译为《零余者日记》)的影响。不过与“多余人”相比，虽然在受社会排挤、孤独内向、懊恼悲怆等方面两者有相似的特征，但是由于他们没有“多余人”的贵族地位、闲适的生活环境和尚可维持生计的祖业，而是辗转流离于社会下层的青年知识分子，因而他们的悲怆比“多余人”更浓厚，思想倾向更激进，表现出与社会尖锐的对立与愤世嫉俗式的抗争。不过由于他们天生缺乏行动的能力，因而这种对立和抗争并不表现为外部的行为，而是体现为精神的抗争，并常常伴有极度的内心痛苦和青春期的性苦闷，由此形成一种以自卑、愤激、感伤、忧郁为主要特征的病态人格。因而被称为“生则于世无补，死亦于人无损的零余者”①。不过作家真切地把这类人物的内心痛苦袒露出来，不仅显示出强烈的反封建和控诉社会黑暗的意义，而且以那虽然带有浓厚的感伤色调但却绝不妥协的抗争精神激励着人们去求索自己的人生新路，给人以崇高的振奋，从而在题材上也升华了情欲的美学意义和品格。

（三）对现代主义艺术的借鉴与融合

1. 利用弗洛伊德精神分析学说加深人物心理的透视

弗洛伊德的精神分析学说，特别是人格心理的构成及其相互冲突的理论给20世纪的现代主义文学，如超现实主义、表现主义、意识流文学以巨大的影响。同样在郁达夫笔下，处于“灵”与“肉”激烈冲突中痛苦挣扎的人物形象也带有这种理论的痕迹。他们那来自“超我”压抑所造成的自卑情结对来自“本我”的内在情感欲求的压抑扭曲了他们正常的人际交往，那难以压抑的情感欲求不得不以非正常的方式发泄出来，而这种变态的方式又进一步加剧着他们的自卑意识，从而造成更剧烈的新一轮的恶性循环。当他们终于不能承受这种精神的酷刑之时，便不能不走向死亡。所以他们的病态人格根源于他们内在心理的畸形与紧张，而这种畸形与紧张又折射出转型期中国的诸多弊病与困境。由他们的性苦闷折射出来的是整个时代的苦闷。

2. 对表现主义艺术手法的借鉴

表现主义是20世纪20年代兴起于德国的一个现代主义文艺流派，他们

① 郁达夫：《茑萝行》，《郁达夫文集》第1卷，花城出版社1983年版，第216页。

倡导艺术从自然和物质的束缚中解放出来，反对对外部世界作忠实的记录和描写，而着力于表现主观的感觉和激情，揭示人物的灵魂。同时强调对社会的反抗，寻求精神的“再生”。而在具体艺术表现上则大量采用内心独白、梦境、分身和潜台词等手法。这些都给郁达夫小说艺术以深刻的影响。除在着重表现主观自我、强调社会反抗的基本倾向方面具有同一性之外，就是在具体的艺术表现上也常常借鉴表现主义的艺术手法。如《青烟》便采用了“分身”手法，叙述人兼主人公“我”在烟雾缭绕的愁思中忽然分裂成两个人，幻影“他”在黄昏时候穷愁潦倒地回到阔别多年的沦落了的家，看见妻已成为别人的佣人终于不敢相认，而悄悄地离家投江而死。实际上作家是以潜意识的幻象表达了对现实的愤懑感伤和对前途的恐惧与忧虑。

第四讲　徐志摩的诗歌

在郭沫若确立了现代白话新诗的自由本质之后，诗歌是否只有情感与想象？情感与想象之外，诗歌还有一些什么特质？并且就情感来说，是只有“力的粗暴”，还是多彩多姿？同时情感只能直接倾诉出来吗？对这些问题的探索推出了以闻一多、徐志摩为代表的现代格律诗派。特别是徐志摩既创造了新诗的各种“体制”，同时又把情感与想象融合成为一种独特的意象，在多样的旋律中书写出性灵的暖意，成为现代诗歌的艺术大师。

一、徐志摩的人生历程与文学道路

“悄悄的我走了，/正如我悄悄的来；/我挥一挥衣袖，/不带走一片云彩。”（徐志摩《再别康桥》）——著名诗歌评论家谢冕说：“他是这么悄悄地来，又这么悄悄地去了。他虽然不曾带走人间的一片云彩，却把永远的思念留给了中国诗坛。像徐志摩这样做一个诗人是幸运的，因为他被人们谈论。要知道，不是每一个写诗的人都能获得这般宠遇的。也许一个诗人生前就寂寥，也许一个诗人死后就被忘却。历史有时显得十分冷酷。徐志摩以他短暂的一生而被人们谈论了这么久（相信今后仍将被谈论下去），而且谈论的人们中毁誉的‘反差’是如此之大，这一切就说明了他的价值。不论是人们要弃置他，或是要历史忘掉他，也许他真的曾被湮没，但他却在人们抹不掉的记忆中顽强地存在着。”①

徐志摩（1897—1931），浙江海宁人，出身于一个富商家庭。父亲徐申如是硖石商会会长，在家乡和上海广有产业。亲人的疼爱与娇宠，使志摩养成了随和放任的性格，祖母和母亲的贤淑慈爱，启发了他人际交往中的善良与

---

① 谢冕：《云游——论徐志摩》，《谢冕卷》，安徽教育出版社 1999 年版，第 180-181 页。

真挚，父亲开明的家庭教育又培育了他乖觉与温顺的绅士气度。家乡秀丽的山水和自然风物陶冶了徐志摩活泼、浪漫和爱美的性情。他后来说“我生平最纯粹可贵的教育是得之于自然界，田野，森林，山谷，湖，草地，是我的课室；云彩的变幻，晚霞的绚烂，星月的隐现，田野的麦浪是我的功课；瀑吼，松涛，鸟语，雷声是我的老师，我的官觉是他们忠谨的学生，受教的弟子。”①

1900年徐志摩(4岁)进入家塾读书，1907年进入硖石开智学堂(硖石镇第一所新式学堂)，不过毕业时便因高度近视而戴上了眼镜。1910年春，徐志摩考入杭州府中学堂，和郁达夫同学。1913年在校刊《友声》第一期上发表了他的第一篇论文《论小说与社会之关系》，后又有《镭锭与地球之历史》，显示了他广泛的知识视野与兴趣；并为来校视察的浙江都督朱瑞的秘书张嘉璈所发现，而与其妹张幼仪成婚。1916年秋，徐志摩考入天津北洋大学法科预科；第二年，因北洋大学法科并入北大，成为北大学生。1918年有了第一个儿子，取名积锴，乳名阿欢。同时经妻兄张君劢(后为民社党主席)介绍，拜著名学术大师梁启超为师，由梁启超建议，同年8月赴美留学。1919年6月，23岁的徐志摩以优异的成绩在克拉克大学毕业，并获该校一等荣誉奖。同年9月，徐志摩考入哥伦比亚大学经济系修硕士学位，倾心于政治、劳工、民主、文明等问题的研究。在此间，徐志摩的政治热情空前高涨。1920年9月，徐志摩获哥伦比亚大学经济学硕士学位，学位论文题目为《论中国的妇女地位》。一年取得学士学位，一年获得硕士学位，显示了他的聪颖与勤奋。1920年9月徐志摩放弃了唾手可得的博士学位，离开了哥伦比亚大学，赴英国投奔他景仰的罗素②。他准备到那里后去剑桥大学研究院读博士，没有想到的是罗素已到中国讲学，同时由于他的反战(第一次世界大战)倾向，已被剑桥大学除名。失望和无奈之余，徐志摩只好进了伦敦大学政治经济学院，师从著名政治学家拉斯基教授，攻读政治经济学博士；结识陈源，进而和威尔斯、魏雷和卞因等英国著名作家和学者交往；同时还结识了来英国考察的林长民及其女儿林徽因，在与林长民(44岁)成为忘年交的同时，陷入了对风华绝代的中华第一才女林徽因(16岁)的热恋之中。当1920年冬妻子张幼仪

① 徐志摩：《“雨后虹”》，《徐志摩全集》卷四，广西民族出版社1991年版，第61页。

② 罗素(1872—1970)：英国哲学家、数学家、社会学家，也是20世纪西方最著名、影响最大的学者和社会活动家之一，被称为“20世纪的伏尔泰”，1950年获诺贝尔文学奖。

赶赴英伦后，由于徐志摩移情别恋，两人的感情已出现了明显的裂痕。1921年四五月间，经著名作家狄更斯推荐进入剑桥大学学习。为情所困的徐志摩终于经过努力与张幼仪自由协议离婚①。离婚后的张幼仪，带着刚出生的和徐志摩的第二个儿子德生（彼得）留在德国求学，她坚信自己能够拥有独立的自我，并能独自将儿子抚养成人。1926年回国后，张幼仪开始在上海发展事业，在东吴大学教德文，接办上海女子商业银行，经营云裳服装公司，均大获成功。她从小脚的阴影里走出，成为一个令人瞩目的新女性，但一生却没有走出徐志摩的世界。她跟夫家维持着奇异的关系，共同经营事业，精心抚育她和徐志摩的儿子，照样服侍徐志摩的双亲（认作寄女），连丧事都由她承办主持。

1922年3月，自由的徐志摩返回了剑桥寻找他的爱与美，林徽因却早在几个月前即1921年10月随父亲回国了。林徽因走了，并且一直杳无音信，因而给了他无边的牵念、美妙的幻想，他有了一颗空寂泣血的心。从此，这颗心被一份"深刻的忧郁占定"。在孤寂痛苦中，康桥成了他心灵的慰藉。这时他见到了心仪已久的罗素，罗素成为了他终身的导师与朋友。同时还会见了英国著名女作家曼斯菲尔德，与她的会见给予他强烈的人格震撼，他称那"二十分"钟是"不死的时间"。1923年1月，曼斯菲尔德诀别人间，魂归仙宫。闻讯后的徐志摩失声痛哭，怅望云天，点点热泪化作《哀曼殊斐儿》的深情哀思："我昨夜梦入幽谷，/听子规在百合丛中泣血，/我昨夜梦登高峰，/见一颗光明泪自天坠落。//我与你虽仅一度相见——/但那二十分不死的时间！/谁能信你那仙姿灵态，/竟已朝雾似的永别人间？……//我哀思焉能电花似的飞骋，/感动你在天日遥远的灵魂？/我洒泪向风中遥送，/问何时能勘破生死之门？"②

在康桥独自生活的日子里，他慢慢的"发见"了康桥，陶醉在康桥的自由、随意、美丽的梦幻之中，既培育了他的人生理想，也激发了他心中的诗情。"问世间情为何物，直教人生死相许。"从此徐志摩的思想就倾向于分行的抒写。他的诗情"真有些像是山洪暴发，不分方向的乱冲，仿佛生命受了一种伟

---

① 1922年3月，《徐志摩张幼仪离婚通告》在《新浙江》的副刊《新朋友》的《离婚号》上刊登——成为近代中国第一桩自由文明离婚案。

② 徐志摩：《哀曼殊斐心》，《徐志摩全集》第1集，商务印书馆（香港）1983年版，第174-176页。

大力量的震撼，什么半成熟的未成熟的意念，都在他指顾间散作缤纷的花雨”。就这样，徐志摩开始了他的诗人生涯。他说：“整十年前我吹着了一阵奇异的风，也许照著了什么奇异的月色，从此起我的思想就倾向于分行的抒写。一份深刻的忧郁占定了我；这忧郁，我信，竟于渐渐的潜化了我的气质。”①

1922年8月10日，为追寻林徽因，徐志摩退学启程回国。但是林徽因已经与梁启超的儿子梁思成订婚。徐志摩开始奋发写作，在《努力周报》《晨报副刊》《学灯》等报刊发表诗歌与译文，以清新的气息引起了文坛的注意。1923年发起组织新月社。1924年，印度大文豪泰戈尔访华期间，作为翻译的徐志摩一直陪伴在他身边，两人结成了忘年交，成为中印文化交流史上的一段佳话。秋，任北京大学教授，讲授英美文学和外文；去北京师范大学作题为《落叶》的讲演；主持新月社事务。在新月社的活动中，与陆小曼相识并热恋。并成为该年底创刊的《现代评论》周刊的重要撰稿人之一。1925年3月，辞去北京大学教授之职，受聘为《现代评论》特约通讯员，游历欧洲，途经苏联的赤塔、西伯利亚、莫斯科到德国柏林。闻次子彼得(德生)因病于柏林夭折，非常悲痛，作悼文《我的彼得》。后经法国、意大利、英国于7月底回到北京，开始记恋爱日记，至9月止，后被编入《爱眉小札》。同时出版第一部诗集《志摩的诗》，收1922年10月到1925年上半年的诗歌，共43首。10月主编《晨报副刊》，先后编辑《诗镌》和《剧刊》，为“新月诗派”(格律诗派)的最终形成和“国剧运动”的发生起了关键性作用。经过刘海粟等的努力，陆小曼与丈夫王赓(孙传芳五省联防军参谋长)离婚，10月徐志摩与陆小曼正式结婚。婚礼由胡适主持，梁启超证婚并致词。后离京南下。1927年，与胡适、闻一多等在上海筹建新月书店；又任光华大学教授，兼任东吴大学、大夏大学教授；出版散文集《巴黎的鳞爪》和第二本诗集《翡冷翠的一夜》(收1925年至1927年间的诗36首，译诗5首)。12月还与陆小曼在上海夏令匹克戏院同演京剧《玉堂春》。1928年主编《新月月刊》创刊，徐志摩发表《新月的态度》一文，被认为是“新月派”的宣言，还出版散文集《自剖》。1930年和陈梦家、方玮德等青年诗人共同酝酿筹办《诗刊》(1931年正式出版)，出版小说集《轮盘》。

① 徐志摩：《〈猛虎集〉序文》，《徐志摩散文选集》，百花文艺出版社1987年版，第220、219页。

1932年北上北平，任北京大学英文系教授，兼任北京女子大学教授；仍兼上海中华书局、大东书局编辑，在北平、上海之间来回奔波。8月，出版第三部诗集《猛虎集》(收录1927—1932年间的诗歌)。11月由北平抵沪，与陆小曼见面即发生争执(传言陆与翁瑞午有染)。11月19日，大雾，林徽因当天晚上要在北平协和小礼堂演讲中国建筑艺术，徐志摩想到场祝贺，搭乘中国航空公司的邮政班机"济南号"启行。飞机失事，遇难身亡，终年35岁。徐志摩去世后，他的朋友又为他编辑出版了第四部诗集《云游》(1932)。

二、徐志摩诗歌的思想与艺术

胡适曾在《追悼徐志摩》中对徐志摩作了一个盖棺论定的评价："他的人生观真是一种'单纯信仰'，这里面只有三个大字：一个是爱，一个是自由，一个是美。他梦想这三个理想的条件能够会合在一个人生里，这是他的'单纯信仰'。他的一生的历史，只是他追求这个单纯信仰的实现的历史。"并认为无论是他的人生探索，还是爱情追求(与三个女子的情感纠葛)，都是这一理想的体现。"他的失败是一个单纯的理想主义者的失败。""因为他的信仰太单纯了，而这个世界太复杂了，他的单纯的信仰禁不起这个现实世界的摧毁；正如易卜生的诗剧Brand(《培儿·金特》)里的那个理想主义者，抱着他的理想，在人间处处碰钉子，碰的焦头烂额，失败而死。"①因而他的诗歌充满了他对人生"爱、自由、美"的歌颂，同时也表达了对这一单纯理想誓死如一的追求(积极而乐观向上的精神追求)。如《为要寻一颗明星》：

我骑着一匹拐腿的瞎马，
向着黑夜里加鞭；——
向着黑夜里加鞭，
我跨着一匹拐腿的瞎马！

我冲入这黑绵绵的昏夜，
为要寻一颗明星；——

① 胡适：《追悼徐志摩》，《胡适文集》第7卷，北京大学出版社1998年版，第566、569页。

为要寻一颗明星，
我冲入这黑茫茫的荒野。

累坏了，累坏了我胯下的牲口，
那明星还不出现；——
那明星还不出现，
累坏了，累坏了马鞍上的身手。

这回天上透出了水晶似的光明，
荒野里倒着一只牲口，
黑夜里躺着一具尸首。——
这回天上透出了水晶似的光明！

一位骑士骑着一匹拐腿的瞎马，“为了寻一个明星”，而冲入那“黑绵绵的昏夜”和“黑茫茫的荒野”。这“明星”是什么？意象的隐喻是不确定的。但可以感受到它与寻求者之间的严峻关系，黑绵绵的昏夜是对明星的一种严丝密缝的遮蔽，而执著的骑手却寻求它的敞亮，这中间隔着的是黑茫茫的荒野，骑手的胯下却是匹拐腿的瞎马。想往和可能之间的紧张关系就这样构成了。至于这种意象关系中的终极所指，人们去意会好了，根据自己的经验去“填充”好了：理想，美，信仰或者爱情，甚至现代诗人的自况，等等，均无不可。它可囊括其中任何单个的内容，但任何单个的释义却无法囊括，——诗已经从个别经验里飞腾、超越出来了。这里是一种诗的抽象，建构起一种人性经验的“空筐”，装得下丰富的人生表象。或许这一骑士（“我”）正是诗人自己的写照。诗人以明星、骑手、荒野、天空、黑暗、拐腿的瞎马这些具体的意象抒发着寻找（“爱、自由、美”）的感觉与愿望。向着黑夜→冲入荒野→无望在荒野→倒毙在荒野——这个单纯洁净的情节，构成了诗歌的悲剧结构。最后当水晶似的光明在天边出现的时候，昏夜与荒野里“倒着一匹牲口”和“躺着一具尸首”。——犹如基督受难图一般，以无声的安详表达殉难的壮美，这正是胡适所言的一种理想主义者的牺牲。那“天上透出的水晶似的光明”，是对（“我”）明星追寻者静穆庄严的祭奠，也是徐志摩作为浪漫主义诗人的标志。可贵的是画面如此静穆，水晶似的光明只有天边的一抹，因而更显得神圣而又高贵！[①] 严谨滞重而反复延伸的诗句、音韵与节奏无疑强化了这一追寻的力度与强度，凸显出追求者坚强的意志与不屈的精神。

“他以一支生花妙笔，写明月、星群、晴霞，山岭的高亢、流水的光华；写那朝雾里轻含闪亮珍珠的小花草；写那像古圣人祈祷凝成‘冻乐’似的五老峰；写爱、写光明、写真美善。甚至对雪中哭子的妇人，垃圾桶边捡煤屑的穷人，深夜拉车过僻巷的老车夫，跟着钢丝轮讨钱的乞儿，沪杭车中的老妇，蠢笨污秽的兵士，都予以无限的同情。他说：‘贫苦不是卑贱，老衰中有无限庄严’，在这些人与生活里面也可以寻找到人生的美。”[②]

不过虽然徐志摩的诗在思想上表现了对“爱、自由、美”三位一体的人生理想的追求，但由于思想之“杂”和“浮”[③]而难以成就独特的创造，而是在诗歌艺术方面体现了更加杰出的成就。朱自清说：“现代中国诗人，须首推徐志摩和郭沫若。”[④]稍后左翼诗人蒲风也说：“堪与郭沫若伯仲的，算起来要推徐志摩。”[⑤]可见徐志摩是得到诗坛公认的具有突出贡献的新诗人。朱自清说他是“跳着溅着不舍昼夜的一道生命水”[⑥]，这种灵动既造成他思想的“浮”和“杂”，也成就了他独特的艺术个性。这种个性首先表现为诗人善于撷取新颖而美妙的意象恰切地表现他性灵深处的诗意，构筑起飘逸圆融的艺术意境[⑦]。正如陈梦家指出：“这自我解放与空灵的飘忽，安放在他柔丽清爽的诗

---

① 参阅王光明：《为要寻一颗明星》，谢冕主编《徐志摩诗歌赏析》，中国和平出版社 1993 年版，第 20-21 页。

② 参阅苏雪林：《徐志摩的诗》，《苏雪林文集》第 3 卷，安徽文艺出版社 1996 年版，第 141-151 页。

③ 陈从周《徐志摩年谱》载：徐志摩在引用了一个朋友对他的评价——“志摩感情之浮，使他不能为诗人，思想之杂，使他不能为文人。”——之后说：“这是一个朋友给我的评语。煞风景，当然，我的幽默不容我不承认他这来真的辣入骨髓的看透了我。”（《徐志摩：年谱与评述》，上海书店 2008 年版，第 60 页）

④ 朱自清：转引自赵景深《志摩师哀辞》，见陈从周《徐志摩：年谱与评述》，上海书店 2008 年版，第 7 页。

⑤ 蒲风：《 五四到现在的中国诗》，载《 诗歌季刊》1 卷 1 期，1934 年 12 月 1 日。

⑥ 朱自清：《导言》《中国新文学大系·诗集》，上海良友图书出版公司 1935 年版，第 7 页。

⑦ 朱自清说：徐志摩“最讲究用比喻，——他让你觉着世上一切都是活泼的，鲜明的。”（见《导言》，《中国新文学大系·诗集》，上海良友图书出版公司 1935 年版，第 7 页）

句中,给人总是那舒快的感悟。”[1]如那只“像是春光、火焰,像是热情”的《黄鹂》,那位骑着一匹“拐腿的瞎马”“冲入黑茫茫的荒野”的骑士(《为要寻一颗明星》),那在半空中“飞飏”的“快乐的雪花”,那“半夜深巷”的琵琶……都是既出人感觉、想象之外,又贴切自然的神来之笔,飞跃出非他不能创造的徐志摩式意象。这种意象往往是瞬间的又最动人的,最富于情感张力与冲击力的(如雕塑的“瞬间”),如那离别时的“一低头”(《沙扬娜拉》),一“(轻轻)招手”(《再别康桥》)都赋予了绵延无尽的情感和意义,构成一种有意味的形式。除此之外,徐志摩也曾尝试用戏剧性对话或小说式叙事来抒情,如《大帅》、《一条金色的光痕》等。

其次是徐志摩诗歌的音乐性极强,不仅有节奏感、音韵感,而且有旋律感[2]。从胡适一直到郭沫若,新诗都没有一定的格式。郭沫若虽然以西洋格式为创作的模范,但他第一次用西方诗式创作时,带有美国诗人惠特曼的自由豪放风格,并不成功。徐志摩知道诗没有声律便失去了诗的原素,所以他的创作很注重韵律。于赓虞回忆说《诗刊》发行前,他们共聚在闻一多寓所讨论,共同的意见是在使诗的内容及形式,表现出美的力量,成为一种完美的艺术。《诗刊》发行后,每周都要在徐志摩家开一次读诗会。会中讨论最多的是诗的形式及音韵。而到《新月》诗刊发行后,诗的格律愈加严谨,因此胡适写下了《新诗已上了轨道》。不过徐志摩并不像闻一多那样追求外在形式的匀称和均齐(流于“豆腐干体”),而是追求诗歌“内含的音节的匀整与流动”,“行数的长短,字句的整齐或不整齐的决定”“全凭体验到的音节的波动性”[3]。因而他诗歌的节奏与旋律远比闻一多诗灵活多变,轻快潇洒。如《雪花的快乐》以飞动飘荡的旋律传达出雪花的轻盈与快乐;《为要寻一颗明星》则以比

① 陈梦家:《新月诗选·序言》,《新月诗选》,解放军文艺出版社2000年版,第8页。

② 卞之琳说:“诗的音乐性,并不在于我们旧概念所认为的用‘五七唱’,多用脚韵甚至行行押韵,而重要的是不仅有节奏感而且有旋律感。”(见《徐志摩诗集·序言》,四川人民出版社1981年版,第8页)

③ 徐志摩:《诗刊放假》,1926年2月10日《晨报·诗镌》第11期。在徐志摩看来:“一首诗的秘密也就是它的内含的音节的匀整与流动”,“不论思想怎样高尚,情绪怎样热烈,你得拿来彻底的‘音节化’(那就是诗化)”,“行数的长短,字句的整齐或不整齐的决定,全得凭你体会到得音节的波动性”,“正如字句的排列有恃于全诗的音节,音节的本身还得起源于真纯的‘诗感’。……一首诗的字句是身体的外形,音节是血脉,‘诗感’或原动的诗意是心脏的跳动,有它才有血脉的流转。”(同前)。

较滞重的诗句和复沓的节奏加强了追求的强度与力度;《我不知道风是在那个地方吹》在单纯的复沓中展现出不定的绵延意绪;《再别康桥》则以回环的重叠与顶真造成一种流动往复的旋律,表现出一种难舍难分的依恋与惆怅。

又如《偶然》两段10行的小诗。

"我是天空里的一片云,/偶尔投影在你的波心——/你不必讶异,/更无须欢喜——/在转瞬间消灭了踪影。//你我相逢在黑夜的海上,/你有你的,我有我的,方向;/你记得也好,/最好你忘掉,/在这交会时互放的光亮!"

徐志摩的学生、著名诗人卞之琳说:"这首诗在作者诗中是在形式上最完美的一首。"[①]新月诗人陈梦家在《纪念志摩》中也认为:"《偶然》以及《丁当—清新》等几首诗,划开了他前后两期的鸿沟,他抹去了以前的火气,用整齐柔丽清爽的诗句,来写那微妙的灵魂的秘密。"[②]的确,此诗在格律上体现了徐志摩的功力与独具匠心,在长短句诗形和韵式上的努力。全诗两节,上下节格律对称。每一节的第一、二、五句都是用三个音步组成的。如:"偶尔/投影在/你的波心"、"在/这交会时/互放的光亮"。每节的第三、四句则都是由两音步构成,如:"你/不必讶异"、"你记得也好/最好你忘掉。"在音步的安排和处理上显得严谨中不乏洒脱,较长的音步与较短的音步相间,读起来纡徐从容、委婉顿挫而朗朗上口。那首脍炙人口的《沙扬娜拉》截取"一低头""娇羞"的情态和一声声"珍重"的音调,写尽了日本女郎的风致。萍水相逢、执手相看的朦胧情意,被诗人淋漓尽致地发挥出来。这首诗写于1924年5月徐志摩陪泰戈尔访日期间。这是长诗《沙扬娜拉十八首》中的最后一首[③]。无论在情趣和文体上,都明显受泰戈尔小诗的影响,所短的只是长者的睿智和彻悟,所长的却是浪漫诗人的灵动和风流情怀。这正是由流动而又忧伤的旋律支撑的(押ou韵:头—羞—重—愁)。整体艺术风格温柔妩媚多情却又不令人有腻烦之感。这首诗是简单的,也是美丽的;其美丽也许正因为其简单。

---

① 见《徐志摩诗集·偶然》附注,四川人民出版社1981年版,第94页。

② 陈梦家:《纪念志摩》,(1932年)《新月》第4卷第1期。

③ 《沙扬娜拉十八首》收入1925年8月版《志摩的诗》,再版时删去前面的17个小节,仅留下题献为"赠日本女郎"的最后一个小节,即这首玲珑之作。

所以陈西滢说:"《志摩的诗》几乎全是体制的输入与试验。"①朱自清也认为徐志摩"努力于'体制的输入与实验'","尝试的体制最多"②。正是这种独特而又丰富的艺术创造,使徐志摩成为一个诗歌的精灵,似乎经过他的魔棒一点,一些土白的方言也就成为富有艺术灵气与光彩的诗,如《一条金色的光痕》、《残诗》等,并最终成就了他诗歌飘逸潇洒的艺术风格。

三、《再别康桥》解读

康桥,即英国著名的剑桥大学所在地。1920 年 10 月—1922 年 8 月,诗人曾游学于此。康桥时期是徐志摩一生的转折点。如前所述,正是康河的水,开启了诗人的性灵,唤醒了久蜇在他心中的诗人的天赋与天命。在某种意义上,"康桥"正象征并开启了他人生的梦境与理想。因此他后来曾满怀深情地说:"我的眼是康桥教我睁的,我的求知欲是康桥给我拨动的,我的自我意识是康桥给我胚胎的。"③

1928 年,诗人故地重游。11 月 6 日,在归途的南中国海上,他吟成了这首传世之作。这首诗最初刊登在 1928 年 12 月 10 日《新月》月刊第 1 卷第 10 号上,后收入《猛虎集》。可以说,"康桥情结"贯穿在徐志摩一生的诗文中;而《再别康桥》无疑是其中最有名的一篇。

"轻轻的我走了,/正如我轻轻的来;/我轻轻的招手,/作别西天的云彩。"——开篇便连用三个"轻轻的",烘托出"招手"的意象,表达出缠绵惆怅、依依惜别的离别主题。同时又传达出一种既难舍难分、又无限珍惜的情感;在音韵上则以叠音词"轻轻"再加上一个语助词"的"的回环往复,烘托出一种深长的情韵。接着由"河畔的金柳"、"软泥上的青荇"和"榆荫下""浮藻间"的夕晖/"天上虹"及其康河的"波光"与"艳影"的描绘书写出诗人对她的迷醉与眷念——由"河畔的金柳"幻化成的"夕阳中的新娘",将"榆荫下""清泉"看成

① 陈源(西滢):《新文学运动以来的十部著作》,《西滢闲话》,河北教育出版社 1994 年版,第 264 页。

② 朱自清:《导言》《中国新文学大系·诗集》,上海良友图书出版公司 1935 年版,第 7 页。

③ 徐志摩:《吸烟与文化》,《徐志摩全集》第 4 集,商务印书馆(香港)1983 年版,第 132 页。

“天上虹”，并“沉淀着彩虹似的梦”的意象正是诗人回忆与想象的积分式升华，在“爱”与“梦”的升华中自然就(“寻梦？撑一支长篙”)进入到在康河里划船、放歌的梦境[①]。其实也象征寄托着诗人的人生理想——康桥情结——那份宽阔、自由、光明、美丽，从而进入全诗诗情的高潮。然而“我”在康桥毕竟只是一个过客，“我”毕竟是来告别的(隐喻现实与理想的错位与差异——“我”发现了理想和现实的差距，“我”在同样的景色和地方做同样的事，却再也回不去了)，因而又回到“离别”的主题之中(“但我不能放歌”)。而“悄悄是别离的笙箫”。因而诗歌再一次响起开首“离别”的旋律，只是将“轻轻的”转换成了“悄悄的”——“悄悄的我走了，/正如我悄悄的来；/我挥一挥衣袖，/不带走一片云彩。”但这样一种“悄悄”、“沉默”却蕴含着多么浓郁的难以分离却不得不分离的眷念、怀想、珍爱的深情啊！这种爱已达到了就是要离别也不愿去惊动她，骚扰她的地步，因为有一丝一毫的惊扰，都会亵渎对她圣洁的感情；当然也可能影响她的完美。的确达到了古人所谓“此时无声胜有声”的效果。如泰戈尔所说：“天空不留下飞鸟的痕迹，但我已经飞过。”全诗正是在“寻”与“离”的张力中抒发了诗人与“康桥”那种既难舍难分，又无限珍惜的复杂情感。

在音韵上，为了表现与传达那种依依惜别的“离别”之情，大量运用重叠词——“轻轻的”、“油油的”、“悄悄”，叠韵词——“荡漾”、“招摇”等，以复沓和顶真等多种手法贯穿起来(如“……如沉淀着彩虹似的梦。/寻梦？撑一支长篙……”；“……在星辉斑斓里放歌。/但我不能放歌……”；“……夏虫也为我沉默，/沉默是今晚的康桥！”)，构成一种回环往复、起伏跌宕，而又一往情深、余音袅袅的音韵效果。当然在由有所收敛的“ai”韵，逐渐转向比较舒展开阔的“ang”韵、“ao”韵再回到开首的“ai”韵的曲折过程中，情感也由依恋向往到自由遐想再到不得不离别的曲折起伏的旋律流淌，“但”成功地表现了一种高潮之后转折，从而连贯起来一种既跌宕起伏又缠绵悱恻的情感旋律。

① 参见其散文《我所知道的康桥》。

第五讲　周作人的散文

“五四”文学革命时期，周作人是与其兄鲁迅以“周氏兄弟”并称于世的。后来虽然和鲁迅分道扬镳，但实际上仍然是影响中国现代文化与文学的发展与流变的一个重要人物。从1920年代“语丝派”，到1930年代“京派”与“论语派”都留有他浓厚的身影，而现代文学中的“问题小说”、“乡土小说”/“为人生”派潮流的兴起也都与他有重要的关联。特别是在散文领域，他的言志型散文(“言志”小品)与鲁迅的杂文形成了双峰并峙的格局，至今影响深远[①]。

一、周作人的人生历程与文学道路

周作人(1885—1967)，原名櫆寿，自号起孟、启明(又作岂明)、知堂等，笔名仲密、药堂、周遐寿等，浙江绍兴人，鲁迅二弟。

1885年1月16日出生的当晚，一位堂房的阿叔夜游归来，走进内堂大门，仿佛看见一个白须老人站在那里，转瞬却不见了。——这可能是他醉眼朦胧中，把什么看花，也许根本就是一个幻觉，但他却相信了。因为，后半夜，周家门内，一个男婴出生了，这就是周作人。于是，一个流言悄悄传开：这男孩是老和尚投胎转世的，以至他五十年后的自寿诗还写到：“前世出家今在家，不将袍子换袈裟。”周作人从小便对于越地的浓郁的民情风俗(四时八节)，特别有兴趣，同时对于美丽的自然风景也充满了热爱，感受到生命的勃勃生机。不过台门子孙的堕落与颓败也给他留下了沉重的阴暗记忆。而他家所在的十字街头(东昌坊口)的平民生活方式和目连戏、迎神赛会等民间艺术、笑话、方言也给了他深刻的影响。同时在开明的祖父的支持下，他广泛地

① 陈平原认为：“近百年中国文坛上，小说、诗歌群雄角逐，唯有散文双峰并峙——周氏兄弟的地位无可争议。”(见《中国现代之学术之建立——以胡适、章太炎为中心》，北京大学出版社1998年版，第353页)

阅读了历代小说，和《毛诗品物图考》之类闲书、杂学，如同“发现了一个新天地”。不过在阅读乡贤的著述中，他虽然也受到深刻、硬气的浙东学术（“浙东性”、“师爷气”）的影响，但更喜欢张岱的《陶庵梦忆》为代表的飘逸一派（奠定了他后来与鲁迅不同的追求与风格的基因），显示出与传统士人不同的另一种道路（“从旁门入”的“野路子”）。同时周作人还对故乡的水充满感情，吸收了它（水）的文化与哲学：内在的纯净、自然、风趣、清澈、透明与柔和。

1901 年 8 月他追随乃兄也考入南京江南水师学堂。同样倾心于严复的《天演论》以及其他介绍西方文化与宣传维新的书籍（梁启超等）。不过后来兴趣又转移到“林译小说”。1904 年在读到插图本的《天方夜谭》后，进一步引起了“对于外国文学的兴趣”。进而又想尝试着把其中的故事翻译过来，于 1904 年在《女子世界》刊载《侠女传》以及美国的安介亚伦·坡（爱伦·坡）的《玉虫缘》（原名《山羊图》）、嚣俄（雨果）的《孤儿记》（参照《悲惨世界》译述）等作品。1906 年随同鲁迅东渡日本留学，很快就融入日本的生活方式与文化之中。广泛阅读西方文学，特别是被压迫民族文学，还进一步由人类文化学，拓展到生物学、性心理学、儿童文学、儿童学、医学史、民俗学等多种学科，听章太炎先生讲学。和鲁迅合作翻译了《红星佚史》（1907）、《域外小说集》（1909）、《炭画》（1914）等文学作品。同时积极参加鲁迅发起的《新生》文艺运动，在《河南》杂志上发表《论文章之意义暨其使命因及中国近时论文之失》《哀弦篇》（1908）等论文。1909 年和日本姑娘羽太信子结婚。

1911 年回国后在绍兴任中学教员（浙江省立第五中学），同时担任绍兴教育会会长，办《绍兴教育会月刊》。倡导“以儿童为本位”的儿童教育观（一是顺应儿童自然本性的发展，二是尊重儿童个性），并且开展童话与儿童文学研究。发表《艺文杂话》（1914）系统地介绍了拜伦、密支凯维支、雪莱、裴多菲、海涅等诗人。1917 年接受蔡元培的邀请，赴北京任北京大学文科教授，主讲“欧洲文学史”，在鲁迅的帮助下出版第一部学术著作《欧洲文学史》，成为“卯字号”（北京大学文科教员的预备室）的名人。和钱玄同、刘半农结下来终生不渝的友谊。“五四”时期参加《新青年》的编辑工作，发表了《人的文学》、《平民文学》、《思想革命》等重要理论文章，并从事散文、新诗创作和译介外国文学作品。参与发起成立文学研究会（执笔写作宣言）。他的理论主张和创作实践在当时产生了很大影响，如对于“问题小说”潮、“乡土小说”潮兴起的倡导[①],对于新文学作品《沉沦》《惠的风》/《过伊家门》的捍卫[②],饮誉文坛。周作人的新诗《小河》则被胡适誉为"新诗中的第一首杰作"[③],和刘半农、沈尹默等一起创办北京大学歌谣研究会(1920)等。因而在五四文坛上,他与鲁迅齐名,并称为"周氏兄弟",成为新文化运动的重要代表人物之一。同时他还积极倡导由日本著名作家、思想家武者小路实笃发起的新村运动。

不过就在社会反抗运动日益高涨,许多知识分子逐渐走向无产阶级的集体主义的时候,周作人高举起"个性解放与自由"的旗帜,在《晨报副刊》上开辟"自己的园地"的专栏,倡导自由、宽容、民主的"个人的文学"观——"为艺术派以个人为艺术的工匠,为人生派以艺术为人生的仆役"都是片面的。因为艺术与人生的关系,不是谁附属于谁的问题,而是浑然一体的,所以应该提倡的是"以个人为主人,表情思而成艺术"。这种艺术"初不为福利他人而作,而他人接触这艺术,得到一种共鸣与感兴,使其精神生活充实而丰富",具"有独立的艺术美与无形的功利"[④]。实际上这也就是坚持了一种与他早年倡导的"人的文学"相通的"个性的文学"。1923 年 7 月 17 日与鲁迅发生冲突而决裂(鲁迅搬出八道湾)。不过在其后的"女师大"事件和"三一八"惨案中他仍然始终与鲁迅结成统一战线,与北洋军阀(段祺瑞)政府及其帮闲文人陈西滢等"正人君子"进行斗争,被称为"语丝派"(因 1924 年《语丝》杂志/周刊得名)。主要从事散文写作。

早期散文主要分为两类:一类是为人交口称赞的"美文"小品,主要是1924—1926 年间写作的;再一类是数量更多的杂文。大多收入《自己的园地》(1923)、《雨天的书》(1925)、《泽泻集》(1927)、《谈龙集》(1929)之中。周作人说他既是"叛徒"又是"隐士"[⑤],心中有两个鬼,"一个是流氓鬼,一个是

---

① 如周作人的《日本近三十年小说之发达》(1918)《人的文学》(1918)对于"问题小说"潮,《地方与文艺》《旧梦》(1923)对于"乡土小说"潮的兴起都起到了重要的引导与促进作用。

② 见《沉沦》(1922 年 3 月 26 日《晨报·副镌》)《情诗》(1922 年 10 月 22 日《晨报·副镌》)。

③ 胡适:《谈新诗》,《胡适文集》第 2 卷,北京大学出版社 1998 年版,第 134 页。

④ 周作人:《自己的园地》,1922 年 1 月 22 日《晨报·副镌》收入《自己的园地》。

⑤ 周作人在《泽泻集·序》中说:"戈尔特堡(Isaac Goldberg)批评蔼理斯(Havelock Ellis)说,在他里面有一个叛徒与隐士,这句话说得最妙:并不是我想援蔼理斯以自重,我希望在我的趣味之文里也还有叛徒活着。"(见《周作人自编文集·泽泻集》,河北教育出版社 2002 年版,第 1 页)

绅士鬼”[①]。而在这一时期，他主要表现出叛徒、流氓精神的一面。一方面对中国原始野蛮的封建礼教、旧道德给予了凌厉的批判，如《祖先崇拜》批判了反常的人伦关系“祖先崇拜”，而倡导“子孙崇拜”。另一方面在“五卅”惨案、女师大事件及“三一八”惨案中，他也写了大量杂文揭露新旧军阀的反动残暴统治，反动文人的无耻嘴脸，如《关于三月十八日的死者》、《吃烈士》、《碰伤》等，与鲁迅在大方向上基本一致。《碰伤》表面上对近日报载“教职员学生在新华门外碰伤，大家都称咄咄怪事”表示反对，说“一点都不足为奇”(正常)；进而又联系长江航行的船只被军舰沉没等事，反讽地申明——“碰伤在中国实是常有的事”，讽刺和揭露了北洋军阀政府草菅人命的黑暗现实。当然由于他思想上还有隐士和绅士的一面，因而他也提倡过“费厄泼赖”[②]，受到鲁迅的批评[③]。

1928年后，面对国民党法西斯政权“清党”血腥屠杀，周作人思想和文风都进入蜕变期。他感到“现在中国情况又似乎正是明季的样子，手拿不动竹竿的文人只好避难到艺术世界里去”[④]，提出“闭门读书论”，认为“苟全性命于乱世是第一要紧”[⑤]的命题。1930年初他与俞平伯、废名、徐祖正等创办《骆驼草》杂志，宣称“不谈国事”，利用“有闲之暇”，“讲闲话，玩古董”。虽在一些文章如《文字狱》、《关于英雄崇拜》中仍含有“讽世”的“微辞”，但更多的已转入“横通”的“杂学”，如人类学、民俗学、生物遗传学、性学、心理学，以及明清的小品中，内容格调越来越闲适、古雅，俨然一副“隐士”的面目。这时期的杂文主要收入他的《看云集》(1932)、《夜读抄》(1934)、《苦茶随笔》(1935)、《苦竹杂记》(1936)、《风雨谈》(1936)等集中。这些专注于草木虫鱼的文章和读书笔记已脱出了他语丝时期的“浮躁凌厉”，而转入了与林语堂《论语》相呼应的“闲适小品”。当然他也在传统文化中去寻求与他心灵相通的知音/故

---

① 周作人：《两个鬼》，《周作人自编文集·谈虎集》，河北教育出版社2002年版，第252页——后来在《两个鬼的文章》中又说：“好些年前我做了一篇小文，说我的心中有两个鬼，一个是流氓鬼，一个是绅士鬼，如果说得好一点，也可以说叛徒和隐士，但也不必那么说，所以只说流氓和绅士好了。”（见《周作人自编文集·泽泻集》，河北教育出版社2002年版，第1页）

② 参见周作人《答伏园论“语丝的文体”》(《语丝》第54期)、《失题》(《语丝》第56期)，并引发了林语堂的《插论“语丝的文体”——稳健、骂人、及费厄泼赖》(《语丝》第57期)

③ 参见鲁迅《论“费厄泼赖”应该缓行》，《鲁迅全集》第1卷，2005年版。

④ 周作人：《〈燕知草〉跋》，周作人自编文集《永日集》，河北教育出版社2002年版，第80页。

⑤ 周作人：《闭户读书论》，周作人自编文集《永日集》，河北教育出版社2002年版，第114页。

人，如王充、李贽、张宗子(岱)、王重季(思任)、俞理初(正燮)等。并发表《中国新文学的源流》等论著，为新文学寻找古代文学的渊源，而潜在地影响到1930年代的京派与论语派。1937年留住沦陷后的北平，经不起日伪反动派的威逼利诱[①]，终于下水，任北京大学文学院院长、伪华北教育总署督办(1940)等职。虽然也有过维护中华民族文化而被日本片冈特兵等攻击为“反动老作家”，和掩护过国民党特工等行为，但终于因汉奸罪被判处监禁。1949年出狱后主要撰写回忆性的杂文，特别是关于鲁迅的许多文章，对于研究鲁迅提供了许多珍贵的第一手资料。

二、“言志”小品(美文)的特征与意义

在《美文》(1921)中周作人就提出“美文”的概念。他介绍说：“外国文学里有一种所谓论文(随笔)，其中大约可以分作两类。一是批评性的，是学术性的。二是记述性的，是艺术性的，又称作美文。这里边又可以分出叙事与抒情，但也很多两者关系夹杂的。”[②]这种美文也可以称为小品文。周作人散文最为人称道的是他的“言志”小品。“言志”与“载道”是他对中国文学史的一种独特概括。他在《中国新文学的源流》中认为“言志派”与“载道派”两种文学潮流的起伏，构成了中国文学发展的曲线，而“五四”新文学潮流则可以追溯到明末“独抒性灵”的“公安派”。这里的“志”：意志、志向(《毛诗序》：“在心为志，发言为诗”)，也就是指作家的思想情感。在周作人看来，文学的目的就在于表达作家心中的情志与个性。因而他非常推崇个性的文学，而“小品文则又在个人的文学之尖端，是言志的散文，他集合叙事抒情的分子，都浸在自己的性情里，用了适宜的手法调理起来，……”[③]。他的“美文”，如《故乡的野菜》、《北京的茶食》、《苦雨》、《乌篷船》，还有《苍蝇》、《喝茶》、《鸟声》、《谈酒》等正是这种“小品文”的艺术典范。

这种典范可用“闲谈体”/“闲话体”来概括。周作人在《自己的园地》“旧序”中说：“简单的说，这只是我的写在纸上的谈话；虽然有许多地方更为生

① 1939年元旦被刺。

② 周作人：《美文》，周作人自编文集《谈虎集》，河北教育出版社2002年版，第29页。

③ 周作人：《近代散文抄序》，周作人自编文集《苦雨斋序跋文》，河北教育出版社2002年版，127页。

硬，但比口说或者也更为明白一点了。”“我平时喜欢寻求友人谈话，现在也就寻求想象的友人，请他们听我的无聊赖的闲谈。”[①]在《雨天的书》“自序”里也说：“今年冬天特别的多雨，因为是冬天了，究竟不好意思倾盆的下，只是蜘蛛丝似的一缕缕的洒下来。雨虽然细得望去都看不见，天色却非常阴沉，使人十分气闷。在这样的时候，常引起一种空想，觉行如在江村小屋里，靠玻璃窗，烘着白炭火钵，喝清茶，同友人谈闲话，那是颇愉快的事。”[②]这种话语及其叙说方式非常接近西方文学中的随笔 essay。鲁迅译厨川白村《出了象牙之塔》这样介绍道：“如果是冬天，便坐在暖炉旁边的安乐椅子上，倘在夏天，则披浴衣，啜苦茗，随随便便，和好友任心闲话，将这些话照样地移在纸上的东西，就是 essay。”[③]

既然是朋友式闲谈，因而就带来两个特点，一是闲谈的话题轻松随便，二是闲谈的风格亲切平和。其题材大都平凡而习见，如地方风物、历史掌故、衣食住行、生活琐事等，但却在谈天说地之中不知不觉地传达出一些知识（而周氏兄弟都是以博古通今、中西贯通而著称的），再加上周作人独特的“中年心态”及其与人生保持一定的审美距离，便营造出一种优游陶然的氛围与意境，在津津乐道的娓娓絮谈之中表现出某种清闲隐逸的情趣。这种“知识”、“情趣”、“氛围与意境”正是周作人美文的艺术魅力之所在。

如《北京的茶食》：“我们于日用必需的东西以外，必须还有一点无用的游戏与享乐，生活才觉得有意思。我们看夕阳，看秋河，看花，听雨，闻香，喝不求解渴的酒，吃不求饱的点心，都是生活上必要的——虽然是无用的装点，而且是愈精炼愈好。”

但是在这种情趣中又常常混合着一丝“苦涩”味。周作人在《药味集》“序”中说“拙文貌似闲适，往往误人，唯一二旧友知其苦味”；“今以药味为题，不自讳言其苦”[④]。还以《苦茶随笔》《苦竹杂记》《药堂杂文》等命名自己的文集，以“苦雨斋”、“苦茶庵”命名自己的书斋。

---

① 周作人：《自己的园地·旧序》，周作人自编文集《苦雨斋序跋文》，河北教育出版社2002年版，第20、21-22页。

② 周作人：《雨天的书序一》，周作人自编文集《苦雨斋序跋文》，河北教育出版社2002年版，第23页。

③ 厨川白村：《出了象牙之塔》，《鲁迅译文全集》第2卷，福建教育出版社2008年版，305页。

④ 周作人：《药味集·序》，周作人自编文集《药味集》，河北教育出版社2002年版，第2页。

如前引《北京的茶食》之后，紧接着的却是“可怜现在的中国生活，却是极端的干燥粗鄙，别的不说，我在北京彷徨了十年，终未曾吃到好点心”。由“无用的游戏与享乐”的理想生活而转入“现在的中国生活”之后，马上用“干燥粗鄙”而且是“极端的”加以了强烈的否定，因而虽然接着以“别的不说”轻轻一抹而过渡到北京的茶食问题，但是“却”已经赋予了全篇看似闲适、平和的话题一种厚重的苦涩味。

又如《喝茶》：“喝茶当于瓦屋纸窗之下，清泉绿茶，用素雅的陶瓷茶具，同二三人共饮，得半日之闲，可抵十年的尘梦。”——前面似乎优游闲适，但结尾以“可抵十年的尘梦”收束则透露出某种无奈的逃/避世的低回。

当然这是一种苦中有乐、苦中有味的“苦”。这种“苦”来自于他寻求生命的狂野与世事蹇涩的矛盾和张力，来自于他深刻地洞察了生活的底蕴而又能泰然处之的生活态度。所谓寻求生命的狂野，是指他对人生的理想与愿望（如他对新村运动曾经的狂热，他思想与心灵中的“流氓鬼”等）；所谓世事蹇涩，则是指事与愿违的残酷现实，正是这两者的矛盾与张力，使他既深刻地洞察了生活的底蕴而又能泰然处之（有论者称之为“中年心态”[①]，也就是周作人自称的“绅士鬼”的一面），因而体现出一种特别的“苦涩”味。一方面是对民间日常生活充满情趣的热爱，另一方面又在平淡自然中深隐着一种难言的“苦涩”味，弥散出一种平淡中蕴涵悲愤的情怀，淡然中透出清冷、孤独、凄清的意境。

如《苦雨》由北京罕见的大（苦）雨而遥想与远在西北的朋友而谈起“雨”（絮语式展开）。既有因“雨”而遥想作为旅人的朋友的行路之苦，因雨而院墙颓圮（pi）而致“梁上君子”光顾之苦，因雨而生潮，以至连“睡着也仿佛觉得耳边粘着面条似的东西”的苦。当然也还有推想到乡下穷朋友很可能因此遭遇

---

① 周作人在1940年写作的《中年》中说：“我决不敢相信自己是不惑，虽然岁月过了不惑之年好久了，但是我总想努力不至于不惑，不要人情物理都不了解。本来人生是一贯的，其中却分几个段落。少年时代是浪漫的，中年是理智的时代，到了老年差不多可以说是待死堂的生活罢。然而中国凡事是颠倒错乱的……假如我们过了四十却还能平凡地生活，虽不见得怎样得体，也不至于怎样出丑，这实在要算是徼天之幸。……年纪一年年的增多，有如走路一站站的过去，所见既多，对于从前的意见自然多少要加以修改。不过，走着路专为贪看人物风景，不复去访求奇遇，所以或者比较地看得平静仔细一点也未可知。”（见周作人自编文集《看云集》，河北教育出版社2002年版，第52页）。

不幸的苦（“苦”不可避免，就去寻“乐”吧）。但是与此同时，却也还有因雨而回想在故乡“卧在乌篷船里，静听打篷的雨声，加上欸乃的橹声以及‘靠塘来，靠下去’的呼声，却是一种梦似的诗境”的愉快，遥想朋友“胡坐骡车中，在大漠之上，大雨之下，喝着四打之内的汽水，悠然进行”的“不亦快哉”，以及虽有“梁上君子”光顾，却并没有失去什么，反而在枯淡的生活中平添一点情趣的喜悦。甚至当水浸书斋，他还感到一种没有失望的满足。——“前天晚间据小孩们报告，前面院子里的积水已经离台阶不及一寸，夜里听着雨声，心里胡里胡涂地总是想水已上了台阶，浸入西边的书房里了。好容易到了早上五点钟，赤脚撑伞，跑到西屋一看，果然不出所料，水浸满了全屋，约有一寸深浅，这才叹了一口气，觉得放心了，倘若这样兴高采烈地跑去，一看却没有水，恐怕那时反觉得失望，没有现在那样的满足也说不定。”何况还有孩子与青蛙的欢快呢？所以周作人表现的是一种苦中有乐、苦中有味的“苦”。这种“苦”来自于他寻求生命的狂野与世事蹇涩的矛盾和张力，来自于他深刻地洞察了生活的底蕴而又能泰然处之的生活态度。

对于现代散文语言的建设，周作人曾以他的门生俞平伯的散文《燕知草》为例说：“在论文——不，或者不如说小品文，不专说理叙事而以抒情分子为主的，有人称他为‘絮语’过的那种散文上，我想必须有涩味与简单味，这才耐读，所以他的文词还得变化一点。以口语为基本，再加上欧化语，古文，方言等分子杂揉调和，适宜或吝啬地安排起来有知识与趣味的两重统制，才可以造出有雅致的俗语文来。”[①]实际上这种“杂揉调和”也是周作人的夫子自道。在口语的基础上又融进了欧化、古文、方言等因素，从而在“简单味”的基础上，又增加了耐读的“涩”味，形成一种自然素朴、明白晓畅，又耐人寻味的语言风格正是周作人“言志”小品的语言标志。所谓“简单味”就是素朴无华[②]，但是却并不简单，而是有一种耐人寻味的意蕴与情调“涩”味蕴含其中。如《苦雨》中回想在故乡“卧在乌篷船里，静听打篷的雨声，加上欸乃的橹声以及‘靠塘来，靠下去’的呼声，却是一种梦似的诗境”，“不亦快哉”“梁上君子”等文言语词调出了一种浑厚的历史与诗的意境（同时又具有知识与趣味）。又

---

① 周作人：《燕知草跋》，周作人自编文集《苦雨斋序跋文》，河北教育出版社 2002 年版，第 123 页。

② 对比徐志摩散文的“绚烂”，“平淡”正成对应的两极。

如前引《喝茶》文字之简洁、意蕴之深厚,情趣之盎然,都得益于文言语汇的艺术魅力和文化情韵。所以有评论家指出,周作人的小品散文“如明前的龙井,颜色几乎近无,啜之微涩,过后却余香回味绵长”①。

更深一层地看这种“涩”味来源于他独特的艺术表现方式。如前所述,他文章的内容并不平淡(除了“苦中作乐”的情感的克制外),他还着力追求平淡的艺术表现,化浓烈为平淡,寓尖锐于婉曲(即艺术的节制),从而形成一种耐读的“涩”味。例如同是对“三一八”惨案的发言,鲁迅写出了《纪念刘和珍君》《无花的蔷薇》这样直面现实黑暗的战斗的檄文“辛辣干脆,全近讽刺”,而周作人的《碰伤》却是“湛然和蔼,出诸反语”②。具体地说,他以一种舒徐婉转的语调来表达繁复周密的思想和清淡悠远的感情,其情感与语言都是有节制的。在行文上多用缓进的句式,而不用急进的句式;在词语的选择上偏爱情感色彩较淡的词语,而不用感情色彩强烈的词语,常常由一系列表示转折、承接、因果和强调关系的关联词组成句子,以减缓文势,造成一波三折、舒徐婉转的语气。

沈从文说:“从五四以来,以清淡扑讷文字,原始的单纯,素描的美,支配了一时代一些人的文学趣味,直到现在还有不可动摇的势力,且俨然成为一特殊风格的提倡者与拥护者,是周作人先生。”③可以说,周作人散文以“平和冲淡、舒徐自如”的艺术风格开创一个以自由超逸为旨趣“言志”散文小品流派。其主要成员有俞平伯、废名等周门弟子和钟敬文等作家。并且源远流长,一直延伸到当代张中晓等作家的散文——“九十年代中国文学,周氏兄弟的影响成为主调。五十年代形成的散文传统一个个地崩塌了,随着张中行、黄裳、邓云乡、止庵、杨之水的走红,文坛终于形成了另一种色调——个体的知识趣味和悠然的审美理想。……至此,泛道德的文化观念,受到了更为深刻的撼动。这种撼动比以王朔为代表的大众文化,其精神的隐喻性,同样不可小视。”④

---

① 黄发有:《人在旅途——周作人的思想和文体》,人民文学出版社 1999 年版,第 126-127 页。

② 郁达夫:《中国新文学大系散文二集·导言》,《郁达夫文集》第 6 卷,花城出版社 1983 年版,第 272 页。

③ 沈从文:《论冯文炳》,《沈从文全集》第 16 卷,北岳文艺出版社 2002 年版,第 145 页。

④ 孙郁:《当代文学中的周作人传统》,《当代作家评论》2001 年第 4 期。

第六讲　茅盾的小说

如果说现代短篇小说在鲁迅手中开创，同时也在鲁迅手中成熟；那么现代长篇小说经过20世纪20年代的孕育，要到30年代才走向成熟。它的成熟是与茅盾、老舍、巴金等小说大家的出现相联系的。以茅盾的《子夜》为代表的社会剖析小说在广阔地反映时代的社会生活的同时，还力求运用科学的社会科学理论，揭示其社会发展趋势。这不仅仅影响到吴组缃、沙汀等作家，形成了一个“社会剖析派”；而且流风所及，成为中国现当代文学中的一种重要的小说模式。

一、茅盾的生平与文学道路

（一）早期文学活动

茅盾（1896—1981），浙江桐乡人，原名沈德鸿，字雁冰。茅盾是他1927年发表中篇小说《幻灭》时开始使用的笔名。父亲早亡，在母亲的抚育下长大。1909年小学毕业后，先后到湖州中学、嘉兴中学和杭州安定中学（私立）读书。1913年考入北大预科，1916年毕业后无力升学，进入上海商务印书馆工作。1920年参加上海共产主义小组活动。1921年参与发起文学研究会，并任机关刊物《小说月报》的主编。在编辑了大量的新文学作品的同时，发表大量文学批评文字和译介外国文学的文章，成为“为人生派”重要的理论批评家，同时始终关注着社会革命的动向和趋势。1925年发表《论无产阶级艺术》，在文艺思想上开始向无产阶级艺术跃进。1926年底赴广州参加国民党第二次代表大会，并任国民党中央宣传部秘书。次年赴武汉任《国民日报》主编。1927年7月宁汉合流后遭通缉，被迫经牯岭隐居上海，痛苦地思索大革命的成败聚散和知识青年的生死浮沉，写成中篇三部曲：《幻灭》、《动摇》、《追求》，先发表在1927年至1928年间的《小说月报》上，后结集为《蚀》，于1930

年由开明书店出版。

1927年7月茅盾东渡日本前后，又创作了《创造》、《诗与散文》等短篇小说，1929年7月结集为《野蔷薇》出版。这些作品大都穿着“恋爱”的外衣来探索时代女性的命运。不过这些女性已不同于《蚀》中章秋柳们感伤于过去，而是紧抓住“现在”的女子。如《创造》中的娴娴既不与平庸的丈夫公开决裂，也不回到他为她规划的生活轨道上去，而是实实在在地争取与创造着自己的新生活。这种执着于现在的思想在长篇《虹》(1929年《小说月报》，1930年开明书店)的女主人公梅女士身上有更充分的体现。梅女士虽然也经历了初恋的幻灭、旧式婚姻的束缚和男子的无谓纠缠，但她终于冲出沉闷的四川，投身于“五卅”革命洪流之中。不过或许是受《蚀》出版后，革命文学倡导者批评的影响，作品后半部分显得松散、概念化，梅女士投身革命也显得突兀，近乎于一个“突变”式人物。

1930年春茅盾由日本返回上海，参加了“左联”，并一度担任行政秘书(书记)；同时创作了企图给人物指出光明出路的中篇《路》和《三人行》。由于生活缺乏，以概念图解生活(受到当时左翼文坛流行的“唯物辩证法创作方法”的影响)，结果结出了苦果。1931年10月开始《子夜》的创作。一方面他充分利用了他与亲戚朋友、同乡故旧往来的生活积累；另一方面又运用马克思主义和社会科学理论去分析解剖那复杂的社会现实，从而于1933年1月出版了大规模地描写中国社会现象的长篇小说《子夜》。连同前后发表的《林家铺子》、《春蚕》等短篇小说，被称为“社会剖析小说”，开创了中国现代文学中一种主流小说模式，也标志他的小说创作进入了一个新的时期。

(二)小说处女作——《蚀》三部曲

《蚀》是时代痛苦的结晶。它包括三部带有连续性的中篇小说《幻灭》、《动摇》、《追求》。《幻灭》以大革命前夕的上海和革命高潮中的武汉为背景，反映知识青年“幻灭”的主题。作品叙写一个厌恶了内地庸俗环境的青年女性(章)静女士来到上海S大学寻求“静心读书”，但是心仍静不下来。当她以前的同学慧女士玩弄了追求她的男同学抱素拂袖而去之后，静女士才发现自己竟也爱上了抱素。而当她委身抱素之后，又发现抱素其实是一个轻薄的女性逐猎者，并且是受着某师座津贴的暗探。在愤怒、失望与苦闷中，南方的大革命高潮(革命军的顺利展开)吸引了静女士和她的同学来到大革命中心的武汉投身革命事业，她先后做过政治工作、妇女工作和工会工作，但每次都感到无聊与被男子纠缠的幻灭。最后为了切切实实地做一点有益于人的事，静女士来到一个伤兵医院做护士，在护理伤员的过程中，与负伤的北伐革命军连长强惟力发生了恋爱，度过了一段甜蜜的生活。但伤愈的强连长必须回部队去打仗了，静又沉入深沉的失望与幻灭中。可以说静女士是一个受到大革命时代浪潮的激励与鼓舞，不断追求又不断幻灭的小资产阶级的时代女性形象，透过她的经历正折射出大革命前后一部分倾向革命的小资产阶级知识分子的精神历程。当然扩大一点来看，也可以说表现了一种普遍的时代情绪。正如作家说："我并不想嘲笑小资产阶级，也不想以静女士作为小资产阶级的代表；我只写 1927 年夏秋之交一般人对于革命的幻灭。在以前，一般人对于革命多少存点幻想，但在那时却幻灭了；革命未到的时候，是多少渴望，将到的时候是如何的兴奋，仿佛明天就是黄金世界，可是明天来了，并且过去了，后天也过去了，大后天也过去了，一切理想中的幸福都成了废票，而新的痛苦却一点一点加上来了，那时候每个人心里都不禁叹一口气：'哦，原来是这么一回事！'这就来了幻灭。这是普遍的，凡是真心热望着革命的人们都曾在那时候有过这样一度的幻灭，不但是小资产阶级，并且也有贫苦的工农。"[①]正是在这一意义上，《幻灭》开创了以它的名字命名的"幻灭"小说潮流的先河。

《动摇》叙写大革命高潮中（1927 年 1 月至 5 月）湖北某县革命与反革命的激烈斗争。劣绅胡国光以极"左"的面目混入革命队伍，煽动并利用民众团体的偏激情绪，阴谋夺取革命政权。身为国民党县党部负责人的方罗兰虽然知晓胡国光的罪恶面目却不敢揭露，畏惧群众运动浪潮而不敢支持，同时又困惑于婉丽的妻子与浪漫女性孙舞阳之间的情感纠葛而不能自拔。胡国光则趁机以极左狂热的面目与情绪（如捉得剪发女子用铁丝贯乳游街然后打死），窃取到革命的权力。因而当胡国光呼应夏斗寅的叛变而在县城暴动时，方罗兰们只能惶惶然若丧家之犬弃城出逃。作家说："《动摇》的时代正表现着中国革命史上最严重的一期，革命观念政策之动摇，——由左倾以至发生左稚病，由救济左稚病以至右倾思想的渐抬头，终于大反动。"[②]可以说，《动摇》以一个小县城的政治风云映照出了整个北伐革命运动主体的内在危机，并显示出作家善于在错综复杂的社会矛盾中刻画人物，比较广阔地反映时代

① 茅盾：《从牯岭到东京》，《茅盾论创作》，上海文艺出版社 1980 年版，第 33-34 页。

② 茅盾：《从牯岭到东京》，《茅盾论创作》，上海文艺出版社 1980 年版，第 34 页。

面貌的艺术特点。

《追求》意在“暴露1928年春初的知识分子的病态和迷惘”①，曾经唤起过青年心灵火苗的大革命失败之后，一群曾经亢奋过的青年重新汇聚上海，不甘寂寞地重新开始追求。对官场感到厌倦的张曼青投身于教育事业，把希望寄托到未来的青年身上；实行半步主义的王仲昭则在新闻编辑中力图以一点一滴的改革来获取他理想情人的爱情；但俩人的理想都很快地在灰暗的现实铁壁前破灭了。追求热烈生活的时代女性章秋柳虽然以自己活泼的生命之火点燃了绝望厌世的史循的人生欲望，但自己却因此而染上了梅毒。已病入膏肓的史循也在短暂的回光返照之后死去。这几乎是一片没有任何生机的灰色的土地。作家说他写作《追求》时精神上发生了苦闷：“我的思想在片刻之间会有好几次往复的冲突，我的情绪忽而高亢灼热，忽而跌下去冰一般冷。……这使我的作品有一层极浓厚的悲观色彩，并且使我的作品有缠绵幽怨和激昂奋发的调子同时并发。”的确，无论是人物自身病态的追求与幻灭，还是人物之间的相互抗争与否定都构成一种令人窒息的艺术张力，清楚地反映着作家内心的困惑与苦闷。所以作家说他很爱这一篇，因为它表现了他“生活中的一个苦闷时期”②。实际上这也是一种时代的苦闷，是大革命失败后弥漫于都市上空的“幻灭的悲哀，向善的焦灼，和颓废的冲动”，以及“中国式的世纪末的苦恼”③。

如果把以上三部作品连续起来考察的话，《蚀》三部曲正好表现出大革命前后部分小资产阶级知识分子的精神历程，即革命到来之前的昂奋和革命既到的幻灭，革命斗争剧烈的动摇和革命失败后不甘寂寞的追求，从而构成大革命前后部分革命小资产阶级知识分子的精神史。同时还取得了多方面的艺术成就：

1. 时代系列女性形象的塑造

茅盾说：《蚀》中“女子虽然很多，我所着力描写的，却只有二型：静女士、方太太，属于同型；慧女士、孙舞阳、章秋柳，属于又一的同型”④。前者更多秉承了传统的妇女理想人格的内质，含蓄、羞涩、腼腆，但也多少有点忧郁与

① 茅盾：《读〈倪焕之〉》，《茅盾论创作》，上海文艺出版社1980年版，第241页。

② 茅盾：《从牯岭到东京》，《茅盾论创作》，上海文艺出版社1980年版，第36页。

③ 茅盾：《追求》，《茅盾作品经典》，中国华侨出版社2006年版，第247页。

④ 茅盾：《从牯岭到东京》，《茅盾论创作》，上海文艺出版社1980年版，第34页。

阴鸷。后者则更多接受了西方现代文化的熏陶，既对传统道德观念大胆叛逆，又追逐着时代浪潮的新奇。她们以活泼开朗，甚至还带点强悍和粗犷的个性爆发出迷人的光彩，以她们的青春和美丽嘲弄着男性世界；但也容易陷入偏激与颓废之中。可以说，她们是一群最敏锐地感应并反映出时代风云的女性。与20世纪20年代初中期庐隐笔下的时代女性，如露莎等比较起来，已有了更多地反抗男性世界的自信与勇气，当然也多了一层玩世不恭的色彩。如同丁玲笔下的沙菲，但是更偏激与颓废。这些时代女性的书写构成了茅盾小说的一个独特的人物系列与线索。

2. 开创了新的“三部曲”艺术形式

虽然郭沫若1926年便出版了《漂流三部曲》，但其结构是统一的、连续的，以一个主人公贯穿始终（自叙传性的）。而《蚀》则开创了一种新的“三部曲”艺术形式。三部曲的各部是相对独立的，主人公也不一致，只是通过一些次要人物，如《动摇》中的史俊、李克，《追求》中的王诗陶、赵赤珠，都是《幻灭》中S大学的学生连贯起来，时间上既相互衔接又略有重合，如《幻灭》的后半部时间正是《动摇》的全部时间，既各有重点又前后相续地反映出一段时间的社会生活。其长处是既保持了三部曲的整体性，又突出了各部的独立性。如在结构上，《幻灭》为集中表现静女士“追求—幻灭—追求—幻灭”的精神历程，便以其人生经历为主线；其他人物和事件都随静的故事出现而出现，消失而消失。《动摇》为表现革命斗争的复杂性，则以胡国光和方罗兰为中心形成两条平行并相互对立的线索，虽时有交叉，却未纠缠一体。《追求》则以众声喧哗的多线索展开来表现时代的普遍困惑与苦闷。开始的同学会集中展现了八个主要人物之后，便一部分一部分地集中描写某一个人物，捎带其他人物，交织起来便整合成一部多声部的交响乐，如同中国古典小说《水浒传》。其他如细腻的心理刻画、广阔的时代透视等也很有特色，并在茅盾以后的小说创作中有更长足的发展。

二、《子夜》等社会剖析小说

（一）代表作《子夜》

1. 题目、情节、人物与主题

“子夜”原指深夜11点至凌晨1点最黑暗的时段，也是开始走向黎明的起始。《子夜》的题名既是对小说时代背景和社会面貌的隐喻，也表达了作家对中国人民即将冲破黑暗走向黎明的确信。作品主要描写20世纪30年代前期上海工业界巨子吴荪甫联合孙吉人、王和甫等资本家组建益中信托公司，企图发展中国民族工业却最终破产的故事。时间是1930年5月至7月间。作品的开首是一个隐喻：吴老太爷迫于家乡双桥镇风起云涌的革命风暴而携带他的金童玉女惠芳和阿萱逃往上海，却很快作为一名封建僵尸，在十里洋场光怪陆离的殖民都市里风化了。一方面一开始就揭示出当时封建、资本与革命交错的复杂时代背景；另一方面，作为当年乃父侍郎逆子的"维新党"的风化，在新一轮的"父与子"的冲突中，他让位于资本家的儿子吴荪甫，标志着中国已经进入了一个新的时代。按照常理，在这一新时代中，吴荪甫应该是一位叱咤风云的时代英雄，他有比较雄厚的资本和产业，有游学欧美的学识和经营才能，并且有发展中国民族工业的野心、魄力与手腕，因而当同业叫苦连天时，他的境况却独好。不过他却生不逢时，一出现在作品中便显得粗暴和狂躁，用他自己的话来说就是"简直是打仗的生活，脚底下全是雷，随时会爆发起来，把你炸得粉碎！"这是因为他所生活的时代一方面是国民党内部派系斗争酿成中原大战，欧洲经济危机给中国民族工业以严重打击，经济衰退的时代；另一方面又是工农革命斗争风起云涌的时代。正是这种纠结的矛盾使吴荪甫不得不同时在几条战线作战。一方面他趁机指挥益中公司兼并了8个小厂，另一方面在代表帝国主义势力的买办资本家赵伯韬的压迫下，又感到资金周转的困难，而家乡双桥镇的农民暴动又使他丧失了一个重要的资本来源，关键时刻，贪图实利的金融家姐夫杜竹斋也离开了他，这使他清楚地感到他曾套在朱吟秋们脖子上的绳索已套在了自己的脖子上。为了摆脱困境，他不得不像一个赌徒一样与赵伯韬在公债市场斗法，并将损失转嫁到工人身上，加大对工人的剥削，从而引发工人更强烈的反抗。最后为了打败赵伯韬，他调动所有的资金，甚至连自己的住宅和产业都抵押出去与赵伯韬最后一搏，终因资本不足而败北。在吴荪甫与赵伯韬的斗争中还交织着一条国民党内部斗争的线索，这就是作为益中信托公司经理的冯云山是汪精卫改组派的一个成员，他拉拢吴荪甫等，不过是为了壮大自己的力量以与蒋介石集团分庭抗议。而赵伯韬则不但有美国资本的背景，而且得到国民党正统派的支持，因而在公债市场最后决战期间，他们可以运动政府当局制定出对于坚守空方的吴派不利的规则与举措（提高准备金）。

因而对于1930年代中国纷纭复杂的政治局势及其背景也作了隐喻性的全景描写。

吴荪甫是1930年代中国富有进取精神的民族资本家（“新人”）形象。虽然他有发展民族工业的宏愿、魄力与手腕；可是在军阀混战、民不聊生和帝国主义经济侵略加深的险恶社会背景中，他也就更多地表现出中国资产阶级先天的封建性和软弱性。在他精明强干的表象里隐藏着的是色厉内荏的本性：果决善断的背后是狐疑惶惑，坚强自信的背后是悲观绝望，胸有成竹的背后是张皇失措，从而在对手面前显得固执而虚弱，在工人农民面前显得凶恶而残暴，在亲人和属下面前显得专横而孤独。他既有发展民族工业的雄心，又残忍地压榨工人的剩余价值；他既反感买办资本对民族工业的控制，又为了金钱而与买办们勾勾搭搭；他既反对公债投机，又成了公债市场的赌徒。这种矛盾的性格正是他企图在夹缝里求生存求发展的际遇所造成的。他的悲剧命运正说明了当时的“中国并没有走向资本主义的发展道路，中国社会在帝国主义的压迫下，是更加殖民地化了”①。

围绕吴荪甫的形象，作品还塑造了一系列不同阶层的都市人物形象。赵伯韬是30年代中国买办资本家的形象。他仗着美国金融资本的后盾和国民党军政势力的支持，在上海滩上呼风唤雨。他不但操纵了公债市场，而且还一手扼住了民族工业的咽喉。他外表的粗犷放纵掩饰着他内心的阴险和狠毒，即使强悍的吴荪甫也难逃他的魔掌。屠维岳是一个精明机敏的管事形象。虽然他开始并不为吴荪甫赏识，但很快便以冷静、清醒、胆量和机警赢得了吴荪甫的信任，成为吴荪甫压榨工人的代理人。在某种意义上他是吴荪甫形象的延伸，同时又在某种程度上烘托出吴荪甫的刚愎自用和工人运动的势不可挡。冯云卿是在土地革命的风暴中逃亡到上海来的“海上寓公”，是刚从封闭的封建性乡村来到开放的现代大都市的土财主形象。虽然头脑里还残存着浓厚的“诗礼传家”的传统伦理观念，但为了在上海生存下来也不得不适应十里洋场的规则，用自己的女儿去行美人计以窃取公债情报。此外，还有活跃在吴公馆饭厅和穿梭往来于吴荪甫和赵伯韬之间的“帮闲”人物，如交际花徐曼丽、经济学教授李玉亭、颓废诗人范博文等，都是30年代中国都市特有的人物。这些人物大都以金钱为中心，当吴荪甫日暮途穷后，他们便熙熙

---

① 茅盾：《〈子夜〉是怎样写成的》，《茅盾论创作》，上海文艺出版社1980年版，第59页。

攘攘地拥着新主子去了。另外与这些人物相联系的一批青年知识分子，如林佩珊、张素素、杜诗荃、吴芝生、杜新箨等的社会生活与情感追求也构成了小说的一条重要线索，从一个侧面反映了现代都市的人生面貌，与《蚀》三部曲构成一种连续[①]。

同时作为吴荪甫妻子的林佩瑶的情感苦闷和她与雷参谋的情感波澜从另一侧面映衬了吴的冷酷自私。还有从(封建)乡村培育起来的吴老太爷的金童玉女惠芳的情感萌动与个性苦闷以及她对于专制哥哥(吴荪甫)的反抗也构成了作品的另一条重要的线索。而吴荪甫对于七弟阿萱的压制也从一个侧面揭示了吴荪甫刚愎自用、专制暴虐、冷酷自私的性格。——《子夜》一出版，立刻脱销，不到 3 个月，重版 4 次[②]，初版 3000 部，再版 5000 部。老友陈望道告诉茅盾，向来不看新文学作品的少奶奶、大小姐，现在都争着看《子夜》，因为《子夜》写到她们。茅盾到表叔卢学溥的公馆去，表妹宝小姐告诉茅盾：她向来不看新文学作品，看了表哥写的《子夜》，发现《子夜》里的吴少奶奶，就是以她为模特儿的。电影界中人物以及舞女，本来看新文学作品是有选择的，也来看《子夜》。这样一种都市生活的现代性，无疑扩大与传播了新文学的影响，并奠定了一种社会剖析小说的艺术模式[③]。

2. 艺术特色

(1)截取生活断片来透视社会整体的宏伟而严谨的艺术结构。从整体上

① 或许这一线索就是茅盾在《〈子夜〉后记》里提到的 1930 年的《新儒林外史》(《茅盾论创作》，上海文艺出版社 1980 年版，第 56 页)。

② 吴组缃在《评茅盾的〈子夜〉》中说：《子夜》引出后“三个多月销自第四版，可见轰动之概”(北平《文艺月报》创刊号，1933 年 6 月 1 日)。

③ 《子夜》出版后，茅盾送的第一人，是鲁迅。鲁迅在给朋友的信中说：“国内文坛除了我们仍受压迫及反对者趁势活动外，亦无甚新局。但我们这面，亦颇有新作家出现；茅盾作一小说曰《子夜》(此书将来寄上)，计 30 余万字，是他们所不能及的。”(见鲁迅《致曹靖华》，《鲁迅全集》第 12 卷，人民文学出版社，第 368 页)瞿秋白则以“乐雯”的笔名，在 1933 年 3 月 12 日的《申报·自由谈》上发表《〈子夜〉和国货年》，指出：“这是中国第一部写实主义的成功的长篇小说。带着很明显的左拉的影响(左拉的‘Largent’——《金钱》)。自然，它还有许多缺点，甚至于错误。然而应用真正的社会科学，在文艺上表现中国的社会关系和阶级关系，在《子夜》不能够不说是很大的成绩。……一九三三年在将来的文学史上，没有疑问的要记录《子夜》的出版。”(见《瞿秋白文集》文学编第二卷，人民文学出版社 1986 年版，第 71 页)朱自清也在《〈子夜〉》一文中说：“这几年我们的长篇小说渐渐多起来了，但真能表现时代的只有茅盾的《蚀》和《子夜》。”(《文学季刊》第 2 期，1934 年 4 月 1 日)

看，作品展现了1930年代中国社会生活的方方面面，剖析了1930年代中国社会的性质，但是却只截取了上海工业资本家吴荪甫1930年两个来月的生活来加以表现。通过吴荪甫广阔的社会联系，把情节组织得井然有序而又活泼多姿，富有节奏感。全书19章。第1～3章为开端部分：第1章以吴老太爷这具封建僵尸的风化揭开序幕，既揭示了特殊的时代背景，又交代了主要的人物，通过吴家成员、亲属一一登场，他们之间的演义形成贯穿全书的一条副线。第2、3章借吴家的治丧引出多重人物及其矛盾线索：借雷鸣出场引出吴荪甫家庭内部的矛盾；借徐曼丽引出吴荪甫与赵伯韬的矛盾；借费小胡子的告急电报引出吴荪甫与农民的矛盾；借莫子函的报告引出吴荪甫与工人的矛盾；借客厅里的高谈阔论点出军阀混战的背景以及朱吟秋等中小资本家的尴尬处境；借孙吉人、王和甫的计划展开益中公司的蓝图；等等；全面铺开了情节。第4～16章为发展部分：第5～8章叙写吴荪甫在多条战线同时作战，以胜利告终，出现短暂的舒缓。第9～16章以工厂和公债市场两条主线交错发展，将吴荪甫逐步推向矛盾的高峰。当然中间也穿插交织着林佩珊、张素素、范博文、李玉亭等知识分子的情感纠葛与思想分歧，在某种意义上，建构起1930年的"新儒林外史"，丰富了作品的都市现代性。第17～19章为高潮与结局部分：叙写吴荪甫被迫背水一战，彻底失败。全书构成一种多条矛盾线索同时展开，又交错发展的蛛网式结构，既将主人公置于多重矛盾的中心，立体地展现出他的复杂性格，又拓展了作品的社会生活容量，反映出广阔的时代社会风貌。当然由于作家健康的原因，第4章（双桥镇农民暴动）多少有些游离。

(2)多样的人物塑造方法。一是善于在复杂的矛盾冲突中塑造人物。如吴荪甫便是通过多重矛盾冲突揭示出其复杂性格的。二是善于用对比、映衬等手法塑造人物。如赵伯韬扒进公债也扒进各种女人的糜烂的生活方式与吴荪甫不耽酒色、克己紧张的生活方式的对照；杜竹斋的谨小慎微与吴荪甫的果敢大胆的对照；林佩瑶的温柔多情与吴荪甫的冷酷残暴的对照等；都很好地刻画出不同人物的不同个性。三是善于用细腻深入的心理分析塑造人物。如通过林佩瑶的回忆，对她两重精神生活的剖析，对夹在吴荪甫和赵伯韬之间两面讨好又两面碰壁的李玉亭的心理刻画，还有四小姐惠芳的情感心理变迁等都是传神之笔。四是生动传神的肖像描写。如吴荪甫"酱紫色的一张方脸，浓眉毛，圆眼睛，脸上有许多小包"，赵伯韬则是"四十多岁，中等身材，一张三角脸，深陷的黑眼睛炯炯有光……”都传达了人物的精神与个性。

（二）《林家铺子》和“农村三部曲”等小说

《林家铺子》以上海“一二八”战争为背景，通过江南某小镇林家铺子的倒闭，剖析了中国社会既有政治经济结构在外来势力侵略冲击下的震动与沦落。作品一开篇便以林小姐不能穿东洋货的衣服去上学的苦恼，揭示了1930年代日寇侵略中国的危机加深，人民群众反日情绪日益高涨的时代背景。然后以林老板好不容易买通当局，将东洋货贴上国货的标签的起死回生，使已遭遇严重困境的林家铺子有了一丝转机。林老板是一个兢兢业业的经营小本生意的商人，本来已在肥田粉生意中失手，陷入经济困境，又适逢帝国主义侵略加剧的经济凋敝所造成的农民购买力锐减，使他的铺子更处于风雨飘摇之中。虽然他使出浑身解数来挣扎，辞退女仆以节缩开支，剜肉补疮放盘卖贱货，伙计寿生也出生入死四乡收账，但收得的一点钱也仅能应付年关前来收账的上海客人。虽然他又审时度势地抓住机遇销售供应难民的“一元货”，造成销售的奇迹。但接踵而至的却是同行的中伤，国民党反动派的敲诈，甚至还要强迫他的女儿为妾。在这重重打击下，林老板只得弃家潜逃。而林家铺子的倒闭给更多的如朱三阿太、张寡妇之类贫民股东以几乎没顶之灾。作品就是在这些贫民股东呼天抢地的悲号中结束的。这样便通过一个乡镇小店的命运沉浮，剖析了1930年代中国社会政治经济结构状况，揭示出中国社会政治经济普遍恶化的趋势。这正是社会剖析小说的基本特点。

“农村三部曲”是指描写1930年代农村生活并具有连续性的三部短篇小说《春蚕》《秋收》《残冬》。《春蚕》是1930年代最早描写“丰收成灾”题材的作品之一。也以“一二八”上海战争为背景，叙写战争刚刚过去，江南某地农民老通宝带领全家经过一个多月的奋斗，取得前所未有的蚕茧丰收，却因茧厂关门，茧价与蚕丝价格大跌，债主与差役的催逼，不但没有享受到丰收的喜悦，而且除“一个月光景的忍饿熬夜”之外，还“白赔上十五担叶的桑地和三十块钱的债”。勤俭忠厚而又保守的老通宝终于感到这世界变了，并隐约地觉察到，这世界之所以越变越坏，是因为有了“洋鬼子”的缘故，因而他仇视洋鬼子几乎达到病态的程度。这一方面表现了他朴素的爱国主义感情，揭示了中国社会政治经济恶化的根本原因；另一方面也体现出一个小生产者狭隘保守的落后根性,并因此而与讲求实际的儿子媳妇们发生矛盾。

《秋收》《残冬》则进一步描写了农村灾难的加深和农民反抗斗争的崛起。

(三)茅盾的社会剖析小说的艺术成就及其不足

由《子夜》为代表的茅盾小说新成就被严家炎先生称之为“社会剖析小说”[①],其主要特征是:

1. 把小说创作与社会科学分析结合起来,用马克思主义的阶级观点来剖析中国社会,从政治经济的角度来揭示社会心理和社会思潮的变迁,并常常通过典型的人物和环境多方位、多层次地揭示社会全貌及其发展趋势。

2. 借鉴 19 世纪欧洲经典现实主义的创作方法,往往选取第三人称客观叙述视角,作家的情感隐藏在写实性描写之中,并注意塑造复杂性格的人物,重视环境与人物的相互制约,但更注重环境对人物的作用。

这些小说一方面发扬了《蚀》三部曲迅速及时地反映重大社会政治题材的优势,并突破描写小资产阶级知识分子的囿限,从经济视角向更加广阔的社会政治文化层面开掘,既有都市的《子夜》,也有小城镇的《林家铺子》,还有乡村的《春蚕》等。同时他还发挥善于在错综复杂的社会矛盾中刻画人物的特长,并运用科学的社会理论来剖析透视,几乎构成一幅幅当时社会政治经济结构及其趋势的缩影,显示出一种深刻的理性力量。因而出版《子夜》的 1933 年被称为“子夜年”,并影响到吴组缃、沙汀等,形成了一个“社会剖析派”。但是另一方面,作家说“生活经验的限制,使我不能不这样在构思过程中老是先以一个社会科学的命题开始”[②],因而常常难免显示出某种“硬做”[③]的痕迹。例如按照老通宝的情景,比较富裕的江南的小康人家在丰年都无法生存,整个中国农村早就应该是饿殍遍野了。实际上这是不近情理的。正是这种理念化的干扰,使作品的一些细节也显得不够真实,如吴组缃认为老通

① 严家炎在《中国现代小说流派史》中说:“‘社会剖析小说’或‘社会剖析派’这个名称,原是我 1982 年给研究生讲课时提出的,我希望它能比较准确、贴切地概括这个流派的创作特点。吴组缃先生对此表示支持与赞同。”(人民文学出版社 1989 年版,第 175 页)

② 茅盾:《我怎样写〈春蚕〉》,《茅盾论创作》,上海文艺出版社 1980 年版,第 69 页。

③ 鲁迅在《答北斗杂志问》“创作要怎样才会好?”的问题时,结合自己的创作经验说“写不出的时候不硬写”(见《鲁迅全集》第 4 卷,人民文学出版社 2005 年版,第 373 页)。——由此可见鲁迅与茅盾创作的差异与区别。

宝对蚕业日趋萧条竟全然不知，冒险借债买叶养蚕，既不合一般蚕农思想的常理，也与他整个一套保守的思想不相吻合。又如《秋收》为渲染农民收获的艰难，仅一个月未下雨，那原来可行驶大小船只的官河就干得"只剩河中心的一泓"了，也难以想象。同时，为了强调环境对人物的制约，他笔下的人物命运往往都有一种宿命式的结局，似乎在他们还未出生时就铸定了。虽然透过环境对人物命运的制约，展示出了广阔的社会政治经济背景，但人物却几乎成为环境的木偶。虽然他们的命运大都是悲剧的，却并没有充分展示出他们惊心动魄的悲剧性格。

三、后期创作与《腐蚀》

抗战爆发后，茅盾辗转于上海、香港、重庆、新疆和延安等地从事抗日救亡工作，并先后出版了长篇小说《腐蚀》(1941)、《霜叶红似二月花》(1943)等小说。其中《腐蚀》被誉为"抗战期间以现实为题材暴露国统区政治黑暗的最重要的一部作品"。小说是以日记体的形式来表现的。主人公赵惠明曾经是一个天真活泼、热心抗日救亡工作的女学生。但由于出身封建官僚家庭，从小受母亲"游戏人生"观念的影响，爱虚荣、逞强好胜，乃至贪图享乐、奢侈放纵等精神弱点又使她经不住国民党特务的威逼利诱而身陷鬼蜮世界之中。在这个世界混了五六年之后，除了"手上沾过纯洁无辜者的血"的罪恶感之外，便是心灵布满了累累伤痕。首先是那个欺骗了她的感情与灵魂的"为民前锋"的希强，在她就要生产时携款离去。然后是企图占有她而未遂的上司及其同伙对她的阴谋中伤、排挤与报复。而另一个派系的陈秘书也对她虎视眈眈，随时都伺机把她揽入怀抱。因而作品首先展现出来的就是主人公这种内心的创伤与痛苦："近来感觉到最大的痛苦，是没有地方可以说话。我心里的话太多了，可是找不到一个人可以让我痛痛快快对他说一场。"这种内心的寂寞与痛苦使她渴望复仇，怀念那逝去的快乐而单纯的生活，从而在她那被腐蚀的灵魂中还留下了一片人性的绿地。正是这片绿地使她拒绝了舜英夫妇引诱她当汉奸的要求，并侦察到他们和重庆要员们正策划一个特大的阴谋("皖南事变")。同时当她再次见到初恋的情人革命者小昭时，也表现出真心的内疚与痛悔。不过另一方面，由于她在这一魔窟中濡染既久且性格软弱，因而她要跳出这一魔窟也是非常艰难的。她所谓的"报复"和"毒牙"不外乎是以恶抗恶的作恶而已。其结果不过是身不由己地充当了别人相互倾轧的工具,更深地陷入魔窟而难以自拔。因而她的行为常常是矛盾的。她不齿于松生、舜英和陈胖子们,但为了自己的利益却又不得不与他们周旋。她相信K、萍代表了光明,但为了保全自己又去告发了他们,而事后又赶快向他们发出警告。在这种矛盾的后面隐藏着的正是一颗痛苦、彷徨而又软弱卑怯的灵魂。如果没有新的契机,她或许就会这样苟且下去。这就不仅揭露了国民党特务统治的黑暗与恐怖,而且展示出它对青年灵魂深入骨髓的腐蚀。作家原意也是计划写到小昭被害就结束全书。但为了满足读者的要求和报刊出版的需要,作家又加写了赵惠明被处罚调到一个文化区营救出一个与她身份经历相近的女青年N的故事。虽然展示了她自新自赎的心理历程,但先前的那些纠葛和羁绊被一概清除,赵惠明也就在一种单纯明朗之中失去了既有性格的丰富与深度。

作品创作于距“皖南事变”不到半年的1941年夏,不仅透过赵惠明的目光尖锐地揭露了这一阴谋,而且还记录了周恩来同志在《新华日报》上的题词,表现出非凡的政治胆识和强烈的现实批判精神。不过这种批判并不像张天翼、沙汀以尖刻的讽刺来表现,而是选取一个失足的“个中人”(特务)的内心透视来折射。这种角度不仅可以更加自由真切地深入黑暗阵营的阴谋内幕,而且还能展示出一个人的人性深度。因而这种表现是一种更加富于抒情性和心理深度的艺术表现,在某种意义上,我们也可以把它看成是如同《莎菲女士的日记》一样的心理小说。当然面对这种艺术表现,一个读者应该善于透过主人公那缠绵凄恻,交织着自嘲自讼自悔自责的话语去把握她心灵真实的悸动,去寻找她与现实碰撞的角度与张力,从而捕捉住她那软弱而苍白的灵魂及鬼魅横行的黑暗现实。这也正是作家隐含在那扑朔迷离话语中的潜在意旨之所在。

第七讲　老舍的小说

在1930年代现代长篇小说的成熟与繁荣中老舍是一个重要的作家。老舍的名字是与北京紧密联系的。他不仅生长在北京，而且他的文学创作也始终围绕着北京展开。他小说的题材大都取自北京的市井生活，体现出浓郁的北京地域文化的特色，更以对北京市民文化心理结构的生动揭示，以及纯正富有韵味的北京市民语言，成为中国现当代文学中"京味小说"的鼻祖。同时作为一个多民族国家来说，作为满族作家的老舍还是中国现代文学史上为数不多的著名的少数民族作家之一。

一、老舍的生平与文学道路

老舍(1899—1966)，原名舒庆春，字舍予，北京人，满族，出身寒苦。两岁时，父亲便在抗击八国联军的战斗中阵亡，他靠母亲做杂活抚养大。正直而勤劳、善良而刚强的母亲也成为他认识人生的第一个老师。不同于鲁迅式的家道中落，老舍是真正来自社会底层的作家。这种生活经历不仅使他非常熟悉北京大杂院里贫民的生活、习俗与心理，而且使他秉承了一个正直城市贫民的品格与眼光来观察社会，探索人生。他小学毕业后只念了半年中学，便于1915年考入免费的北京师范学校，1918年毕业被派往北京第17小学任校长，两年后晋升为京师教育局北郊劝学员。五四运动的爆发给了他一双"新的眼睛"，使他开始以批判的眼光来审视"老人老事"。他说："反封建使我体会到做人的尊严，人不该作礼教的奴隶；反帝国主义使我感到中国人的尊严，中国人不该再作洋奴。这两种认识就是我后来写作的基本思想与情感。"[①]也就是说，他这时已在贫民的眼光上加上了一副自觉的人的眼光来观察和思

---

① 老舍:《老舍自传》，江苏文艺出版社1995年版，第26、27页。

考人生问题，这奠定了他以后创作思想的基本立场。当然，与此同时“五四”还给了他“新的文学语言”的兴趣。1922 年老舍来到天津南开学校任中学部教员，写作并发表了他的第一个短篇《小铃儿》(《南开季刊》1923)。不过老舍认为这还只是一个习作，也没有收入他的集子中。他的正式文学生涯开始于他 1924 年到英国伦敦大学东方学院任中国语文讲师以后。这时他客居异国他乡，心境寂寞，常常陷入对过去的国内生活的追忆之中，又加之阅读了大量的外国小说，特别是受到英国康拉德、狄更斯小说的影响，终于在许地山的鼓励下写出了他的第一部长篇《老张的哲学》(1926 年 7 月连载于《小说月报》第 17 卷 7 号至 12 号)；接着又发表了《赵子曰》(1927)、《二马》(1929)等长篇小说，后分别出版单行本。

《老张的哲学》描写 20 世纪 20 年代前后北京北郊的一个恶棍老张，他既办学堂又经商且当兵，以“钱本位而又三位一体”构成他的人生哲学。利用高利贷他既吞噬了王德与李静、李应与龙凤两对青年的爱情，还爬上了北郊自治会会长的位置，最后由盟兄保荐，竟做上了南方某省的教育厅长。这是一个劣迹多端、狠毒无比的形象。他之所以能够为所欲为而飞黄腾达，除了政治的黑暗与腐败之外，李静姑母等小人物善良中所包藏的迂腐也助长了老张的歹念与凶焰。正是从这里显示出作家对鲁迅改造国民性主题的继承与开拓。不过由于作家本着“写着玩玩”[①]的态度，因而常常以耍贫嘴的油滑助成那夸张的叙述和戏谑的语调[②]，艺术结构也因此散漫而缺乏节制。

《赵子曰》叙写 20 世纪 20 年代北京天台公寓里的一群大学生，其中心人物是赵子曰。这是一个具有阿 Q 性格的人物。他虽然在名正大学读书，但实际上却在混学，他的主要功课是打牌、票戏、喝酒、下馆子。考试结果落到最后，自己勉励说：“倒着念不是第一吗？”于是那一点不高兴就雪花般消融了。不过，他虽然糊涂且受到欧阳天风等的欺骗，但他还有正义感和善良心，最后在正直的李景纯侠义行为的感召下，走上了“救世”的道路。虽然《赵子

① 老舍：《我怎么写〈老张的哲学〉》，《老舍文集》第 15 卷，人民文学出版社 1990 年版，第 167 页。

② 老舍具体解释说：“以文字耍俏本来是最容易流于耍贫嘴的，可是这个诱惑不易躲避；一个局面或事实可笑，自然而然在描写的时候便顺手加上了招笑的文字，以助成那夸张的陈述。”(同上)

曰》比《老张的哲学》的文字显得挺拔利落了些，结构也紧凑些了，但由于“立意要幽默”且“想象多，事实少”[1]，仍不免是以“描写失之张皇，时或伤于溢恶”[2]的谐谑语调来“轻搔新人物的痒痒肉”[3]。实际上，这是作家在长期的贫苦生活中所形成的“一半恨，一半笑去看世界”[4]的人生方式在文学上的体现。

《二马》是作家立意改变《老张的哲学》、《赵子曰》的“粗劣”而走向细腻的作品。作品写马则仁和马威父子俩去英国伦敦继承老马哥哥的古玩店的种种遭遇，实际上是“在比较中国人与英国人的不同处”[5]。老马是一个老派的中国小市民形象，虽然以亲切、优雅显示出可爱的一面，并赢得了房东温都太太的感情，但在他的精神深处仍有阿Q的影子。尽管他是来继承兄长的古玩生意的，却处处鄙视经商“俗气”；一听到别人夸奖中国东西，他就白给别人东西。“只要人家一说中国人好，他非请人家吃饭不可；人家再一夸他饭好，得，非请第二回不可。”他本来是鳏居，但为了讨好英国人，却说有“五六个”妻子。实际上，“他背后有几千年的文化”[6]，这是一个被几千年的传统文化束缚了自己思想的因循守旧的老中国儿女。“民族要是老了，人人生下来就是‘出窝儿老’”，反过来老马的“出窝儿老”的性格又证明着这个民族的衰老。这正是作家忧心如焚的地方。以至作家常常抑制不住地离开幽默而激情地议论起来：“20世纪的‘人’是与‘国家’相对的，强国的人是‘人’，弱国的呢？狗！中国是个弱国，中国‘人’呢？是——！中国人！你们该睁开眼看一看了，到了该睁开眼的时候了！你们该挺挺腰板了，到了该挺腰板的时候了！——除非你们愿意当狗！”所以《二马》远比前两部作品深沉。但是作家

① 老舍：《我怎么写〈赵子曰〉》，《老舍文集》第15卷，人民文学出版社1990年版，第170、171页。

② 鲁迅：《中国小说史略》，《鲁迅全集》第9卷，人民文学出版社2005年版，第295页。

③ 老舍：《我怎么写〈赵子曰〉》，《老舍文集》第15卷，人民文学出版社1990年版，第171页。

④ 老舍：《我怎么写〈老张的哲学〉》，《老舍文集》第15卷，人民文学出版社1990年版，第166页。

⑤ 老舍：《我怎么写〈二马〉》，《老舍文集》第15卷，人民文学出版社1990年版，第175页。

⑥ 老舍：《我怎么写〈二马〉》，《老舍文集》第15卷，人民文学出版社1990年版，第176页。

并未绝望,作家在小马身上寄托了他的理想。马威性格的一个突出特点是开始有了人的自觉和中国民族尊严的自觉。他有弱国子民的悲哀和积极奋斗的精神,用拳头教训了歧视中国人的保罗,显示了一个中国国民的觉醒。他能够接受新事物,希望走一条与父亲不同的道路(并最后终于离开了他)。但是他重感情,爱幻想,遇事犹豫。因而作家又写了一个"重实际"的李子荣来补充。

在寄出了《二马》之后,老舍于 1929 年夏离开了伦敦到欧洲游历。在巴黎他本想续成《二马》的后半,终因行色仓促未成,留下终身的遗憾。三个月后,他来到新加坡的一个华侨中学教书。原想写一部康拉德式的南洋作品,终因生活经验不足,只写成长篇童话《小坡的生日》,发表在 1931 年 1 月的《小说月报》上。作品以小坡与中国小孩、马来小孩、印度小孩天真烂漫的友谊和趣事,以及小坡的梦中历险奇遇来表现弱小民族联合起来反抗霸权统治的理想。那现实与梦幻交织的乐观情调显示出作家思想的进步,而"浅明简确"的白话语言使作家更加坚信"白话的力量"[①](以北京市民语言为底色),并以这种俗白自豪。

1930 年老舍回到祖国,7 月他来到山东济南市齐鲁大学文学院任教,并编辑《齐鲁月刊》。他又创作了一部以 1928 年济南"五三惨案"(北伐军北上讨伐奉系军阀张作霖,日本兵为支持张而出兵攻占济南并大肆屠杀中国军民)为背景的长篇小说《大明湖》。作品以两母女的沦落为线索反映了济南人民国破家亡的悲愤。作品"没有一句幽默话"[②],显示出作家风格的又一变化。但在寄给商务印书馆后,竟遭"一二八"战火的焚灭。不过作家并不满意这种"哭丧着脸讲严重的问题与事件"的写法,因而也没有再写出来,只是以其中的一个片断写了短篇《月牙儿》。

1932 年老舍又推出了长篇寓言体小说《猫城记》,连载于 1932 年 8 月至 1933 年 4 月的《现代》杂志上。作品以第一人称叙述"我"来到火星(但飞机被毁)被猫人掳去的种种遭遇和"我"对猫国猫人的观察与思考。"我"来自伟大光明自由的中国,具有现代"人"的价值观,而猫国虽然也有"两万多年的文

---

① 老舍:《我怎么写〈小坡的生日〉》,《老舍文集》第 15 卷,人民文学出版社 1990 年版,第 181 页。

② 老舍:《我怎么写〈大明湖〉》,《老舍文集》第 15 卷,人民文学出版社 1990 年版,第 186 页。

明”，却已经处于即将灭绝之中。不但其自然环境（土地、天空和山）是灰色的，而且国家的政治、经济、教育、文化乃至人们的思想都是灰色的。猫人已不再种粮食，只种由外国输入的迷叶，越吃越懒，到处起了抢劫。国家只能依靠外国人来维持秩序，敬奉外国人若神明。到处流传着“外国人咳嗽一声，吓退猫国五百兵”的俗谚。而外国人也联合起来惩罚猫人，共同得到好处。虽然猫人相互之间抢劫、斗殴，但在外国人的干涉下却甘愿受罚。当然在猫人社会内部也是尊卑有序的，伸手就打是上等猫人的尊荣，也被下等猫人视为当然。商量办事是被猫人看不起的，“我”也因不愿打人而差点饿饭。猫城的人竟因经常挨打而头上都有“没毛而铁皮的一块”。猫人也有教育文化，而且大学生比任何国家都多，但实际上都是一入学就毕业的学生。古物院的文物已被出卖一空，图书馆也正改建成旅馆。正是在这样的文明里，猫人在矮人的入侵下灭绝了。不难看出，作家是以寓言的形式表达了他对中国社会现实的隐喻性思考，由于对国事的深切失望，因而走向了阴冷灰暗的绝望讽刺，以至说教。“浊秽，疾病，乱七八糟，糊涂，黑暗，是这个文明的特征，纵然构成这个文明的也有带光的，但是那一些光明决抵抗不住这个黑暗的势力。”正因此他也偏激地讽刺了革命政党的“大家夫斯基”。但是同时我们又应该看到，作品对民族文化性格的反省与思考已伸展到了一个相当深广的层面。从猫国的政治、经济、外交、文化、教育等诸多方面剖析与批判了国民性中自私、卑鄙、折中、糊涂、随遇而安等劣质。实质上他是以鲁迅困守黑屋里的愤激表达了他对我们古老民族与国家命运前途的关切与忧虑，表现出一种深沉的历史悲剧感。这正促进了《二马》中的悲剧因素在《猫城记》中得到进一步拓展。

不过作家认为这种真切表达愤激情感的讽刺并不适合自己的艺术个性，因而他又“返归幽默”写出了长篇《离婚》(1933)。作品叙写北京某财政所一群科员围绕婚姻纠葛的生活。其主要人物有三个：老张是一位安分守己，又热心助人的老派市民形象，他一生要完成的神圣使命就是做媒与反对离婚。因为“离婚”意味着破坏既成秩序，而老张的人生准则则是调和矛盾，“凑合”过日子。因而他的人情和好心，虽然也给别人以些许安慰，但同时也在客观上助成了小赵的作恶，按照他的敷衍与折中，只能使这社会更加黑暗。后来当他儿子被抓走，并受到小赵的敲诈时，他虽然开始有了愤懑与不平，但危机一过去，他又回到了旧有的生活轨道。这是一个李静姑母型的善良而又庸俗的人物形象。老李是一位还有些理想与追求的市民形象。他不满意灰色的生活和平庸的旧式妻子，而幻想体验一下浪漫的“诗意”（对一个独处空房的有文化的少妇产生了好感），并对生命的价值展开了痛苦的思考。但是在张大哥善意的体贴与小赵刁蛮的欺诈下，终于认清自己也不外乎是一个懦弱、随俗敷衍的地狱的鬼。在他心中的诗意（小马太太）幻灭之后，他带领全家离开北平回到了乡下，表现出他对灰色生活的最后抗争。小赵是一个恶棍，依仗他与所长太太的特殊关系和卑鄙手腕，成为一个呼风唤雨的强人，连“京油子”的张大哥也自愧自己是“骡牛”，小赵是“飞机”。他不但戏耍老李，还要强占老张的房子和女儿。最后这个作恶多端的小赵终于被侠客式的丁四爷杀死。丁四爷除暴安良的侠义行为寄托了作家的理想，这也是千百年来平民百姓的理想。至于其他一些人物，如吴太极与方敦太太、老邱与纸版夫人等之间的婚姻风波作为一些旋鼓旋灭的泡沫则构成了一幅更加广阔的平庸而灰色的社会背景。

《离婚》的突出特点是匀净。虽然充满幽默，但是不像早期小说滑向过分的夸张与狂肆，而是一种“含着泪的微笑”[①]；是将《老张的哲学》式的滑稽突兀与《猫城记》式的沉重悲凉融合起来，构成尖锐而不刻薄、辛辣而不恶毒、温婉宽容的幽默。他不再追求生活表面的喜剧效果（如人长相的丑），而是从生活的深处和人物的心灵世界中去发掘可笑的东西。在笑声中又透露出几分温情，几分严峻，几分酸辛，而显得含蓄蕴藉。这种独特的幽默语调的形成，标志着老舍艺术个性的成熟[②]。同时那原汁原味的北京风物与市民生活的细腻描写呈现出一幅幅生动的北京市井风俗画卷，如“牌楼底下，热豆浆、杏仁糕、枣儿切糕、面茶、大麦粥，都冒着热气都有股特别的味道。切糕上的豆儿，切开后，像一排鱼眼睛，看着人们来吃”传达出北京文化特有的宽容、平和、精致、舒展的神韵。

---

① 老舍：《我怎么写〈离婚〉》，《老舍文集》第15卷，人民文学出版社1990年版，第193页。

② 当然在坚守了幽默的同时，老舍又对它的“小巧”有所不满。他说：“以今日中国文艺的情形来说，我倒希望有些顶硬顶粗莽不易消化的作品出来，粗野是一种力量，而精巧往往是种毛病。小脚是纤巧的美，也是种文化病，有了病的文化才承认这种不自然的现象，而且称之为美。……幽默是含着泪的微笑。其实据我看呢，微笑而且得含着泪正是‘装蒜’之一种。哭就大哭，笑就狂笑，不但显出一点真挚的天性，就是在文学里也是很健康的。唯其不敢真哭真笑，所以才含泪微笑；也许这是件很难作到与很难表现的事，但不必就是非此不可。”（同上，193页）

在创作长篇小说的同时，作家还创作了不少短篇小说，先后结集为《赶集》(1934)、《樱海集》(1935)和《蛤藻集》(1936)等，主要以幽默调侃的语调对小市民的灰色生活给以揭露和讽刺。如《开市大吉》以一个江湖骗子恬不知耻的语调叙述“我”与几个同伙开了一个专为骗钱的医院，并赢得“开市大吉”的得意来剖析社会的灰暗与污浊。《上任》叙述与土匪有瓜葛的尤老二被李司令任命为稽查长，虽然他也想拿几个“反动派”，绷绷面子，但是由于他的自私与怯懦，不但被当年的同伙敲诈了一大笔钱，还被迫灰溜溜地辞去了官职。由于作家的笔触伸向了底层贫苦市民的血泪生活，也显示出一种风格的变化：幽默性减少，而抒情性因素和悲剧性因素增强，这突出地体现在两组作品中。一是由《微神》、《月牙儿》等组成的抒情独白型悲剧。《微神》以男主人公哀婉缠绵的抒情独白及其对女主人公心灵创痛的转述展现了一个令人伤心断肠的爱情故事，在空灵缥缈的梦幻意境中透露出主人公对爱情理想的眷眷深情。《月牙儿》则以悲愤激越的抒情独白叙述了一位女性在艰难困苦的生活境遇中成长与沦落的人生经历，那始终难以圆满的一牙月儿正是她命运的象征：皎洁、冰凉、寒冷，闪着清光。这种抒情独白也可以用来叙述一个荒淫无耻的女子的生活，如《阳光》。当然所获得的是含蓄蕴藉的反讽效果。这种“散文诗”式的制作同样显示了作家高超的艺术才能。另一组作品是由《老字号》、《断魂枪》等组成的社会文化型悲剧。无论是老字号“三合祥”的倒闭，还是“神枪沙子龙”的“不传”，都既表现了传统文化的纯正与典雅，又显露出它们的迂执与可笑，在历史的苍凉中蕴含着历史与道德二律背反的深刻命题。即使在幽默性的作品中，悲剧性因素也增强了。如《柳家大院》中小王媳妇被迫害死去，善良的张二嫂被诬陷，迫害小王媳妇的二妞也被“铲”出家门，老王欠下了债，小王则成了石头人，这是一个病态麻木的世界，如同鲁迅笔下的鲁镇未庄一样，只是地点移置到了北京的四合院之中。而叙述人叙述语调的幽默调侃更增加了这些人物命运的悲凉。

在结集这些短篇小说的时候，老舍已于 1934 年 7 月离开济南，9 月来到青岛山东大学任文学教授，先后创作发表了长篇小说《文博士》(最初发表于 1936 年的《论语》杂志，原名《选民》，1940 年由香港作者书社初版时改名为《文博士》)和《骆驼祥子》(最初连载于 1936 年 9 月至 10 月的《宇宙风》)以及中篇《我这一辈子》(载于 1937 年 7 月《文学》杂志)。《我这一辈子》可说是《月牙儿》的姊妹篇，以第一人称的视角叙述一位先后做过裱糊匠、巡警、缉私兵的善良的北京底层市民的一生经历，他老来失业在家，却仍还需“拿出全套本事”来看房、做小工、帮人搬家，以给小孙子“找点粥吃”。其辛酸悲凉的语调表达了作家对这“出奇不公平的世界”的默默控诉。

抗战爆发后，老舍来到武汉，被推举为中华文艺界抗敌协会常务理事兼总务主任(负责日常工作)。1938 年 8 月到重庆，一住八年，除主持文协工作外，还先后创作了长篇小说《四世同堂》的头两部(《惶惑》、《偷生》)和《火葬》，还有话剧《残雾》《面子问题》等，通俗文艺集《四三集》、长诗《剑北篇》等。1946 年至 1949 年与曹禺一起应邀赴美讲学，在美国完成了《四世同堂》第三部《饥荒》和长篇小说《鼓书艺人》。《四世同堂》透过北京小羊圈胡同内祁家为核心的十几户人家的线索，展开了整个北平城从 1937 年沦陷到 1945 年光复的苦难与斗争的历史，构成了一部交织着正义与邪恶、崇高与卑鄙、抗争与惶惑、光明与黑暗的民族史诗。

1949 年以后最著名的作品是话剧《茶馆》(1958)。1966 年 8 月 23 日，老舍遭揪斗毒打，次日在太平湖(今积水潭)自杀身亡。

二、《骆驼祥子》：底层市民的血泪悲剧及其文化反思

《骆驼祥子》(1936)是老舍小说创作的一座高峰，也是他最满意的一部作品。作品以 1920 年代末期军阀混战(直皖奉)、政治黑暗的时代为背景，叙写北平一个人力车夫祥子如何在这地狱般的生活里苦苦挣扎与沦落的故事，探索了底层贫苦市民的悲剧命运，并对这地狱般的社会给予了深刻的批判。

祥子是一个刚从农村来到城市的人力车夫，除了有健壮的体魄外，还有农民的淳朴与狭隘。他勤劳，节俭，要强，具有骆驼般坚韧的意志，他的人生理想是能有一辆自己的车，做一个自食其力的自由车夫。经过三年的辛苦奔波与积攒，他终于买了一辆崭新的车。但只拉了半年，车便被军阀的大兵抢去了。他侥幸从军阀部队逃回北京，再次振作起来为买车而奋斗，因为“这是他的志愿，希望，甚至宗教”。但他已不再像以前那样讲究体面，生活的磨难使他不顾同行的责骂，拼命抢座积钱；同时他又不愿像高妈那样放利钱生息，也不愿学其他人存银行，而是要一个钱一个钱地存放在扑满里才踏实放心。但就在他的希望接近实现的时候，他的血汗钱被孙侦探勒索一空。在他走投无路的时候，虎妞的纠缠给了他更大的灾难，不仅使他的名誉受到损坏，而且

还必须服从虎妞好逸恶劳的人生道路。虽然他用虎妞的私房钱又买了一辆车，坚持拉车，但是虎妞在肉体和精神上对他的折磨与控制已使他窝心，困惑，迷茫。虎妞难产死后，他又卖掉了车。灰心使他“油滑”起来，他开始追求金钱与享乐，喝酒，吸烟，赌钱，甚至下贱地接受夏太太的引诱，成为一个十足的“刺儿头”。后来他遇上了好心的曹先生，他又振作起把善良的小福子接来一起生活的愿望。但小福子的死摧毁了他生活的最后信念。他终于堕落成一具没有灵魂的行尸走肉。实际上祥子的悲剧并不是他个人的，作品描写了一个50岁的老马车夫在寒冷中晕倒的插曲。祥子从那十二三岁的小马身上看见了自己的过去，从老马的身上看见了自己的将来。在那半封建半殖民地的畸形社会里仅凭小市民狭隘、自私的个人奋斗是难以改变自己命运的。因而在祥子的悲剧命运中既包含着作家对传统美德（勤劳、坚韧、朴实、忠厚）失落的悲悼，又表现出作家对传统文化负面因素（狭隘、自私、封闭、愚昧）的潜在反思和对民族文化命运的关切与焦虑。在某种意义上，祥子是《离婚》中老张与老李的综合，他既保持着老张安分守己的品格，又始终涌动着老李式的人生幻想与追求，最终他的行为是拘谨的，甚至是独善其身的。正是这种独善其身使他成为了地狱的末路鬼。作品细致地展现了这个北京底层市民的心路历程，虽然在他的言行和命运中也不乏幽默，但更多的是悲剧的怜悯与忧伤。

在祥子“三起三落”的悲剧历程中，祥子是不理解他的悲剧遭遇的，所以他常常问“我招谁惹谁了”会落到这样一个下场？实际上这是一种社会悲剧，也是一种文化悲剧。除了前面谈到的虎妞给他带来的人生灾难外（实际上也表现了他的性本能的冲动，如同阿Q想女人、向吴妈求爱，《沉沦》中“他”的“沉沦”一样），还有城市的诱惑“毁了他的清凉劲”——“奇怪的是，他越想躲避她，同时也越想遇到她，天越黑，这个想头越来得厉害。一种明知不妥，而很愿试试的大胆与迷惑紧紧的捉住他的心，小的时候去用竿子捅马蜂窝就是这样，害怕，可是心中跳着要去试试，象有什么邪气催着自己似的。渺茫的他觉到一种比自己还更有力气的劲头儿，把他要揉成一个圆球，抛到一团烈火里去；他没法阻止住自己的前进。”——这里的“她”既指代虎妞，也象征城市令人目眩的生活。当然也还有他自身（农民）狭隘、自私、封闭、愚昧——“他还记得初拉车的时候，摹仿着别人，见小巷就钻，为是抄点近儿，而误入了罗圈胡同；绕了个圈儿，又绕回到原街。现在他又入了这样的小胡同，仿佛是：

无论走哪一头儿，结果是一样的。”——这样一个“圈”，如同阿Q的最后画出的“圆”和他头上的“疤”一样，揭示了他由“要强”而最终“堕落”，乃至骗人卖人，去白房子嫖妓，染上脏病的人生轨迹。在大户人家红白喜事的队伍中，出现了他——“脏病使他迈不开步，正好举着面旗，或两条挽联，在马路边上缓缓的蹭”。——这正是他堕落后的象征。

不过在他经历这些悲剧的同时，又感受着一种人生荒诞的喜剧性（幽默）——他的“要强”总是被生活消解。因而他开始不断地反思：“生命是闹着玩的，事事显出如此；从前我这么想过，现在我懂得了。”——当祥子千辛万苦的积攒在扑满中的钱，被孙侦探轻易地敲诈走时，我们感到了喜剧；当祥子平白无故丢了财产，企图乘乱从曹宅中找补回来而又不敢时，我们再次感到了喜剧：他生命的无能与无聊的讽刺，当然与此同时又凝聚着他生命的悲凉感与沧桑感；最后当他“叼着地上拾来的烟卷”，在人家的“红白执事”的队伍里不忘珍惜力气的“慢慢地蹭”——这最惹人发笑的片段却恰恰是他最具悲剧性的所在：一生命运的缩写。

虎妞也是一个复杂的形象，一方面她作为车主父亲刘四的代理人，管理着人和车厂，压榨剥削工人，过着好逸恶劳的生活。但是另一方面，从本质上来说，她也是一个受害者。由于父亲刘四的专横自私，耽误了她的青春，30多岁还没有出嫁，形成了她变态的心理。她要从祥子健壮的体魄中夺回失去的一切，因而她的“爱”便显得泼野恣肆[①]，令祥子难以接受。更重要的是她与祥子的人生道路是根本歧异的。虎妞虽然搬进了大杂院，但始终都幻想着有一天搬回车厂去继承父亲的财产；而祥子却始终坚持着做一个自由车夫的质朴理想。虎妞控制家庭经济的专横使祥子时时感到渺小和窝心，因而虎妞成为祥子人生道路上的又一个灾难。

《骆驼祥子》的另一个突出成就是对积淀着民族历史文化传统的北京市民社会民俗风情的卓越描绘。例如铺主兜车、刘四“庆寿”、虎妞成亲、巫婆驱邪，以及车夫经常出入的大杂院、小食摊、杂耍场，还有下等妓院“白房子”等等都生动传神地传达出北京下层市民社会风俗民情的原汁原味，犹如一幅幅

① 这种长期压抑的性变态心理甚至达到了畸形的程度。比如在她借房子给小福子让她为了养活全家而被迫卖淫时，虎妞竟在一边观看：对小福子来说，“这是蹂躏；对虎妞，则是在享受”。

卓越的世俗画和风情画。

《骆驼祥子》的语言也达到了很高的艺术成就，熔老舍早期小说语言的幽默性、抒情性和悲剧性于一炉，形成了一种在平易中显出生动，在生动中显出深刻的艺术风格。它既是对北京市民口语的艺术提炼，又保持着口语的“原味儿”。人物的语言则是高度个性化的，在俗白中传达出人物的个性与神韵。同时在艺术结构上，古典小说的传记式结构既适应祥子“英雄生涯”的艺术表现，又体现出单纯、明朗而又严谨的美学特征。例如：

（祥子从乱兵中逃出来到西直门外之后）“歇了老大半天，他到桥头吃了碗老豆腐：醋，酱油，花椒油，韭菜末，被热的雪白的豆腐一烫，发出点顶香美的味儿，香得使祥子要闭住气；捧着碗，看着那深绿的韭菜末儿，他的手不住的哆嗦。吃了一口，豆腐把身里烫开一条路；他自己下手又加了两小勺辣椒油。一碗吃完，他的汗已湿透了裤腰。半闭着眼，把碗递出去：‘再来一碗！’”——用词干净利落、声气有板有眼，气韵舒展有致，传达出一种生活艺术的韵致，无论是从声气，还是神态来看，都充满十足的“京味”。

又比如人物语言：（刘四做寿，看穿了虎妞的心事后）“没那个便宜事！就是有，也甭想由刘四这儿得到！刘四自幼便是放屁崩坑儿的人！”（市俗性语言）

（曹宅高妈告诉祥子说）“告诉你，祥子，搁在兜儿里，一个子永远是一个子！放出去呢，钱就会下钱！没错儿，咱们的眼睛是干什么的？瞧准了再放手钱，不能放秃尾巴鹰。当巡警的到时候不给利，或是不归本，找他的巡官去！一句话，他的差事得搁下，敢！打听明白他们放饷的日子，堵窝掏；不还钱，新新（即新鲜、奇怪）！将一比十，放给谁，咱都得有个老底；好，放出去，海里摸锅，那还行吗？你听我的，准保没错！”——典型的京腔京调：体现出口语“亲切、新鲜、恰当，活泼的味儿”[①]。

正是以上成就使《骆驼祥子》成为具有鲜明民族特色的小说，发表后的43年里先后再版24次，被译介到10多个国家，成为20世纪具有广泛国际影响的一部中国小说。

---

① 老舍：《我怎么写〈骆驼祥子〉》，《老舍文集》第15卷，人民文学出版社1990年版，第208页。

第八讲　巴金的小说

在 1930 年代长篇小说的成熟中巴金是一位具有独特艺术个性与艺术感染力的作家。如同鲁迅一样，他是把文学写作作为一种生命方式的作家。但他没有鲁迅的冷静深沉，而是融入整个身心，在与封建专制斗争，争取自由解放的历程中呼号呐喊。在探索人生的同时也开创了他独特的青春激流型小说。对于五四以来的青年产生了巨大的冲击力与辐射力。当然随着阅历的丰富，思想的深化和情感的沉淀，经过血与火的战争的磨练，他又推出了深沉凝练的“人间三部曲”，显示出他对小说艺术不断探索的过程。

一、巴金的生平与前期文学道路

巴金(1904—2005)，原名李尧棠，巴金是他发表第一部中篇小说《灭亡》，时使用的笔名。他出生于成都一个官僚大地主家庭。幼年时代他一方面受母亲“爱一切人”的教育，一方面又目睹了封建大家族内部的种种罪恶，产生了朦胧的反抗意识和对被压迫人民的深切同情，特别是对封建专制压迫具有天然的反感。如同鲁迅，从小也对《烈女传》之类充斥封建伦理的读物反感：“有的用刀砍断自己的手，有的投身在烈火中，有的在汪洋的水上浮沉，有的拿宝剑割自己的头颈。还有一个年轻的女人在高楼上投缳自尽。都是些可怕的故事！”“为什么女人就应该为了那些可笑的封建道德和陈腐观念忍受种种的痛苦，而且甚至牺牲自己的生命？”[①]1920 年在“五四”浪潮的鼓舞下，考入成都外语专科学校学习英文，受到克鲁泡特金等无政府主义思想家的深刻影响，加入以反帝反封建为宗旨的秘密团体“均社”，出版刊物，鼓

---

① 巴金：《关于〈家〉——十版代序》，《巴金全集》第 1 卷，人民文学出版社 1986 年版，第 450 页。

吹反抗封建制度,献身人类理想。1923年春他来到上海、南京求学。1927年又到法国留学,除进一步研究了无政府主义思想外,还接受了法国资产阶级大革命的平等、自由、博爱和个性解放的思想。另外俄国19世纪的民粹派革命家的主张和行为,也使他深受鼓舞,强化了他反对封建制度的信念与决心。1928年写出的第一部中篇小说《灭亡》由叶圣陶编辑连载于1929年的《小说月报》上。作品以1925年孙传芳在上海的军阀统治为背景,叙述杜大心等一群青年盲目地与反动派斗争,最后灭亡的故事。杜大心因与他心心相印的表妹被包办婚姻夺走而离开了他,他来到上海求学。在目睹了许多人间的苦难后,他放弃了学业,投身社会解放运动(工会工作)而忘我工作,并坚信着凡是把幸福建筑在别人痛苦的基础上的人全部要灭亡的信念。朋友李静淑爱的福音虽然没有熄灭他对人间压迫的仇恨,但是却使他深深地卷入对她的爱恋中。后来他忠实的同志李为群被捕杀后,他只身去暗杀上海戒严司令未果而英勇牺牲。杜大心带有俄国民粹党人身影[①],疯狂地工作,甚至为了压抑自己的个人感情而不惜摧残自己,但同时又燃烧着革命的激情、具有坚强的信念与顽强的意志,正是这种信念使他舍弃了爱情而走向革命牺牲。他的朋友李为群也具有这种顽强抗争的意志与精神。作品描写他就义时,被刽子手砍了头后,"他底身子在地上乱滚。口里发出非人的怪叫"。"剩下的大半边脸上还留着一对圆睁的怪眼","含着无穷的痛苦和恐怖"。作品的主题在于说明——"凡是把幸福建筑在别人痛苦的基础上的人全部要灭亡,而最先起来反抗压迫的人也要灭亡。"但灭亡的意义是不同的。反抗者的灭亡是对无边黑暗的"予与汝皆亡"的决绝抗争。因而主人公杜大心的个人恐怖行为及其英勇献身固然反映了那个时代的愤激绝望情绪,但同时也唤醒了其他人物(李静淑等)的"新生"。

1928年底巴金回到上海。《灭亡》的成功使他坚定了文学创作道路,他借鉴左拉连续性小说《卢贡—马卡尔家族》的形式,几乎同时创作了几部"三部曲"。作为《灭亡》续篇的《新生》便是"革命三部曲"的第二部(不过计划中的第三部《黎明》未能写出来),该作原稿在商务印书馆遭"一二八"战火

---

① 如车尔尼雪夫斯基的小说《怎么办——新人的故事》中"新人"拉赫美托夫为了考验自己的意志,竟然睡钉子床。

焚毁，作家又于 1933 年重写并发表在《东方杂志》上。该作以日记体的形式叙写杜大心当年的友人李冷由孤独的愤世嫉俗走向群众斗争并英勇牺牲的精神历程（从 S 市/上海到 A 地/泉州），从没有信仰到献身于为人类幸福的斗争，即“新生”的寓意，实际上同样表现出以死亡去激发新的斗争，即“一粒麦子落在地里，若是死了，就结出许多子粒来”的主题（也表达了李冷从“死亡”而走向“新生”的信念）。与这个主题相近的还有中篇《死去的太阳》(1931)等。

与此同时他还进行着“爱情三部曲”和“激流三部曲”以及其他一些中短篇小说的创作。巴金自述道：“每天每夜热情在我的身体内燃烧起来。好象一条鞭子抽着那心发痛，寂寞咬着我的头脑，眼前是许多惨痛的图画，大多数人的受苦和我自己的受苦，它们使我的手颤动着，拿了笔在白纸上写黑字。我不住地写，日也写，夜也写，好象我的生命就在这些白纸上面。”[①]的确作家不是一般意义上的写作，而是把写作作为自己的生命方式，他把埋藏在心里的热情火山般喷发出来，控诉、呼号、求索。他说：“我只是把写小说当作我的生活的一部分。……每一篇小说里都混合了我的血和泪，每一篇小说都给我唤醒了一段痛苦的回忆，每一篇小说都给我叫出了一声追求光明的呼号。光明这就是我多年来在暗夜里所叫喊的目标，它带来一幅美丽的图画在前面引诱我，同时受苦的，惨痛的景象又像一根鞭子那样在后面鞭打我。在任何时候我都只有向前走的一条路。我的小说就是我在这个旅程中沿途丢下的东西。”[②]——可以说，作为青年的巴金以青春的激情书写了叛逆的青年反抗封建压迫的勇敢斗争，以及他们的青春、爱情、理想，如同一道奔腾激越一往无前的激流，而且在艺术上也以燃烧的激情形成一种酣畅淋漓奔放热烈的艺术风格（正如巴金自述“我是从探索人生出发走上文学道路”[③]，在这样一种融入生命激情的人生探索过程中必然迸发出一种燃烧的激情与青春的火焰），所以可以称之为“青春型”创作[④]

① 巴金：《写作生活的回顾》，《巴金自传》，江苏文艺出版社 1995 年版，第 117-118 页。

② 巴金：《电椅集・代序》，《巴金全集》第 9 卷，人民文学出版社 1986 年版，第 292-293 页。

③ 巴金：《自传：文学生活五十年》，《巴金自传》，江苏文艺出版社 1995 年版，第 10 页。

④ 参阅钱理群等：《中国现代文学三十年》，北京大学出版社 1998 年版，第 204 页。

或“激流小说”[①]。如同1920年代的《女神》一样，燃烧了青年的心，扩大了新文学的传播与影响。

“爱情三部曲”也是正面描写青年斗争的系列小说，由《雾》、《雨》、《电》三个中篇组成。《雾》叙写归国留日学生周如水的爱情追求，通过他在情感生活中的犹疑彷徨塑造出一个优柔寡断如同雾一样的性格。《雨》叙写周如水朋友吴仁民的爱情纠葛，通过他沉溺于爱情而脱离群体斗争表现出一个粗暴浮躁的性格。《电》的背景由S地（上海）转入南方小城E地，叙写一群革命青年的无畏斗争与英勇牺牲。其中既英勇无畏又沉着冷静的李佩珠成为一个“近乎健全”的性格。吴仁民在这残酷的实际斗争的磨炼下，也逐渐成熟起来。实际上这是一群为信仰所鼓舞的热血青年，正是信仰使他们忘我工作，热情斗争，甚至从容死亡。“由《雾》，而《雨》，由《雨》而《电》，信仰带着热情舒畅地流入大海。”“永生的并不是爱情，而是信仰。从《雾》到《雨》，从《雨》到《电》，一路上就只有这一样东西，别的都是点缀。由下种而发芽，而开花，一步步在我们面前展开了信仰的全部力量。”[②]通过他们的苦难和斗争，展示出青年们追求光明与进步的精神历程，探索了青年人的人生道路。当然也凝聚着作家自我的痛苦经历与思想探索。

二、“激流三部曲”:《家》、《春》、《秋》

“激流三部曲”由三部连续性长篇小说组成。《家》最初于1931年在《时报》上连载，题名为《激流》，后易名为《家》，1933年由开明书店出版。《春》1938年由开明书店出版。《秋》1940年由开明书店出版。“三部曲”以百万字的篇幅展现了自1919年至1925年间成都一个封建大家族崩溃的历史和年

① 参阅王晓初《中国现代文学发展演变史1898—1989》，西南师范大学出版社2002年版，第217页。巴金在《〈激流〉总序》中写到：“我的周围是无边的黑暗，但是我并不孤独，并不绝望。我无论在什么地方总看见那一股生活的激流在动荡，在创造它自己的道路，通过乱山碎石中间。这激流永远动荡着，并不曾有一个时候停止过，而且它也不能够停止；没有什么东西可以阻止它。在它的途中，它也曾发出种种的水花，这里面有爱，又恨，有欢乐，也有痛苦。这一切造成了一股奔腾的激流，具有排山之势，向着唯一的海流去。”（见《巴金全集》第1卷，人民文学出版社1986年版，第3页）——可以说是“激流小说”的形象描绘。

② 巴金：《〈爱情三部曲〉作者的自白》，《巴金全集》第6卷，人民文学出版社1986年版，第468、474页。

轻一代的觉醒、反叛、成长的历程。与“爱情三部曲”不同,“激流三部曲”不仅描写了青年的痛苦与抗争,而且表达了对整个封建大家族的文化剖析与社会批判,这就使“激流三部曲”更加沉重厚实,耐得住时间的考验。巴金说,他的《家》是要义无反顾地宣告一个不合理制度的死刑,“向一个垂死的制度叫出我底 Jaccuse(我控诉)”[①]。这个“制度”便是封建宗法家族制度,是中国其他封建制度和观念的核心。家族是中国传统社会结构的最基本的细胞。《红楼梦》正是从这一视角展开了中国封建社会的百科全书。巴金也紧紧抓住了这一切入口,来展开他对封建制度的控诉与批判。作品中的高家是一个诗礼传家、四世同堂、温情脉脉的封建世家,但那顽固守旧的高老太爷的专横与固执却只制造出一桩又一桩的悲剧:为了他的意愿断送了长孙觉新的生活追求和理想,并造成侄女钱梅芬枯死的悲剧,迫使婢女鸣凤自尽,逼得另一孙子觉民离家逃婚……虽然他出场不多,但是却像幽灵一样,无处不在,统治着全家(“我说是对的,哪个敢说不对?我说要怎么样,就要怎样做!”)。甚至在他死后,她的小老婆陈姨太还借他的名义逼迫即将生产的长孙媳妇瑞珏搬到郊外,死于难产之中。实际上高老太爷是封建制度的人格化,他所固守的那一套封建伦理道德和家长意志只能成为摧残与吞噬青春、爱情与生命的罪恶渊薮。在“五四”思潮的激荡下,他的意志和权威必然要受到青年一代的冲击与反抗。而那些遵从他的意志与模式生活的子孙们,要么如同克明、觉新一类变得懦弱无能,毫无生气;要么如克安、克定之流公然抽大烟、玩女人、偷窃、赌博等堕落下去,因而这个家族的崩溃已不可避免。在高老太爷寂寞地死去之后,这个家族很快就分崩离析了。高老太爷临终前对逃婚的孙子觉民的让步似乎表明这个封建制度人格化的代表已经敏感到年轻一代的历史激流是不可阻挡的;同时也就对自己的主张和意志产生了动摇与怀疑。当然作为一种制度的垂死挣扎也是顽固的,在《春》、《秋》中高老太爷的罪恶又在周伯涛身上重演,以自己的专横与愚顽葬送了儿女(惠表姐、枚少爷——被驯服奴役的儿女)的青春和幸福,高家四房的淑贞则被逼投井自尽。

正是在对这种扼杀人性的封建专制罪恶的仇恨之中,受到“五四”时代思潮激励的以觉慧、觉民为代表的年轻一代成长起来,投入到反对封建专制压

① 巴金:《关于〈家〉——十版代序》,《巴金全集》第 1 卷,人民文学出版社 1986 年版,第 442 页。

迫、争取个性解放的民主斗争中。特别是觉慧从小就同情下人，在元宵玩龙灯时，看见克定们以作弄和伤害艺人为能事时，他不由得义愤填膺地发出了良心的谴责——憎恶“把自己的快乐建筑在别人的痛苦上面”的现象与人。“五四”时期进一步受到新思想新文化的熏陶，探索人生，明确“我们是青年，不是畸人，不是愚人，应当给自己把幸福争过来”的时代口号，办刊物，写文章，抨击家族制度及其派生物，同婢女鸣凤相爱。同时从鸣凤与梅悲惨的死、婉儿被凄凉地送人、五叔克定的荒唐中增强了对“家”(罪恶)的仇恨，积极支持二哥觉民与琴表姐的自由恋爱，终于冲破了封建婚姻的枷锁，赢得了爱情幸福；决心“做一个旧礼教的叛徒”。在大哥的暗中支持下，冲出夔门，奔赴上海寻求新生活，进而给其他生活在痛苦中的高家子孙以鼓舞和力量。淑英继琴之后也拒绝了父母的婚事设计，离家出走，而大胆活泼的淑华则进了学校读书。正是这些青年的反抗斗争，汇成一股青春的激流，以势不可挡的力量组成一曲青春的颂歌：“春天是他们的！”——呼应着不断引用的屠格涅夫的《前夜》的语句“我们是青年，不是畸人，不是愚人，应当给自己把幸福争过来！”——如同一股青春激流，构成贯穿全书的一个主题旋律。

在“激流三部曲”的众多的人物形象中，高家长孙觉新具有特殊的意义。他本来是一个早慧的少年，但是为实现祖父早抱重孙的心愿，他不得不在19岁时就弃学成婚，并且娶的并不是他早已倾心的梅，而是由父母“拈阄”决定的婚姻。虽然他的妻子也给了他无微不至的体贴与安慰，可是亏负了青梅竹马的梅的内疚却深深地折磨着他。特别是当梅出嫁后丈夫早亡，孤苦伶仃地又回来依傍娘家时，觉新眼看自己心爱的人受苦并逐渐走向死亡而无能为力，更加重了他内心的痛苦而常常咳血。同时在他父亲逝世后，他又不得不挑起长房生活的重担。不过，另一方面，虽然在“五四”思潮的启迪下，他也明白是“整个制度，整个礼教，整个迷信”夺去了他的青春，但是为了维护家族的秩序，面对专制压迫和家族内部的倾轧，他却仍然不得不采取刘半农的“作揖主义”和托尔斯泰的“无抵抗主义”来敷衍和应酬。青春生命和忠孝观念在他的心中构成了激烈的冲突，在他委曲求全之中压抑着剧烈的内心痛苦，表面上顺从家族意志说服弟妹，暗中却帮助他们的反抗斗争。正构成了他这一代封建长子形象的基本特征。最后他在看到自己的忍辱退让只是换来更多血淋淋的牺牲之后，终于冲破传统伦理观念的束缚，公开顶撞了无理的长辈克安、克定，平静地搬出了这个他曾深深眷念过的“家”。觉新是以作家的大哥为原型塑造的[1]。这也是一个在新旧交替时代具有普遍意义的一种性格。作者的目的正在于通过觉新的悲剧(作品中觉新后来的觉醒表现了作家对人生的想望与理解)来唤醒他大哥式的人物。

“激流三部曲”既是对一个垂死的制度的控诉,又是一曲对叛逆者的青春颂歌;既是对这个制度必然崩溃、新的人生必然诞生的历史趋势的宏观审视,又是对一个家族在这一趋势中必然分化的微观解剖。因而在艺术上形成了一种气魄宏大、脉络清晰、穿插丰富的长河式结构。从主干上看,虽然“三部曲”的各“乐章”表面上具有相对独立性,但实际上却以高老太爷为首的高氏大家族的历史崩溃和以觉慧、觉民为代表的青年一代的觉醒、反抗和成长一线贯通。围绕这一主线,“三部曲”在横向上展开了这个庞大家族各成员之间的复杂纠葛,并旁涉周(伯涛)、陈(克家)、冯(乐山)三家的一些人物和事件,以及四川学生运动、军阀战乱等情景,从而编织出一条支脉错综、主干浩荡的艺术“激流”。

“激流三部曲”是以作家的亲身经历和体验写成的。他说:“我写《家》的时候,我仿佛在跟一些人一同受苦,一同在魔爪下面挣扎,我陪着那些可爱的年青生命欢笑,也陪着他们哀哭。”[2]作家的这种切身体验和情感融注到作品中就构成了浓郁的主观抒情性,无论是叙述,还是描写;是行动的勾勒,还是心理的剖白;是人物的塑造,还是景物的描绘,都浸染着浓郁的情感色彩:或愤怒中含着蔑视,或哀怨中流露出赤热,或鞭笞中又隐藏着同情,使人仿佛感到一条时而奔放、时而低沉、时而湍急、时而舒缓的情感长河的撞击与奔涌。实际上正是一种赤诚之心的袒露与交流。相对于“爱情三部曲”的粗犷来说,“激流三部曲”的热情更加细腻一些,特别是与高家花园的美丽景色和游园、划船、“消夜”、婚丧礼仪等日常家庭生活融合起来,显现出浓郁的社会风俗文化价值。

---

① 《家》最初就是呈现给巴金大哥的,遗憾的是他大哥 1931 年因破产而自尽,没有读到他的《家》。

② 巴金:《关于〈家〉——十版代序》,《巴金全集》第 1 卷,人民文学出版社 1986 年版,第 445 页。

三、《寒夜》等后期小说

抗战爆发后，巴金辗转上海、广州、桂林、昆明、重庆和贵阳各地，从事抗日文化工作。开始推出了"抗战三部曲"《火》(1940、1941、1943)，叙述冯文淑等一群男女青年参加"战地工作团"，在敌后进行抗日宣传活动，以及他们在群众斗争中成长的故事。表现了他们昂扬的爱国热情与不可摧毁的抗争意志。不过由于作家立意"为了宣传(抗战)"[①]，因而存在着明显的概念化倾向，作家自己也认为是失败之作。这时期最重要的作品是被香港的司马长风称为"人间三部曲"[②]的《憩园》、《第四病室》和《寒夜》(都是描写大时代的小人物及其人间悲欢，分别出版于1944年、1946年、1947年)，特别是《寒夜》成为巴金又一代表作。

《憩园》是成都一所带花园的公馆，作品围绕着这所公馆前后两任主人的经历展开了一曲哀婉而又缠绵的故事。旧主人杨梦痴是一位坐吃祖宗福荫的纨绔子弟，他吃光了祖上的遗产，骗取了妻子陪嫁的积蓄，最后被妻子和大儿子赶出家门沦落街头。虽然在小儿子真诚的关心下，他也感到了人生的暖意，但是长期的堕落生活已使他失去了再生的能力，只能隐名改姓地行窃后病死在狱中。新主人姚国栋是一位正在吃着祖宗福荫的世家子弟，虽然他也鄙薄杨家这出名的败家子，但他自己也在不自觉地纵容着自己的儿子虎儿(堕落的欲望)，在富裕的寄生生活中一步步走向蛮横邪恶、醉生梦死的纨绔子弟的道路，成为姚家不可一世的"小老虎"、"小皇帝"，终于被无情的河水淹死。这样，作品就通过杨姚两个世家的沦落与变迁，揭示了这样一个真理，祖宗的荫庇及万贯财产都是不可靠的，"保的住的倒是在某些人看起来极渺茫，极空虚的东西——理想和信仰"[③]。

在艺术上，作家选取了一个既是憩园新主人姚国栋的朋友，又是一个爱思索人生的作家黎先生"我"作为视角人物。随着"我"住进憩园对憩园的诸多秘密的好奇与探索，一步步地展开情节，从而使整个作品在舒缓之中又显出紧张。而姚家女主人万韶华眼看着姚家少爷堕落而无能为力的内在清醒与焦虑以

---

① 巴金：《致树基(代跋)》，《巴金全集》第7卷，人民文学出版社1988年版，第619页。

② 司马长风：《中国新文学史》下卷，香港昭明出版社1987年版，第73页。

③ 巴金：《憩园·后记》，《巴金全集》第8卷，人民文学出版社1988年版，第190页。

及杨家小寒儿对父亲的呵护，又在这种探迷似的情节展开中增加了悲剧的深沉。同时，由于杨梦痴的故事基本上是以作家自己家族的故事写成的[①]，作家在叙述中难免流露出叹息与惋惜的情调，因而在《家》中便已显出萌芽的那种诗情画意的因素得到了进一步的发展，早期小说中那种热情的呼号内敛在平静而又略带哀婉的语调之中，语言由奔放而走向了节制与含蓄，憩园也在某种意义上成了古老中国的象征。巴金小说的整体风格由此开始进入了一个深沉凝练的时期。

《第四病室》以一个病员住院期间的10天日记映现出战时大后方的众生相。在医院这个本应是救死扶伤、治疗痛苦的神圣地方，却加剧着病员的痛苦。在这所还算有名的医院里，条件简陋，伙食简单，病员拥挤在恶臭的屋子里呻吟着，得不到起码的照料，而且病员要自己买特效药、胶布、手纸。许多病人买不起特效药，在病床上哀号着死去；有的病人给不出小费，工友不清理便器，被大小便憋得呼天抢地，在这本应给人精神和心理带来安慰和体贴的地方却演出着一幕幕人生的惨剧和悲剧。所以作家说："这一间容纳二十四张病床的外科病房，可以说是当时中国社会的缩影。"[②]当然在这阴郁、黑暗的氛围里，也有着人性的闪光，这便是以杨木华医生为代表的对人的关爱、温情与帮助的力量。虽然作品的题材和文笔都是芜杂的，但是芜杂之中也的确刻写下了某种时代的真实。

如果说《第四病室》摄下了战时国统区混乱、恶浊的社会现实的某些面影，那么《寒夜》则是在这一背景中演出的一幕悲剧。它通过一位小职员家庭的悲欢离合展示出国统区人民同样在战争中经受着一个物质与精神的"寒

---

① 作家在《〈憩园〉法文译本序》中说："我自己就是从这个公馆里出生的。我写的是真实的生活。《憩园》中的杨老三杨梦痴就是《家》里面的高克定。他的死亡时按照他真实的结局写的。"（见《巴金全集》第8卷，人民文学出版社1988年版，第192页）。又说："《憩园》的背景在成都。我一九四一年和一九四二年两次回成都的见闻帮助我写成这部小说。杨公馆就是我们老家的房子。我一九二三年离开它以后就不曾再见到它。我是根据我的记忆写成的。杨老三就是我的一个叔父，我一九四一年回到成都，听说他刚刚在监牢里死去，那情形和我在小说里所写差不多。他花光了家产和妻子的嫁妆，后来被妻儿赶了出来，靠偷盗乞讨过日子，这都是真事。"（见《〈巴金文集〉第十三卷后记》，《巴金全集》第8卷，人民文学出版社1988年版，第414-415页）

② 巴金：《〈巴金文集〉第十三卷后记》，《巴金全集》第8卷，人民文学出版社1988年版，第414页。

夜”。汪文宣是一位善良而又懦弱的小职员，他也曾是一个有理想的知识分子，企图创办一种“乡村化，家庭化的学堂”。但是战争所带来的失业与生活的磨难已消去他人生的锐气，他卑微的愿望不过是能挣一口饭吃和一家人能平安和睦地生活下去。然而不善于奉迎与疾病的困扰时时使他感受到现实的威胁，而他同样挚爱的母亲与妻子源于新旧时代观念的矛盾冲突更使他陷入难以解脱的痛苦之中。最后他终于在各种力量的夹击下，在抗战胜利消息传来之际，满怀悲愤地寂寞死去。曾树生曾经是汪文宣志同道合的伴侣，但她远比汪文宣坚强，并且始终没有丧失生命的活力，虽然她已年近中年，但她仍然显得年轻、漂亮、富有青春的魅力。虽然她少不了交际与应酬，但始终把持着情感的分寸。她爱自己的丈夫，也曾想遵循传统道德的原则，陪着已病入膏肓的丈夫在寂寞、贫困与卑琐之中混下去。但是来自婆婆的苛刻责怪和丈夫的委琐使她渐渐疏离了这种感情。后来她终于在追求自由与幸福的潜在欲望的鼓动下和在有钱有势并且年轻的顶头上司的诱惑下，在战争的最艰苦的时刻，离开重病的丈夫而远飞兰州。不过她仍然按期给失业在家的丈夫寄回生活费和医疗费，以表达她对他的一份默默的呵护与温情。汪母是一位勤劳而又守旧的妇女形象。她忍受着贫穷为全家当一个“二等老妈子”，做饭、洗衣、打扫房屋，样样做得出色。然而她又顾及体面，特别反感媳妇打扮得花枝招展地到外面去交际应酬，她甚至鄙视树生那种不举行仪式的自由结婚，骂出曾树生不过是她儿子的姘头那样残忍的话。因而她与媳妇之间构成了一种水火不兼容的紧张关系。

综上所述，可以说汪家的几个成员都是“好人”，但结局却是悲惨的，当曾树生在抗战胜利后返回重庆来寻找故居时，汪文宣已经默默死去，而汪母也带着孙子小宣不知流落向何方。那么原因何在呢？无可否认，万恶的战争和黑暗的社会是造成这一悲剧的重要根源，这也是过去强调的这部作品表现出深刻的现实主义力量的地方。但是超越社会政治的层面，从人性的角度加以审视，我们就不难发现知识分子自身的懦弱、委琐、调和的民族根性，同样也是造成这一悲剧的一个不可忽视的原因。实际上汪母与树生的冲突是源于两种文化价值观念的冲突，汪母根本就不能理解树生的生活及其方式，非要用一种已经过时了的生活模式来规范媳妇；而已经经受了现代文明熏陶的树生也不可能重新回到贤妻良母的旧式妇女的生活轨道，因而两者的冲突不可避免，不仅在战争的艰苦年代是如此，在其他任何年代也会发生。这种冲突也就带有了一般文化冲突的意义。而处于这两者夹缝之中的汪文宣只期望通过自己的牺牲来调和这种冲突，这无疑是愚蠢而且得不偿失的，结果他只能加剧自己的痛苦，变得更加卑琐、怯懦起来，也就从根本上失去了他竭力想挽回的树生的爱。在某种意义上，汪文宣的悲剧主要不在外在的经济压迫（虽然他曾失业，但很快又复了业，而且即使他完全失业在家，他妻子也始终在经济上支持着全家，他儿子小宣便读着昂贵的贵族学校），而在于他的这种精神痛苦。实际上，他是在难以超越自己的精神局限而走向死亡的。虽然作家在汪文宣身上投入了过多的感情，或许没有这种清醒的自我批判，然而在客观上还是展示出对知识分子自身这种懦弱、委琐、调和的民族根性的深刻批判。因而它在总体指向上也和《憩园》一样，汇入了当时的文化反思潮流。

艺术上，由于全篇的矛盾焦点都聚集在汪文宣的内心冲突中，因而作品围绕着汪文宣的性格和心理展开了深入的艺术透视与剖析，特别是其中几次“梦”的描写深刻地透露出人物潜在的性格矛盾与心理冲突，这在巴金小说的艺术创作中无疑是一个新的发展。同时，作家虽然深切同情主人公，但是却并没有代这些人物发出痛苦的呼唤，而是把这种感情默默地凝结到冷静的叙述之中。特别是结尾当抗战胜利后，曾树生回到重庆，来寻找丈夫、儿子、婆婆，寻找曾经的家，却得悉丈夫已经死去，儿子和婆婆不知何往，而茫然徘徊在寒风凛冽的“寒夜”中——给人留下的思索是悠长的。因而它同《憩园》一样，也是凝练而深沉的，并以其思想与情感的深沉成为巴金后期的代表作。

第九讲 沈从文的小说

沈从文是1930年代，也是整个中国现代文学史上一位风格独特，影响深远的小说家。如果说周作人引导了一种纯朴冲淡的文学潮流，那么在一定意义上，沈从文就是这一潮流在小说方面的代表。他明确地以“乡下人”自居，从而与“城市人”构成一种对比；不仅仅以纯朴、优美、健康的“湘西（人性）世界”映照出“现代（都市）人”的萎靡与苍白；而且以建构民族文学经典的努力，提供了如诗如画的文学精品《边城》等。虽然他通过文学来重造民族品德的理想未能真正实现，但是还是作为一种文化潜流，默默流淌在他的弟子如汪曾祺等的文学中。

一、沈从文的文学道路及其所构筑的“湘西世界”

沈从文（1902—1988），湖南凤凰县人，苗族。出身行武世家，1918年小学毕业即随当地土著军队辗转于湘、川、黔边境与沅江一带。1922年在“五四”思潮的冲击下，来到北京，升学未成而到北大旁听，并在郁达夫、徐志摩等的鼓励下开始文学创作。自1924年起，其作品陆续见载于《晨报·副刊》、《现代评论》等。仍“希望自己有一个小小周刊”，因而于1928年与好友胡也频、丁玲南下上海，创办《红黑》杂志。不过到1929年前夕，他的创作仍属于习作阶段。其回忆故乡的小说虽然展现了秋夜明火捕鱼、冬日围山赶猎、街头单刀独斗、岩洞“山鬼”游宿的湘西世界，生气勃勃，如《鸭子》等篇，但作家还不善于作深入的开掘，不免失之简陋与浅露。另一类都市题材的小说，或暴露都市人的生活空虚，如《晨》等；或宣泄青年知识分子的内心苦闷，带有明显的郁达夫小说的痕迹，却缺少郁作的力度，如《篁君日记》等，都还未寻找到沈从文自己的艺术个性。

1929年前后，以《柏子》、《阿金》、《菜园》等小说为标志，沈从文的小说创作进入了成熟期。同时到大学任教的经历①又促进了他对中国新文学经验的总结和探讨，进一步提高了他的艺术修养。以废名式“抒情诗笔调”叙写“乡下人”纯朴优美的人性和丰盈饱满的原始生命力，和他故乡那原始氏族遗风与封建宗法关系并存的湘西边地社会（汉、苗、土家等民族混居）及其秀丽幽森的自然景物融合起来，构成了沈从文小说最具特色与魅力的部分——即“湘西世界”。而且与废名小说比较起来，沈从文小说也作了多方面的开拓。作家曾自评说，虽然“同样去努力为仿佛我们世界以外那一个被人疏忽遗忘的世界，加以详细的注解，使人有对于那另一世界憧憬以外的认识，冯文炳君只按自己的兴趣做了一部分所喜欢的事，使社会的每一面，每一棱，皆有机会在作者笔下写出，是《雨后》作者的兴味和成就。”又说：“用矜慎的笔，作深入的解剖，具强烈的爱憎有悲悯的情感，表现出农村及其他去我们城市生活较远的人物姿态与言语，粗糙的灵魂，单纯的情欲，以及一切由生产关系下形成的苦乐，《雨后》作者在表现一方面而言，似较冯文炳君宽而且优。”②（注：《雨后》为沈从文描写性爱的小说）而且就笔致而言，沈从文也不像冯文炳（废名）那样晦涩飘逸，而是融注进更多的世俗性的写实。他不是像冯文炳那样以一个隐逸的古典知识分子立场来建构飘逸的理想世界，而是以一个民间艺人的眼光来观照他所经历的人生世界。因而他不仅以抒情诗的笔调来展示西南边地纯朴人性的诗意，如《三三》《边城》（如同《竹林的故事》“三姑娘”和妈妈相厮守，三三和妈妈、翠翠和外公也具有相同的命运，并具有相似的性格）；以民间传说的形式对少数民族神话与传说加以发掘与重构，如《龙朱》《月下小景》；也以恣肆怒张的笔调来赞颂原始生命活力，如《雨后》。实际上作家是向我们展示了一种自在状态的生命形式，一种“人与自然的契合”。虽然它还不乏愚昧、粗野与混沌，但却灌注着一种与“现代文明”（即20世纪中国社会的封建文化与资本主义文化的混合体）的病态人格构成鲜明对比的原始生命力。

沈从文说：“我实在是个乡下人。说乡下人我毫无骄傲，也不在自贬，乡下人照例有根深蒂固永远是乡巴佬的性情，爱憎和哀乐自有它独特的式样，与城市中人截然不同！……城市中人生活太匆忙，太杂乱，耳朵眼睛接触声

① 1928年8月被胡适聘为上海中国公学讲师，1931年秋到青岛大学任教。

② 沈从文：《论冯文炳》，《沈从文全集》第16卷，北岳文艺出版社2002年版，第150页。

音光色过分疲劳，加之多睡眠不足，营养不良，虽俨然事事神经异常尖锐敏感，其实除了色欲意识和个人得失以外，别的感觉官能都有点麻木不仁。……虽然如此，我还预备继续我这个工作，且永远不放下我一点狂妄的想象，以为在另外一时，你们读者中少数的少数，会越过那条间隔城乡的深沟，从一个乡下人的作品中，发现一种燃烧的感情，对于人类智能与美丽永远的倾心，康健诚实的赞颂，以及对于愚蠢自私极端憎恶的感情。"①——一方面在与欲望膨胀的"城市人"的对比中，强调与张扬了"乡下人"的"燃烧的感情"、"对于人类智能与美丽永远的倾心"、"康健诚实"等人类优秀的品质。当然另一方面，我们又不能不看到，现代文明在带来人性压抑扭曲的同时，也带来了社会历史的整体进步，如何面对现代文明的复合内涵是困惑着现代作家，也困惑着整个文学历史的一个永恒的课题。

在沈从文笔下，与粗野而充盈的乡村世界相对立的是体面而空虚的都市世界。这是一个由学者、教授和绅士组成的中上流社会。这些衣冠楚楚的君子形象掩藏着的却是一种"阉寺性"②的病态人格。如《八骏图》中那些"老成"、"庄严"的教授们以表面的"道德名分"掩饰着他们的虚伪作态。作品借用古典（唐）"八骏图"的题名来隐喻出席青岛大学举办的暑期演讲班/八位教授（"千里马"）。以其中之一作家达士作为叙述人，透过他的观察，速记和给未婚妻媛媛的信，刻划出七位先生生命力被现代文明压抑所造成的病态性格。表面上很"老成""庄严"，却心灵有病。要么在蚊帐里挂着半裸体的美女画，要么是"很情欲"地拂拭青年女子留在沙滩上的脚印。最后自认为健康的达士先生也受不了一个黄色衣衫女子的诱惑，而向未婚妻撒谎陷入情感的纠葛中。而《绅士的太太》中的那些"绅士淑女"们则玩着"爱"的游戏，在相互欺骗中进行"没有爱的接吻"，还居然混合了笑与泪。作家意在为高等人"造一

---

① 沈从文：《习作选集代序》，《沈从文全集》第9卷，北岳文艺出版社2002年版，第3-6页。

② 沈从文在《八骏图·题记》中说："活在中国作一个人不容易，尤其是活在读书人圈儿里。大多数人都十分懒惰、拘谨、小气，又全都是营养不足，睡眠不足，生殖力不足：这种人数目既多，自然而然会产生一个观念，就是不大追问一件事情的是非好坏，'自己不做算聪明，别人做来却嘲笑'的观念。这种观念普遍存在，适用到一切人事上，同时还适用到文学上。这观念反映社会与民族的堕落。憎恶这种近于被阉割过的寺宦观念，应当是每个有血性的青年人的感觉。"（《沈从文全集》第8卷，北岳文艺出版社2002年版，第195页）

面镜子”[①]，从这些高等人的“整洁”中见出肮脏，从“文明”中见出怯懦，从自大中见出渺小，从聪明中见出虚伪。实际上在沈从文的文学世界中，乡村与都市是相互参照印证的两个部分，正是都市人性的失落与沉沦印证了乡下人的健康与优美。

1933年9月沈从文回到北京，接编天津《大公报·文艺副刊》，在自己的创作之外，注意发现与培养新的作家，作为京派小说的领军人物，为京派小说的形成与发展作出了重要的贡献。抗战爆发后沈从文到昆明西南联大任教授，抗战胜利后为北京大学教授，并兼编《大公报》《益世报》副刊。新中国成立后停止了文学创作，曾在历史博物馆为展品写标签，后从事文物研究，出版了《中国古代服饰研究》等著作。

二、理想人性的生命之歌：《边城》

出版于1934年的长篇小说《边城》是作家拟以故乡沅水为背景写作的“十城记”中的一部分，不过其余九城并未写出来。作品叙写川湘交界处一个小山城茶峒的一段人生悲歌。在城郊碧溪嘴咀的古渡口边生活着两个奇异的摆渡人，一个是年已七旬的老船夫，一个是他十五六岁的外孙女翠翠。他们在善解人意的黄狗和作为古文化象征的白塔的陪伴下，过着田园牧歌般的生活。但在一次(二年前)端午节龙舟会上翠翠与城里船总的小儿子傩送的巧遇，在俩人心里都留下了一段难言的心事。不料傩送的盛名引起了中寨王团总的注意，愿以一座新碾房来与船总结亲。而傩送的哥哥天保也倾心于翠翠的美丽，让父亲派人去结亲(走车路)。老船夫不明翠翠的心意不敢贸然答应。后来兄弟俩挑明心事后决定以传统习俗的唱歌(走马路)让翠翠抉择。自知无法获胜的天保离家出走，不幸遇难；哀伤的傩送也离开了故乡。与此同时，老船夫却听到了傩送要与用碾房陪嫁的王团总的女儿结亲的传言。疼爱翠翠的外公到船总家去打听消息时却遭到冷遇(船总不愿间接把第一个儿子弄死的女孩子，又来作第二个儿子的媳妇)，忧心忡忡的老船夫终于在一个大雷雨之夜伴随着白塔的坍塌而辞世，只剩下孤独的翠翠留在古渡口等待那曾用歌声把她灵魂载浮起来的年轻人。

---

① 沈从文：《绅士的太太》，《沈从文全集》第6卷，北岳文艺出版社2002年版，第213页。

作家说,《边城》是要表现“一种‘优美、健康、自然而又不悖于人性的人生形式’。我主意不在领导读者去桃源旅行,却想借重桃源上行七百里路酉水流域一个小城市中几个愚夫俗子,被一件普通人事牵连在一处时,各人应有一分哀乐,为人类‘爱’字作一恰如其分的说明”[①]。的确,作品虽然描写了一个令人肝肠欲断的爱情悲剧,并且在爱情的悲剧中还蕴含着一种古老的命运悲剧,包括老船夫、翠翠母女、傩送兄弟的命运,悲剧的明暗线索贯穿始终,却很难发现悲剧的原因。无论是天保与傩送的出走,还是翠翠的抉择都是可以理解的(翠翠的天真纯洁正表现在她毫无心机的超出一切世俗利害关系的爱情之中),都是“各人应有的一分哀乐”。即使傩送的父亲船总顺顺虽然偏向碾房,但也并没有强迫儿子,而是尊重了儿子的选择(这也是当地的风俗:“若照当地的风气,这些事认为只是小孩子的事,大人管不着,二老当真喜欢翠翠,翠翠又爱二老,他/顺顺也并不反对这种哀怨纠葛的婚姻。”)并且他作为一个水码头管事的正直公平,也受到人们的爱戴。实际上这是一个合奏着“爱”的主题曲的牧歌般的世界。在这个世界中,无论老幼,也不分贵贱,都保持着忠厚善良、诚挚纯朴的人性美、人情美,即使吊脚楼上的娼妓,“也常常较之讲道德和羞耻的城市中绅士还更可信任”,乃至为自己钟情的水手徇情自尽)。这样,《边城》就不再仅仅是一个地理上的“边城”——“两省接壤处,十余年来主持地方军事的,注重在安辑保守,处置还得法,并无变故发生。水陆商务既不至于受战争停顿,也不至于为土匪影响,一切莫不极有秩序,人民也莫不安分乐生。这些人,除了家中死了牛,翻了船,或发生别的死亡大变,为一种不幸所绊倒觉得十分伤心外,中国其他地方正在如何不幸挣扎中的情形,似乎就永远不会为这边城人民所感到。”——而且是一个文化的“边城”,由于独特的民族渊源、文化习俗、地理环境、政治格局所形成的现代的桃花源——无论是孩子的婚嫁、还是水上的纠纷,乃至人生的命运,都尊重习惯,尊重“天”。如对儿子天保的死,顺顺归结为“一切是天”;而老船夫对外孙女的忧虑也总联想到女儿的“命”/循环;还有老船夫/傩送的几次误会[②]。“它

① 沈从文:《习作选集代序》,《沈从文全集》第9卷,北岳文艺出版社2002年版,第3-6页。

② 这种尊重自然(天),尊重生命的观念也反映在沈从文“湘西世界”其他一些作品中。如另一篇《萧萧》中,大媳妇萧萧受到花狗的勾引而有了身孕,不但没有按习惯“沉潭”或发卖,而且在生了一个大胖小子后还获得了婆家的认可。

是湘西的昨天，也是整个中国更为遥远的过去的象征。在这乡村凡夫俗子的人生里，还厚积着属于那片土地的古老风俗——一个根源于古老民族原始而纯朴的人性凝结。"[①]——不过这一(原始)人性与人生的理想(神庙)[②]——看似落后、单纯却蕴涵着原始的血性与生命的生动与完整/也可以说是我们民族的理想与精神——却仍然面临(现代)考验(老船夫在一个雷雨之夜伴随着白塔的坍塌而悄然逝世，由杨马兵讲述与见证的翠翠母亲悲剧见证了命运的循环)，虽然倒塌的白塔已重新修复，但是翠翠所钟情的傩送"也许永远不回来了，也许'明天'回来！——给人留下了一个悠长的悬念与思索。后来作家的《长河》实际上正是对这一悬念与思考的艺术展开。

"边城"世界的构筑还得益于作家对湘西秀丽景色和纯朴民俗的诗意描绘。古老的渡口，青翠的竹篁，清澈的流水，迷蒙的雨雾，崖畔的白塔，善解人意的黄狗，浓烈的端午龙舟竞赛，月亮下高崖边的对歌，等等，淳朴的民俗风习都传达和渲染出一种独特的地理与人文的氛围与环境。它既构成了边城人生存的背景，又成为"边城"世界不可或缺的一个组成部分。环境因获得人的心理质素而介入了社会历史发展(如白塔的倒塌)，活动于其中的人物则融入山川景物、民俗事象，而呈露出客观的环境品格(纯朴自然："天人合一")。这种如诗如画的意境与氛围正是沈从文小说的一个鲜明特点。

诗化的结构与语言。小说的推演，固然以翠翠的爱情故事为支架，却完全摒弃了悬念照应倒错时空之类机心匠意，而纯然以一组组流动的诗画相衔接，以意境的组合与转换、化出与化入来完成。其语言是单纯而简朴的，但在平淡自然的语调中又传达出一种优美、和谐并跳动着热情与爱的情感内涵，与意象的诗化结构相契合，从而构成了独特的边城神韵。

可以说，以《边城》为代表的沈从文小说构成了一种诗化小说的体式(文化小说、抒情小说)：把主体的感觉和情绪植入清新流丽的话语，把独特的风俗人情、浓厚的文化意蕴和舒缓的牧歌情调融会一体；结构自由灵活；语言古朴简约，清新流丽，充满韧性、张力与动感。作家也因此被称为"文体家"。

---

① 凌宇：《沈从文传》，北京十月文艺出版社 1988 年版，270 页。

② 沈从文说："这世界上或有想在沙基或水面上建造崇楼杰阁的人，那可不是我。我只想造希腊小庙。选山地作基础，用坚硬石头堆砌它。精致，结实，匀称，形体虽小而不纤巧，是我的理想的建筑。这庙里供奉的是'人性'。"(见《习作选集代序》，《沈从文全集》第 9 卷，北岳文艺出版社 2002 年版，第 2 页)

三、重造民族品德的探索:《长河》

如前所述,《边城》的"牧歌世界"表达了一种从古老的民族习俗中去寻求民族的精神血脉与人性理想(从而使现代中国获得新生)的愿望,但是这一理想却在现代经受着考验,特别是抗战爆发后,作家很难再把目光瞄向那遥远的"过去",而开始更多地注目于"当前"。因而作家在1943年出版的长篇《长河》之中,就不仅一如既往地描写了那种保留在湘西山民中的"正直"和"热情",而且还对"近二十年来当地农民性格灵魂被时代大力压扁屈曲失去了原有的素朴所表现的式样,加以解剖与描绘"[①]。或者如作家所说是"用辰河流域一个小小的水码头作背景;就我所熟悉的人事作题材,来写写这个地方一些平凡人物生活上的'常'与'变'以及在两相乘除中所有的哀乐"[②]。不过这种描写与解剖仍然是与民族性格和理想的重造[③]相联系的,用作者自己的话来说就是要"将'常'与'变'错综,写出'过去''当前'与那个发展中的'未来'"[④]。可以说,这是一种自觉反思解剖民族性格,从而探索重建民族理想的文学努力,是当时民族文化反思文学思潮的一部分。不过由于当时环境的限制,这种努力只是部分地得到了实现。

《长河》按照沈从文的原计划至少具有三卷以上的规模,由于涉及当时错综复杂的湘西政治背景(蒋介石的中央政权、何健的省府势力、陈渠珍的湘西地方势力及苗族武装起义力量错综交织),第一卷便经过多次曲折和被大量

---

① 沈从文:《长河·题记》,《沈从文全集》第10卷,北岳文艺出版社2002年版,第5页。沈从文在《边城·题记》中更明确地说:"二十年来的内战,使一些首当其冲的农民,性格灵魂被大力所压,失去了原来的朴质,勤俭,和平,正直的型范以后,成了一个什么样子的新东西。"(《沈从文全集》第8卷,北岳文艺出版社2002年版,第59页)

② 沈从文:《长河·题记》,《沈从文全集》第10卷,北岳文艺出版社2002年版,第6页。

③ 沈从文在《边城·题记》中提到要把"过去"与"现在"对比,"认识这个民族的过去伟大处与目前堕落处",其目的就在与考虑"民族品德的消失与重造"问题(参见《沈从文全集》第8卷,第59页;第10卷,第5页)。

④ 沈从文:《长河·题记》,《沈从文全集》第10卷,北岳文艺出版社2002年版,第7页。

删节才得以出版[①],因而其他几卷也就始终没能写出来。不过就现存第一卷来看,作家的意图还是部分地得到了实现。作品描写的是辰河(它与《边城》中的酉水同为沅江的上流支系,沈从文小说大多与"水"相联系)里一个小码头吕家坪抗战前夕的社会现象。当那饱经风霜的老水手满满在听到"新生活运动"就要来了的消息之后惶惶不能终日的焦虑,既渲染出大战前夕山雨欲来风满楼的时代氛围,又在喜剧性的形式里刻写出湘西人民所遭受到的残酷民族压迫与歧视的深刻印痕。所以虽然作品也不乏《边城》式的田园牧歌的图画,但更多的画面却是在"地方特权者"(外来者)与本地人的潜在对抗中展开的。那些委员、队长、局长、副爷们不仅以各种名目的苛捐杂税来搜刮地方的钱财,而且仗势欺人,为所欲为。因而这些外来者不仅打破了湘西古朴的宁静,而且造成了湘西人格的蜕化与变异。商会会长和萝卜溪大橘子园主滕长顺为了求得安宁,面对保安队长的无理敲诈(以买橘子为名),也只好赔钱、赔罪了事。然而压迫者的欲壑是难以填满的,保安队长进而又对滕氏小女夭夭虎视眈眈,从而孕育着新的更深刻的危机。

不过湘西先民那种原始的淳朴、正直与热情也还仍然流淌在年轻人的血液和梦里。夭夭不仅是一个美丽机灵的姑娘,而且她在保安队长面前不卑不亢的自尊自重,她对正义与公平的向往都显示出湘西人恒久的人生理想。三黑子的雄强硬朗也传达出湘西人的原始抗争精神和坚韧顽强的民族个性。而这种努力是与《边城》的探索一脉相承的,同样寄托着作家重建民族品德,从而复兴民族的理想。

① 文稿曾遭长期审查扣留,经大量删削后才得以发表。作品第一部的文稿大部分在1938年8月至11月间香港《星岛日报·星座》副刊上连载。个别篇章曾在其他刊物上发表。第二部未能写出。1945年1月,作者对上述已发表过的篇章作了大量非情节性的增补,字数由《星岛日报·星座》连载时的6万余字增至10余万字,各章均拟出了篇名,交由昆明文聚出版处出版单行本。1948年8月又由开明书店出版单行本。

第十讲 戴望舒的诗歌

中国新诗究竟应该是格律体还是自由体？同时在学习西方的诗歌过程中(特别是具有神秘怪诞色彩的象征诗/“纯诗”)，如何与中国古典诗学传统结合起来？这是1930年代诗歌发展面临的一个重要问题。戴望舒以其独特的诗歌探索了这些问题。不仅仅以“透明的朦胧美”融合与沟通了西方现代诗(象征诗)与中国古典诗歌的遗产，并且以其自然、亲切、随意而又含蓄、隽永的诗风引领了一种新的诗歌潮流——现代诗派。

一、戴望舒的生平与诗歌道路

戴望舒(1905—1950)，浙江杭州人，名丞，字朝寀，是家里的独子，备受宠爱。1919年考入杭州著名的宗文中学，后(1922)与施蛰存、杜衡、张天翼等组织文学团体兰社，办《兰友》旬刊，开始文学写作，并在杭州《妇女旬刊》上发表作品。也就在这一时期戴望舒开始了新诗的写作，杜衡说：“在年轻的时候谁都是诗人，那时候朋友们做这种尝试的，也不单是望舒一个，还有蛰存，还有我自己。那时候，我们差不多把诗当做另外一种人生，一种轻易不敢公开于俗世的人生。我们可以说是偷偷地写作，秘不示人，三个人偶尔交换一看，也不愿对方当面高声朗诵，而且往往很吝惜地立刻就收回去。一个人在梦里泄露自己底潜意识，在诗作里泄露隐秘的灵魂，然而也是像梦一般地朦胧的。从这种情景，我们体味到诗是一种吞吞吐吐的东西，术语地说来，它底动机是在于表现自己与隐藏自己之间。”[①]这一时期的诗后来收入诗集《我的记忆》的第一辑《旧锦囊》中，主要以感伤的情调来表现爱的向往与不得所爱的哀伤以及生活的烦闷，带有明显的浪漫主义色彩和世纪末的颓废情调。同时又善

---

① 杜衡:《〈望舒草〉序》，见《望舒草》，人民文学出版社2000年版，第2页。

于敏锐地捕捉心灵的微妙和感觉的微妙,来“泄露隐秘的灵魂”,显露出与象征诗派相近的作风。

1925年戴望舒考入上海大学(和丁玲同学),后转入震旦大学法文班。震旦大学是一所法式学校,毕业后可赴法国留学。戴望舒一方面接受严格的法语训练,一方面开始翻译法国文学经典。杜衡说:“他直接地读了Verlaine,Fort,Gourmont,Jammes诸人的作品,而这些人的作品当然也影响他。”[①]施蛰存说:“望舒初期的诗,有很浓厚的中国古诗的影响。及至他沉浸于法国诗,才渐渐地倾向欧洲现代诗,竭力摆脱中国诗的传统。他一边翻译介绍外国诗,一边从中吸收自己所需要的养料。”“望舒的译诗工作是和他的创作互为影响的。”[②]这时期,戴望舒与施蛰存、杜衡一起被称为“文坛三剑客”,编辑出版《璎珞》旬刊。同时与同学刘呐鸥相投,1926年年底参加共青团。1927年3月因参加进步活动被捕,后经保释释放,和杜衡一起隐居在松江施蛰存家里从事“文学工场”的写作。1928年8月,成名作《雨巷》在《小说月报》发表而成为传诵一时的“雨巷诗人”。但是“就是在他写成《雨巷》的时候,已经开始对诗歌底他所谓‘音乐的成分’勇敢地反叛了”[③]。因为在他看来,“诗不能借重音乐,它应该去了音乐的成分”;“诗的韵律不在字的抑扬顿挫上,而在诗的情绪的抑扬顿挫上,即在诗情的程度上”;“韵和整齐的字句会妨碍诗情,或使诗情成为畸形的”[④]。

这年9月,戴望舒又参与刘呐鸥创办的第一线书店和《无轨列车》杂志的编辑工作。在《无轨列车》上发表《断指》《对于天的怀乡病》等诗歌。第一线书店被查封后又参与刘呐鸥创办的水沫书店和编辑《新文艺》文学月刊。1929年4月第一本诗集《我的记忆》由水沫书店出版,成为现代诗派的奠基之作,引导了1930年代的诗歌潮流——“《我的记忆》出版之后,在爱好诗歌的青年读者群中,开始感觉到中国新诗出现了一种新的发展。望舒的诗,过去分散发表在不同的刊物上,读者未必能全都见到,现在结集在一本诗集中,它们的风格呈露了。在当时流行的新月派诗之外,青年诗人忽然发现了一种新风格的诗。从此,《我的记忆》获得新诗读者的认可,标志着中国新诗发展

① 杜衡:《〈望舒草〉序》,见《望舒草》,人民文学出版社2000年版,第4页。
② 施蛰存:《引言》,《戴望舒诗全编》,浙江文艺出版社1989年版,第5、6页。
③ 杜衡:《〈望舒草〉序》,见《望舒草》,人民文学出版社2000年版,第5页。
④ 戴望舒:《诗论零札》,《望舒草》,人民文学出版社2000年版,第59页。

的一个里程碑。”[①]现代诗派是继象征派之后，更多地受到西方现代主义文艺思潮的影响，同时又融合了中国古典诗歌艺术精神，特别是晚唐五代以李商隐、温庭筠为代表的一派婉约诗风的一个追求“纯诗”的诗歌潮流和流派。在某种意义上，它标志着原来的象征诗派与新月诗派的合流与发展。卞之琳说：“戴望舒的这种艺术独创性的成熟，却也表明了他上接我国根深蒂固的诗词传统这种功夫的完善，外应（迎或拒）世界诗艺潮流变化这种敏感性的变化，而再也不着表面上的痕迹。”“也就这样，望舒自己实际上也取代了徐志摩或闻一多在三十年代初期，别树一格，自创一派，而成了一位有较大影响的诗人。”[②]1932 年戴望舒参与编辑《现代》杂志。《现代》创刊标志着现代派文学（诗歌与小说）走向鼎盛。施蛰存说：“《现代》中的诗是诗，而且纯然是现代的诗。它们是现代人在现代生活中感受到的现代情绪，用现代的词藻排列成的现代的诗形”[③]——宣告了现代派诗歌的基本纲领。戴望舒虽然不久（11 月）就赴法国学习，但是还是源源不断地寄回不少诗歌（如《印象》《乐园鸟》《寻梦者》《深闭的园子》等）和诗论发表。1933 年出版更能代表他纯正风格的诗集《望舒草》。因而施蛰存说：戴望舒“以《现代》为大本营，提倡象征诗”，以致目下的新诗都是模仿他的[④]。

1935 年回国。1936 年与徐迟、路易士（纪弦）合作创办《新诗》杂志，将“现代”诗潮推向高潮，但因日寇侵占上海而停刊。1938 年赴香港，担任《星岛日报》副刊《星座》编辑，发表《元日祝福》等诗歌；又与艾青共同主编《顶点》诗刊。香港沦陷后，因宣传抗日罪，被日军逮捕入狱，经受严刑拷打，写出了《狱中题壁》等诗篇；经朋友保释出狱后，继续坚持斗争，发表了《致萤火》等诗。抗战胜利后，回上海在高校教书的同时，主要从事译诗的工作。1948 年把战时所作的 25 首诗，编为《灾难的岁月》，由上海星群出版社出版。

---

① 施蛰存：《引言》，《戴望舒诗全编》，浙江文艺出版社 1989 年版，第 1-2 页。

② 卞之琳：《戴望舒诗集 · 序》，《戴望舒诗集》，四川人民出版社 1981 年版，第 5-6 页。

③ 施蛰存：《又关于本刊中的诗》，《现代》第 4 卷第 1 期。

④ 施蛰存：《致戴望舒》（1933），《现代作家书简》，花城出版社 1982 年版，第 78 页。

二、《雨巷》与《我的记忆》解读

(一)《雨巷》

除了"旧锦囊"外，戴望舒诗歌主要呈现为两个阶段：

(1)"雨巷"阶段：以《小说月报》上发表的诗6首为代表，写作于1925年—1927年震旦大学法文班时期，主要受到法国象征主义诗人魏尔伦的影响，追求诗的音乐美、形象的流动性和主题的朦胧性①。

(2)"我的记忆"阶段：不过就在他名声大噪的时候，诗人就已经转换了方向。所以杜衡在《〈望舒草〉序》中说"就是在他写成《雨巷》的时候，已经开始对诗歌底他所谓'音乐的成分'勇敢地反叛了。"这便是《我的记忆》阶段(包括第二部诗集《望舒草》、1933年，代表着戴望舒诗歌和现代派诗歌的成熟)，是真正体现了诗人独特个性与艺术风格的阶段。

《雨巷》写于1927年夏天。当时全国处于白色恐怖之中，戴望舒因曾参加进步活动而不得不避居于松江的友人家中，在孤寂中咀嚼着大革命失败后的幻灭与痛苦，心中充满了迷惘的情绪和朦胧的希望。《雨巷》一诗就是他的这种心情的表现，其中交织着失望和希望、幻灭和追求的双重情调。

《雨巷》全诗由7节组成。首节首先凸现梅雨季节江南小巷中的一个场景——"我""撑着油纸伞"，独自彷徨在悠长又寂寥的雨巷的意象，并在这种孤寂彷徨中抒发"我"心中的向往与希望——"我希望逢着/一个丁香一样地/结着愁怨的姑娘。"然后在第二节进一步展开关于这一"丁香姑娘"的想象："丁香"作为一种素质已经浸透了她的"颜色"、气味("芬芳")气质("忧愁")，并且和"雨"不相分离。这里的中心意象无疑是在雨中绸缪的"丁香姑娘"。用丁香结(即丁香的花蕾)来显示人们的愁心是中国古典诗词惯用的手法。如李商隐《代赠》诗云："芭蕉不展丁香结，同向春风各自愁。"李璟的《浣溪沙》有"手卷真珠上玉钩，/依前春恨锁重楼/风里落花谁是主？/思悠悠！//青鸟不传云外信，/丁香空结雨中愁。/回首绿波三楚暮，/接天流。"——"丁香结"

① 卞之琳说："在法国诗人当中，维尔伦似乎对戴望舒最具吸引力，因为这位外国人诗作的亲切和含蓄的特点，恰合中国旧诗词的主要传统。"(见《戴望舒诗集·序》，《戴望舒诗集》，四川人民出版社1981年版，第4页)

成为愁思的传统意象。《雨巷》化用了“丁香空结雨中愁”的传统意象，便传达出一种富有历史亲切感的迷茫与朦胧。

第三节描写这梦寐以求的“丁香姑娘”竟然也出现在这“寂寥的雨巷”，并且“像我一样，像我一样地”彷徨，“默默彳亍着”，也表现出同样的“冷漠、凄清，又惆怅”的情调。似乎在回应着“我”的向往而从梦中出现。第四节展开了“我”与“丁香姑娘”在这雨巷的相遇。虽然“她默默地走近，/走近，又投出/太息一般的眼光”，但是我们终于却失之交臂，转瞬间，她便“飘过”，“像梦一般地”飘过。当然也“像梦一般地凄婉迷茫”(第五节)。虽然“我”转过身，目送着她的离去，并期望能留住她的身影，但是随着她“走尽这雨巷”，连她的“颜色”“芬芳”，“甚至她的/太息般的眼光/丁香般的惆怅”也都消散在这“雨的哀曲里”(第六节)。

所以最后第七节“我”又回到那悠长又寂寥的雨巷，“撑着油纸伞”而独自彷徨。当然要再次“逢着”那“丁香姑娘”十分渺茫，但是“我”不能退而求其次——“飘过”那“梦”吗？虽然那是一种转瞬即逝的梦，但是那“梦”也能给“我”一种甜蜜的慰藉与忧伤。因而诗歌正是在回响着这一梦想中结束的。

实际上“雨巷”中的“丁香姑娘”正是诗人所创造的一个象征形象。“像梦一般地凄婉迷茫”的结着愁怨的姑娘，本身就是隐隐约约，若有若无的一圈模糊的光晕；而她所象征的意蕴更是扑朔迷离，既可说是爱情，也可以说是理想，还可以说是诗人刚刚经历过的革命的憧憬。而悠长狭窄而寂寥“雨巷”意象，也可以说是当时中国黑暗而沉闷的社会现实的象征性缩影。

虽然“丁香姑娘”是朦胧多义的，但是比较起李金发的《弃妇》来，对读者来说，却无疑要亲切熟悉与明朗得多。其原因便在于诗人他对中国诗歌传统的自觉承传与融合。如前所述，“丁香姑娘”的“丁香”这一意象就来源于一种悠久的诗学传统。李璟、李商隐的诗作外，杜甫也有“丁香体柔弱，/乱结枝犹垫”(《江头五韵》)等诗句。同时“油纸伞”、悠长而又寂寥的“雨巷”、丁香般的“愁怨”、“颓圮的篱墙”既是江南小城的写真，也暗示着一个“杏花春雨江南”的古典文化传统(如同2007年春晚江南风情的《小城雨巷》)。正是在对传统意象的延续与点化中，《雨巷》才达到了一种“透明的朦胧美”。

不过使戴望舒一举成名而赢得“雨巷诗人”称号的还不仅仅是这种朦胧多义的象征意象的创造，还在于他在诗歌音韵(美)上的创造。开首“撑着油纸伞，独自/彷徨在悠长、悠长/又寂寥的雨巷”——将一个长句(我/独自撑着油纸伞彷徨在悠长又寂寥的雨巷）切分为多个短句，并且以手/点、身影/面、环境/空间——的顺序形象矗现，同时又“分离—组合”成一种跌宕起伏的节奏，既表达了“我”孤独彷徨寂寞而又有所期待与追求的复杂心绪，又营造出时断时续、淅淅沥沥的雨声和不绝如缕而又惆怅迷茫的情绪氛围。其中 ang 韵/江扬韵的重复出现，呈现出音乐般的交响与回环。在每节重复二三次，并且多运用顶真、重复与回环等修辞手法贯通，构成一种回荡往返、流畅圆润的格调。如第二、三节交接（顶真）：“在雨中哀怨，/哀怨又彷徨。”——“她彷徨在这寂寥的雨巷”；又如第四、五节：“像梦一般地凄婉迷茫。”——“像梦中飘过/一枝丁香地，”重复：“她默默地走近//走近，又投出/太息一般的眼光”。同时还利用汉语的双声叠韵词，来构造一种音韵的美，如“彷徨”、“忧愁”——叠韵；“芬芳”、“彳亍”、“凄清”、“惆怅”——双声。而首尾两节的重复则构成了全诗诗情与音韵的大回环，既延展了诗歌内在情绪，也深化了全诗的主题意境。

正是以上的成就，叶圣陶在《小说月报》的编者按中称赞《雨巷》“替新诗底音节开了一个新的纪元”。

（二）《我的记忆》

如前所述，“我的记忆”阶段是真正体现了诗人独特个性与风格的阶段。其核心便是以诗的内在情绪来取代诗歌语言的外在音乐性（从师法魏尔伦转向师法后期象征诗派福尔、果尔蒙、耶麦那种更加朴素、自然、亲切的现代诗风）。这鲜明地体现在他称为“我底杰作”[①]的《我的记忆》中。

全诗由五节组成。开首把“我的记忆”生命化为“我的友人”之后，就不再有起伏跌宕的旋律与节奏，而是很平和、随意地书写它的存在、情态、对我的“拜访”和我与他的关系。这种平和与随意正是对那种人工制作的匀称、均齐的韵律节奏，以及古典的青铜气的摒弃。实际上以其第一句“我的记忆是忠实于我的/忠实甚于我最好的友人”与《雨巷》的第一句“撑着油纸伞，独自/彷徨在悠长、悠长/又寂寥的雨巷”相比较，两者差异就明显地凸显出来了。一个是经过精心雕琢的典雅诗句，一个是随意自然的口语，但是这种口语并不是日常的口语，而是跃动着一种内在情绪的节奏——一种淡淡的哀伤舒缓而又富于变化地蔓延于字里行间。如第二节，是一段回忆性描述，抒写“记忆”

① 杜衡：《〈望舒草〉序》，见《望舒草》，人民文学出版社 2000 年版，第 5 页。

无处不在。诗歌情绪呈发射性扩散,先用相同的排比节奏句式,抒写“记忆”最容易在那些引人伤感的对象物上生存,情绪缓缓流淌。而随着思绪的纷至沓来,心灵海洋兴起波澜,情绪起伏加快,积蓄的能量渴望爆发,节奏便由舒缓而变急促:(开头的“它存在”三字略去)“在撕碎的往日的诗稿上,/在压干的花片上,/在凄暗的灯上,/在平静的水上,/在一切有灵魂没有灵魂的东西上。”而在激动的思绪与诗情得到宣泄后,节奏又转入舒缓:“它在到处生存着,/像我在这世界一样。”在形式上则趋向散文化,在日常会话的语调中显示出一种潇洒自如而又简洁淳朴的散文美;并进一步强化了诗的感觉,强化了对各种感觉及通感与情绪微妙对应的艺术表现。表面看来充斥着多个单句的重复、说明,但正是这种琐碎、啰嗦,展示出现代生活的韧性与张力,亲切舒卷的说话调子,自然流动的口语,比格律诗更有韧性和弹力,更适宜于表现复杂细微、动荡的现代诗情。

接着诗歌转入对“记忆”的描写——“它是胆小的,它怕着人们的喧嚣”,隐隐透出了诗人内心的脆弱,有逃避现实的想法。“它的声音是低微的,但它的话却很长,很长”,回忆在现实的面前显得是那样的弱小,但在漫漫的时间与空间中,记忆却成了诗人唯一可以抚慰自己心灵的避风港。“它的拜访是没有一定的,在任何时间,在任何地点”——越是没规律越是显出诗人对回忆的依赖,显示出大部分时间诗人都是生活在回忆之中。“但是我是永远不讨厌它,因为它是忠实于我的。”在最后诗人再次强调回忆是忠实于自己的最好友人,一个‘永远’一下子升华了诗人在全诗表现出来的对回忆的无限依赖的感情。越是依赖回忆就越是体现出诗人对现实的悲伤与无奈,只有在回忆中诗人才能找回暂时的心灵的宁静。全诗一直都沉浸在那淡淡的哀与愁的感情基调之中,那种无奈,存活于现实的苦闷,在诗人对回忆的诉说中尽显无疑。依赖于回忆生存,只因现实太让人失望。——正是这种情感与情绪的变异构成了诗歌的内在韵律与旋律。如诗人所说:“新诗最重要的是诗情上的 nuance 而不是字句上的 nuance”,“诗应当将自己的情绪表现出来,而使人感到一种东西,诗本身就象是一个生物,不是无生物”[①]。

与此同时,这种平和与随意还表现为以日常生活的新鲜意象代替远离生活的浪漫意象。艾略特曾评论波特莱尔说,他“使用了当代生活新鲜的意象

① 戴望舒:《诗论零札》,《望舒草》,人民文学出版社 2000 年版,第 59、61 页。

材料，从而给诗以新的可能”[①]，移用来评价戴的《我的记忆》也同样恰当。《我的记忆》以日常生活的琐碎事物入诗，拓展了现代诗歌的表现领域。“燃着的烟卷上”、“绘着百合花的笔杆上”、“破旧的粉盒上”、“喝了一半的酒瓶上”、“撕碎的往日的诗稿上”、“压干的花片上”……它不约而至，随时随地撞上门来。而它那琐细不休的絮叨，更常常使“我”“凄凄地哭”，或者“沉沉地睡”。正是通过这些琐碎、繁杂的日常事物的暗示与想象，诗人建立起主观诗情与客观事物的新鲜联系，给读者提供了一种新的感受与想象的空间。卞之琳说：“《雨巷》读起来好象旧诗名句‘丁香空结雨中愁’的现代白话版的扩充或者‘稀释’。一种回荡的旋律和一种流畅的节奏，确乎在每节六行、各行长短不一，大体在一定间隔重复一个韵的一共七节诗里，贯穿始终。用惯了的意象和用滥了的词藻，却更使这首诗的成功显得浅易、浮泛。相反，较有分量，远较有新意的《断指》却在亲切的日常说话调子里舒卷自如、锐敏、精确，而又不失它的风姿，有节制的潇洒和有功力的淳朴。日常语言的自然流动，使一种远较有韧性因而远较适应于表达复杂化、精微化的现代感应性的艺术手段，得到充分发挥。”[②]《我的记忆》正是沿着《断指》艺术指向的进一步发展，并推向了更加成熟的境界。

① 艾略特：《波德莱尔》，《艾略特诗学文集》，国际文化出版公司 1989 年版，第 113 页。

② 卞之琳：《戴望舒诗集·序》，《戴望舒诗集》，四川人民出版社 1981 年版，第 5 页。

第十一讲　曹禺的话剧

话剧是中国人对西方以对话、动作为主要表现手段的戏剧的一种称呼。它是同中国古典戏曲分属于不同审美体系的一种艺术形式。因而它在中国经历了一个从萌芽到生长再到成熟的相对漫长的发展过程。如果以1907年春柳社在日本东京演出《黑奴吁天录》作为话剧诞生的标志，那么由"文明戏"，再到"五四"新剧，话剧，一直要到1934年曹禺《雷雨》的出现才真正走向成熟。因而话剧是与曹禺的名字联系在一起的。其后曹禺又贡献了《日出》《原野》《北京人》等一系列话剧经典，成为至今盛演不衰的剧目。

一、曹禺的生平与早期创作道路

话剧的成熟是与曹禺的名字联系在一起的。曹禺(1910—1996)，湖北潜江人，1910年出生于天津一个没落的封建官僚家庭。曹禺一出生母亲就因患产褥热逝世①。父亲万德尊自称为"窭人之子"②，经过苦读留学日本，毕业于日本陆军士官学校(与阎锡山同学)，后做过宣化镇守使，后为黎元洪秘书，又随黎元洪下野而闲居天津，内心十分苦闷忧郁。因而曹禺从小便感受到"枯井"般的沉闷③，

① 曹禺说："我从小就失去了自己的母亲，心灵上是十分孤单而寂寞的。"(《我的生活与创作道路》,《曹禺全集》第5册，花山文艺出版社1996年版，第84页)

② 曹禺说：我父亲常常对我说"你是'窭人之子'啊！'窭人'是文言，也是湖北家乡话，就是说：'你是个穷人的儿子啊'这句话给我印象很深。"(《我的生活与创作道路》,《曹禺全集》第5册，花山文艺出版社1996年版，第85页)

③ 曹禺说："我父亲四十岁就赋闲了。从早到晚，父亲和母亲在一起抽鸦片烟。到我上了中学，每天早晨去学校，下午四点回家时，父亲和母亲还在睡觉。他们常常是抽一夜的鸦片，天亮后睡觉，傍晚才起床。每次我回到家里，整个楼房里没有一点动静。其实家里人并不少，一个厨师，一个帮厨，一个拉洋车的，还有佣人与保姆。但是，整个家沉静的象座坟墓，十分可怕。"(《我的生活与创作道路》,《曹禺全集》第5册，花山文艺出版社1996年版，第84页)

在寂寞中读了不少文学著作，并随继母(生母的孪生姊妹)观看了不少戏曲和早期话剧。1922 年进南开中学后的第三年，便参加了具有新剧传统的"南开新剧团"[①]，开始了他的戏剧艺术生涯。1929 年又由南开大学转入清华大学专攻西洋文学和戏剧，系统地研读了从古希腊到现代萧伯纳、契诃夫、奥尼尔的戏剧名著，为他日后的创作，打下了丰厚坚实的基础。1933 年，23 岁的他怀着不可抑制的热情创作了第一部剧作《雷雨》，第二年发表在《文学季刊》上。该剧成功地将西方戏剧的结构方法和表现技巧与中国民族生活相融合，其丰富复杂的人物性格、紧凑的结构、强烈的戏剧冲突，以及笼罩始终的悲剧气氛，在当时的中国戏剧舞台上都是别开生面的创造。因而当它 1935 年由中国旅行剧团首次公演时便轰动了整个剧坛[②]，标志着中国话剧艺术的成熟。大学毕业后，曹禺先到保定一所中学任教，不久回到清华做专攻戏剧的研究生。1934 年又赴天津女子师范学院任教，于 1935 年完成了另一名著《日出》，1936 年发表于《文学季刊》，同时获《大公报》唯一的戏剧文艺奖。1936 年作家又创作了一部具有更多现代色彩的剧本《原野》，进一步丰富了我国的话剧艺术宝库，并奠定了曹禺在 20 世纪中国戏剧史上的崇高地位。

二、《雷雨》：中国话剧艺术成熟的标志

(一)题材与人物

《雷雨》描写的是 20 世纪 20 年代初期一个带有强烈封建色彩的资产阶

---

① 由校长张伯苓的胞弟张彭春从美国留学归来主持，先后编排演出了《新村正》(1918)等新戏。胡适曾说："天津的南开学校，有一个很好的新剧团，他们编的戏，如《一元钱》、《一念差》之类，都是'过渡戏'的一类；新编的一本《新村正》，颇有新剧的味道，他们那边有几位会员(教职员多)做戏的功夫很高明，表情、说白都很好。布景也极讲究。他们有了七八年的设备，加上七八年的经验，故能有极满意的效果。以我个人所知，这个新剧团要算顶好的了。"(胡适与 TEC 关于《论译戏剧》的通讯，《新青年》第 6 卷第 3 号，1919 年 3 月 15 日)——后来曹禺创作了第一个剧本《雷雨》，在《序》中清晰地题写到："我将这本戏献给我的导师张彭春先生，他是第一个启发我接近戏剧的人。"(见《〈雷雨〉序》，《曹禺全集》第 1 册，花山文艺出版社 1996 年版，第 15 页)

② 如果从舞台演出来看，最早演出《雷雨》的应该是浙江上虞春晖中学 1934 年 12 月 2 日校庆晚会，不过不是职业演出，而是业余演出。

级家庭的悲剧。通过周鲁两家8个人物的历史纠葛与现实冲突，反映了从光绪二十年(1894)到1930年以后(1933年)约达30年复杂的社会生活与人物纠葛。作品写某矿董事长周朴园，年轻时遗弃了已为他生二子的婢女侍萍，但侍萍携生病次子大海投河遇救(长子周萍留在周家)，离乡远走。周朴园误以为她已死。后周家亦北迁，与侍萍再嫁的鲁家共居一地(天津)，互不相知。鲁家父女皆在周家为仆，次子大海在矿上做工，周妻繁漪与长子周萍有私情，后知周萍爱鲁女四凤，繁漪欲遣去(情敌)四凤乃招来其母侍萍(在济南一所学校做女佣)来见，两家关系始被揭开：侍萍与朴园偶然相遇而重逢，侍萍欲带女儿离去，而四凤则拟与周萍逃往矿上，受到繁漪的阻止，而招周朴园阻挠，导致在雷雨中所有真相被揭穿。周萍与四凤知为异父同母兄妹，双双自杀。繁漪之子周冲为救护四凤也触电身亡。大海作为罢工代表在周家受辱被殴，逃奔而去。最后侍萍与繁漪不堪重压，一呆一疯，只剩下周朴园茕茕孑立、形影相吊。

矿主/家长周朴园是一个带有浓厚封建性的资本家形象。他虽曾留学德国，呼吸过现代资本主义文明，但根深蒂固的封建本性消融了资产阶级的文明道德，在表面的“仁厚”、“正直”、“道德”面具后面掩藏着一个自私、冷酷和虚伪的灵魂。他包修江桥，却故意让江堤出险，淹死2200个小工，他从每个小工的生命中捞到300块钱的好处。在家庭生活中，他的意见就是法律，任何人不得违抗(逼繁漪喝药)。虽然他也曾怀念过被他抛弃和蹂躏过的前妻——“梅小姐”侍女侍萍，但当侍萍30年后真的出现在他的面前，苍老得连他也不认识，并且危及他的名誉地位时，他立即换了一副严厉的面孔，露出他的本相。正是在他专横冷酷的精神威压下，这个最圆满的家庭沉闷得如同一口死井，造成夫妻反目、母子私通、兄妹乱伦、弟兄成仇、父子怨恨的种种罪恶。不过在他冷酷专制的性格外表之下，也隐藏着人性的另一方面。遗弃侍萍的不得已，对“梅小姐”的真诚怀念，不仅始终保持了她生产时的房间布置，而且公开提升其身份加以纪念(萍儿的生母)，甚至还影响到和后来妻子的感情关系(正是导致繁漪最后那么仇恨地“一片一片地撕碎”侍萍的相片的一个原因)，最后当真相大白时，也公开地叫萍儿认同母亲，并忏悔了自己的过错——“(沉重地)萍儿，你原谅我。我一生就做错了这一件事。我万没有想到她今天还在，今天找到这儿。我想这只能说是天命。(向鲁妈叹口气)我老了，刚才我叫你走，我很后悔，我预备寄给你两万块钱。现在你既然来了，我想萍儿是个孝顺孩子，他会好好地侍奉你。我对不起你的地方，他会补上的。”而当悲剧铸成后他最终也皈依宗教守着两位孤独的老疯女人忏悔（序幕一尾声）。

繁漪是一个追求自由解放的资产阶级女性。18年前，周朴园用骗取侍萍的同样手段把她骗到周家后，残酷的精神折磨，把她“渐渐地磨成了石头样的死人”。但是她又是一个具有雷雨般性格的人物，“她有火炽的热情，一颗强悍的心，她敢冲破一切的桎梏，做一次困兽的斗”[①]。因而当周萍出现在她面前时，她便把一切都交给了他。虽然后来她知道周萍并不是一个值得爱的怯弱的人物，但她还是死命地拖住周萍。这与其说是一种个人追求，不如说是对自己身份、地位、处境的挣扎，是对周朴园专横统治的变态反抗，就如同一个即将溺水的人抓住一根稻草一样。正是她这种变态的反抗、阴鸷的报复，推动着剧情的发展[②]，撕毁了周朴园这个“圆满”家庭的罪恶面纱。当然作为一个利己主义者，在她要求自由的同时也在损害着别人的自由，在她毁灭别人的同时也毁灭了自己，特别是在儿子周冲面前露出情欲燃烧的狰狞面目，给儿子以沉重的精神打击。所以作家说：“她是一个最‘雷雨的’性格，她的生命交织着最残酷的爱和最不忍的恨，她拥有行为上许多的矛盾，但没有一个矛盾不是极端。”[③]实际上繁漪的悲剧正昭示出“五四”以后资产阶级女性单纯追求个性自由与解放必然失败的历史命运。

周萍是这个家庭的畸形产儿，是更加不肖的一代。他同继母的乱伦，既是罪恶的产物，也是罪恶本身。他陷于对父亲犯罪与恐惧之中又难以摆脱繁漪的纠缠，只能在酗酒中寻求暂时的解脱与麻醉。他追求四凤，与其说是爱情，毋宁说是从绝望中挣扎出来的一种自救。虽然他也感受到这个家庭的沉闷与罪恶，但他却没有反叛这个家庭的勇气。他所有的只是身陷泥沼而不能

---

① 曹禺：《〈雷雨〉序》，《曹禺全集》第1册，花山文艺出版社1996年版，第10页。

② 为辞退情敌后叫来侍萍，导致侍萍与朴园的相遇而明晰了周家与鲁家的关系，但这种关系还局限于两个家长周朴园与鲁侍萍之间。跟踪周萍到鲁家后，反锁窗子，导致周萍与四凤关系的曝光。最后又为阻拦萍凤逃离叫来周朴园导致真相大白——但是她自己并不清楚。当真相大白后她向周萍说：“（笑向萍，悔恨地）萍，我，我万想不到是——是这样，萍——”——在某种意义上，我们可以把她看做是“第九条好汉”的化身（命运之手）。因而作家说：“她是一柄犀利的刀。她愈爱的，她愈要划着深深的创痕。”（见《曹禺全集》第5册，第10页）

③ 曹禺：《〈雷雨〉序》，《曹禺全集》第1册，花山文艺出版社1996年版，第9页。

自拔的痛苦。他最后的开枪自杀，虽然也表现了他对自我的清算和对封建罪恶的抗议，但更是他颓废懦弱性格命运的一种必然。

侍萍是一位善良而又饱尝人间痛苦与艰辛的妇女形象。当她还是一位纯洁无瑕的少女时，便被周朴园骗取了爱情并被抛弃。她投河自尽被救后，饱尝了人间的苦难，她忍辱负重地与不公的命运抗争着，她唯恐女儿重蹈她的覆辙，坚决不许四凤到阔人家去做女佣。当她知悉女儿已经做了女佣后，当机立断地要带女儿离去。但就在这时，阴差阳错地又与周朴园相逢了。虽然当她知悉周朴园仍怀念着30年前的梅小姐时对周朴园产生过幻想。但当周朴园妄图以金钱来结束这30年来的恩怨时，她坚决地撕毁了周朴园的支票，保持着自己良心的清白与崇高。可是不幸再次降临到她的身上。当她发现自己的女儿与儿子已经陷入乱伦的罪恶中时，她只能再次发出宿命的悲叹："天知道谁犯了罪，谁造的这种孽！"这悲怆的叩问实际上正表达了她对难以摆脱的苦难和残酷命运的探求与质询。

四凤的命运虽与侍萍极为相似，但并不是侍萍悲剧的重演。她所承受的打击和压力比她母亲更为沉重。她不但要应付贪婪的父亲的敲诈勒索，防备心狠手辣的繁漪的嫉恨与打击，周旋于周冲的苦苦纠缠，而且还要承受母亲积累了30年的痛苦和压力——丧失了与周萍恋爱的权利。当侍萍要求她对天起誓不再与周家人见面时，其精神压迫已使她走向崩溃的边缘。当她最后发现她所爱的周萍竟是她同母的兄长时，她终于怀着巨大的精神恐惧触电死去。这无辜少女的毁灭正烘托出这个封建家庭及其制度的残酷与罪恶。

周冲是另一个无辜的牺牲者。作家说："周冲是这烦躁的夏天里的一个春梦。在《雷雨》郁热的氛围里，他是一个不调和的谐音，有了他，才衬出《雷雨》的阴暗。"[①]的确，周冲是一个理想主义者，沉浸在一个少年的人生憧憬与梦幻之中，然而现实的铁锤一次又一次地敲碎了他的梦。从父亲强迫母亲喝药的严厉中，他才认识了父亲的专横；从鲁大海的侮慢中，他才发现人与人之间隔着一道不可填补的鸿沟；而当他母亲唤他出来阻止四凤与周萍私奔时，他才发现母亲并不是那样仁爱慈祥，四凤也并不是那么纯真可爱。最终他才发现他生活在梦里，而随着梦的消失，他的生命也就化成了空影。不过正因为有周冲明亮美丽的梦，才衬托出现实的黑暗与污秽。

① 曹禺：《〈雷雨〉序》，《曹禺全集》第1册，花山文艺出版社1996年版，第12页。

鲁大海是另一个走极端的人物。他是罢工工人的代表，又是周朴园与侍萍的儿子，但他身上似乎只存在极端的阶级仇恨。这固然表现了工人阶级朴素的阶级感情和斗争意志，但也使这个人物显得生硬而不近情理。这或许正体现出日益高涨的阶级斗争和左翼革命文学发展对作家的冲击和影响。

综上所述，《雷雨》中的人物大都是具有独立意志的人物，他们以性格的丰富性和复杂性震撼了当时充斥着传声筒式人物的剧坛。这是《雷雨》的突出成就之一。

（二）主题

曹禺是在强烈地感受着生活的冷酷与残忍之中开始创作《雷雨》的。当时他刚刚 20 岁。面对生活中的残酷现实他产生了一种不可名状的神秘感，"对宇宙间许多神秘的事物一种不可言喻的憧憬"。正是这种憧憬使他去探寻这"冷酷"和"残忍"，塑造出具有丰富内涵的典型人物，隐隐地"发泄着被抑压的愤懑，毁谤着中国的家庭和社会"。——"《雷雨》所显示的，并不是因果，并不是报应，而是我所觉得的天地间的'残忍'（这种自然的'冷酷'，四凤与周冲的遭际最足以代表，他们的死亡，自己并无过咎）。""写《雷雨》是一种情感的迫切需要。我念起人类是怎样可怜的动物，带着踌躇满志的心情，仿佛自己来主宰自己的命运，而时常不能自己主宰着。受着自己——情感的或理解的——的捉弄；生活在狭的笼里而洋洋地骄傲着以为是徜徉在自由的天地里，称为万物之灵的人物，不是做着最愚蠢的事么？""在《雷雨》里，宇宙正象一口残酷的井，落在里面，怎样呼号也难逃脱这黑暗的坑。"①——当然在客观上也使人们从周家的罪恶之中看到半殖民地半封建中国社会的若干侧影，听到其腐朽崩溃的声音。这正是一种深刻的现实主义艺术力量。如同巴金的《家》。

（三）戏剧结构与艺术形式

封闭式结构和回溯法：为有效地表现周鲁两家长达 30 年的复杂矛盾与历史恩怨，并强化其戏剧性，作家借鉴了西方戏剧的封闭式结构和回溯法，截取矛盾集中爆发的最后一天，也就是从上午到午夜两点的这样一个时段来表

① 曹禺：《〈雷雨〉序》，《曹禺全集》第 1 册，花山文艺出版社 1996 年版，第 7-8 页。

现，并集中于周家客厅和鲁家住房这两个场景。——时间：现代(1933)四幕：早晨、下午、夜晚十时许/鲁家小套间、半夜两点)地点：一个北方城市(天津)矿主家的客厅(第1、2、4幕)，鲁家小套间(第3幕)。——其他历史的纠葛、人物的恩怨、冲突的原因等则融入剧情的发展中，通过人物的回顾与内省逐步回溯出来(如三年前的客厅闹鬼，三十年前周朴园与梅侍萍的情感恩怨等)，从而使整个戏剧结构凝练紧凑，冲突紧张激烈，具有强烈的戏剧性。

序幕与尾声：在四幕主体剧之外，作家还在前后加上了"序幕"与"尾声"：一个冬天的下午，一位孤独的老人(周朴园)去一座教堂的附属医院(即原来的周公馆)看望两位疯老女人(繁漪与侍萍)。两位小孩子议论她们以及在这里十年前发生的死了三个人的恐怖故事。这样便"把一件错综复杂的罪恶推到时间上非常辽远的处所"(10年以前)：一方面减轻情感的直接压力，获得"欣赏的距离"。同时又可以反复回味：从周公馆到教堂的附属医院/《圣经》，从罪恶欲望的人生走向宗教的救赎——正隐喻出一种"拯救"的主题。——曹禺说："《雷雨》诚如有一位朋友说，有些太紧张(这并不是句恭维的话)，而我想以第四幕为最。我不愿这样戛然而止，我要流荡在人们中间还要有诗样的情怀。'序幕'与'尾声'在这种用意下，仿佛有希腊悲剧Chorus(合唱队)一部分的功能，导引观众的情绪入于更宽阔的沉思的海。"[①]曹禺还说："那序幕中的音乐是Bacb作的High Mess In Bmiour'Beuedi Ctus yui Ceneit Donini Noniui，那点音乐是有点用意的，请设法借一唱盘(Columliu公司的)，尔便会明白这点音乐会把观众带到远一点的过去境界内，而又可以在尾声内回到一个更古老，更幽静的境界内的。"[②]

诗意：作家说"我写的是一首诗，这诗不一定是美丽的，但是必须给读诗的一个不断的新的感觉"[③]。这种诗意固然表现在作品的整体构思中，也直接体现在作品的氛围与背景的营造中。剧情发生的自然背景是郁闷炎热的苦夏。剧本中一再出现蝉鸣、蛙噪、雷响，无不渲染着苦夏的郁闷炎热。在这苦夏时节，人物充满愤懑激情而又深沉压抑，令人乏味的闷热，增添了作品的艺术感染力。进而象征着几乎所有人物都处于一种"情热"(欲望与追求)与

① 曹禺：《〈雷雨〉序》，《曹禺全集》第1册，花山文艺出版社1996年版，第14页。

② 曹禺：《〈雷雨〉的写作》，《曹禺全集》第5册，花山文艺出版社1996年版，第10页。

③ 曹禺：《〈雷雨〉的写作》，《曹禺全集》第5册，花山文艺出版社1996年版，第9页。

悸动中，但又被一种莫名其妙的强大力量所压抑，乃至窒息。因而是困兽式的挣扎与命运的残酷。

第一幕把几个人物都放在令人窒息的空气里。闷、热、没有一丝风，“郁热逼人”、“没有阳光，天空灰暗”的夏天，人物“很气闷的心绪”得到很好的表现。鲁贵满脸油汗絮叨着客厅闹鬼，向四凤勒索钱用；四凤为母亲即将到来而烦躁，显得心不在焉；繁漪出场后非要打开窗户，她实在受不了，非得透一口气不可；周扑园依然专制地逼繁漪吃药，周公馆内矛盾逐渐展开。“将要落暴雨的气氛”与周公馆内的矛盾和混乱展开浑然一体。

第二幕已是午饭后了，上午的天气尚且使人闷得很，午后“天气更加阴沉，郁热。低沉潮湿的空气，使人异常烦躁”。这一幕中侍萍与周朴园相逢而产生冲突；繁漪和周萍摊牌；鲁大海和周朴园面对面斗争，旧恨新仇，矛盾激烈交锋。整个舞台充满了山雨欲来风满楼之势。

沉闷、压抑、窒息的苦夏，天边滚过一串闷雷，瓢泼大雨顷刻将至。“外面风雷大作”，“风声甚烈”，电闪雷鸣，“暴风雨就要来了”。这天气的忽变，也隐喻着周家的巨变。第三幕自始至终都弥漫着“暴风雨”的氛围。为了鲁家的名誉，也为了女儿的未来，侍萍逼着四凤起誓，从此不再与周家人往来。当四凤起誓时，迎来的却是那迅猛的一声——撕心裂肺的炸雷。

延续至第四幕，在一阵阵雷雨中，所有的罪恶都被撕开面具：错综复杂的血缘关系，母子私通，兄妹奸淫，兄弟相残，父子仇怨，一个个都落入那“黑暗的坑”，那泪水和雨水搅成一片的情景里，加浓了人物的悲剧意义，也预示着旧家庭的毁灭。

三、《日出》与《原野》

（一）“试探一次新路”的《日出》

曹禺的第二部戏剧《日出》无论是从思想上还是艺术上都较《雷雨》有较大的变化，用作家自己的话来说，便是他在“试探一次新路”[①]。这时他已大学毕业来到天津这个光怪陆离的现代都市，观察社会的视野扩大了，认知能

① 曹禺：《〈日出〉跋》，《曹禺全集》第1册，花山文艺出版社1996年版，第390页。

力提高了。他感到充满“一件一件不公平的血腥事实”的宇宙这“残酷的井”，实际上就是一种“损不足以奉有余”的社会。因而他借鉴印象派绘画的散点技法，用片段的方法撷取“多少人生的零碎来阐明一个观念”[①]——揭露这个吃人的社会的罪恶本质，揭示它必然腐朽和灭亡的趋势（场景便由家庭转向社会，集中于现代都市的一家高级旅馆与下等妓院，人物则从传奇转向平凡，从变态转向常态）。这样他便改变了过分利用偶然性和血缘关系编织起来的封闭式结构（他认为有些“太像戏”，技巧“用的过分”[②]），而采用契诃夫式的“横断面的描写”，或称为社会展览式结构，在剧本里展现出五光十色的社会背景、各式各样的人物和丰富多彩的生活场景（具有纪实性的特点：开放、真切、自然）。不过这些五彩缤纷的色点又都发出某种同样的光斑。“这些人物并没有什么主宾关系，只是萍水相逢，凑在一处，他们互为宾主，交相陪衬，而共同烘托出一个主要的角色：‘损不足以奉有余的社会’。”[③]

当然，这种“社会展览”只是一种形象的说法，实际上要把这些“人生的零碎”结构成一个有机的戏剧艺术整体，必需某种连接的线索。这条线索就是交际花陈白露。陈白露是一个具有多重复杂性格的人物。由她的经历、遭遇与情感结构起戏剧的主要线索——学生出身的交际花陈白露，住在大旅馆里，靠银行家潘月亭的供养过着夜生活。童年和学生时代的好友方达生闻知她堕落了，从家乡跑来“感化”她，想让她跟自己结婚并随自己回去。但对社会和恋爱家庭生活都已失望的陈白露拒绝了他。此时同楼的孤女“小东西”为了逃避蹂躏闯到她的房间，她虽全力救助，但终于还是被黑帮头子金八手下的人卖到妓院里，不堪凌辱而死。潘月亭也被金八挤垮，银行倒闭。陈白露慑于黑暗之浓重，看不见出路，黯然自杀。方达生则表示要与黑暗势力抗争，迎着日出而去。——一方面陈白露寄生于醉生梦死的颓废生活中难以自拔，成为“有余”社会的副产品，因而通过她的交际便展现出一幅腐朽堕落的都市上流社会的面影：狠毒、贪婪而又腐朽的大丰银行经理潘月亭，同样狠毒而又卑劣的秘书/襄理李石清，扭捏作态令人作呕的富孀顾八奶奶，油头粉面下流卑污的面首胡四，中国话不如外国话的洋奴张乔治，凶神恶煞的地痞黑

① 曹禺：《〈日出〉跋》，《曹禺全集》第1册，花山文艺出版社1996年版，第388页。

② 曹禺：《〈日出〉跋》，《曹禺全集》第1册，花山文艺出版社1996年版，第387页。

③ 曹禺：《〈日出〉跋》，《曹禺全集》第1册，花山文艺出版社1996年版，第390页。

三等，还有那虽未出场、却始终操纵着每个人命运的金八，以及老实、善良的失业小书记黄省三，既演出着一幕幕荒淫无耻的闹剧、笑剧，也演出着一幕幕惊心动魄的人间惨剧和悲剧。特别是其中金八与潘月亭斗法，潘月亭又与李月清相互倾轧更是这畸形社会司空见惯的大鱼吃小鱼、小鱼吃虾子的一幕。不过最受伤害的还是底层职员黄省三，被逼迫得在求生不能、求死不得的道路上苦苦挣扎。

另一方面陈白露又毕竟是一个被侮辱被损害者，一个曾接受过个性解放思想熏陶的女性（曾经有过自己的恋爱与婚姻，与一位浪漫的诗人结合，并有了小孩。但是很快就迷失在平淡的生活中，在小孩死了之后俩人分道扬镳，陈白露做过电影演员、红舞女，最后沦为交际花）。因而在内心深处她对自己被侮辱的地位是清醒的，对周围以金八为代表的黑暗势力是憎恨的，因而她敢于去营救那冲撞了金八、与自己有同样命运的“小东西”。并且通过她与方达生对“小东西”的寻找，使作品伸入到一个下等妓院（宝和下处）的生活中：有着“一颗金子似的心”①的妓女翠喜的悲苦生涯，“小东西”所遭受的非人虐待，都说明如同地狱一般的悲惨。她们与黄省三等一起与穷奢极欲的上流社会形成鲜明的对照，产生了强有力的批判力量。

如同陈白露所倚靠的潘月亭被金八吞噬了一样，陈白露营救“小东西”也难以成功。最后她终于彻底厌倦了她所寄生的社会，却又无力寻求新生，只能在宣告了“黑夜过去了，太阳就要出来；但是太阳不是我们的，我们要睡了”（——多次出现，诗人《日出》的语句，如同作品的主旋律）的讣告之后死去。实际上象征性地宣告了这罪恶社会的即将灭亡。但是光明也并不是那唐·吉诃德式的要和金八拼一拼的书呆子方达生，而来自于那正在建筑着新房基的打夯工人的浩荡歌声。

这样作品便以贴近生活的横断面的结构，在有限的舞台时空中揭示出比较广阔的社会生活，这种探索是成功的。同时作品还在悲剧的结构中渗透着强烈的喜剧因素与氛围。例如：当李石清冷酷地赶走了向他求助的为了三个小孩来求口饭吃并生着病，已忍受了超强度的剥削的黄省三，而洋洋自得于自己的精明时，却不防过河拆桥的潘月亭将他一脚踢出了银行（潘以为他在公债市场上已胜券在握，便将趾高气扬要挟过他的李石清一脚踢开）；而当潘

① 曹禺：《〈日出〉跋》，《曹禺全集》第1册，花山文艺出版社1996年版，第390页。

月亭扭断李石清的脖子时，没想到金八爷同样卡住了他的喉咙——李石清愤恨之际得到潘也被金八耍了的消息，便痛痛快快地数落了潘月亭一通。但最后迎接他的却是求死不得的幽灵般的黄省三的鬼影和自己儿子夭折的噩耗。正是这种急剧变幻、相互戏弄的闹剧、笑剧强化了作品的悲剧色彩。

(二)"又一种路子"的《原野》

曹禺说："《原野》的写作是又一种路子。"[①]这不仅因为《原野》是曹禺剧作中唯一的一部农村题材作品，而且在于他对表现主义戏剧，特别是奥尼尔《琼斯皇》戏剧技巧的创造性化用。作品写一个富有反抗精神的农民仇虎复仇的悲剧。(《原野》的故事背景是民国初年。三幕剧，加一序幕)8年前，一个在军阀部队做尽坏事的小军官焦阎王回到乡间，吞并了他好朋友仇虎家的田地，活埋了他父亲，把他妹妹卖到妓院，并以"土匪"的罪名把仇虎投入监狱，打瘸了他的一条腿，还把他的未婚妻花金子抢去做了自己的儿媳妇。8年后仇虎逃出监狱回到故乡"复仇"。但焦阎王已死，在"父债子还"观念的鼓励下，仇虎终于杀死了无辜的大星和小黑子(仇虎杀死大星，焦母误杀被虎(花)置放在他床上的小黑子)。然而就在他与金子逃离这罪恶的地方时，仇虎良心的自我谴责与恐惧开始扰乱他的心灵。焦母在黑林子里追寻孙子小黑子灵魂的凄厉的呼声更加剧了他的内心痛苦与恐惧。他终于神经错乱，出现了一系列的幻影与幻觉，不知不觉地在黑林子里兜圈子。这时追兵已近，仇虎在督促花金子跑向那"黄金铺地"的远方后，终于结束了自己的生命。

无疑苦大仇深的仇虎的"复仇"是正义的，是在黑暗社会中被压迫被侮辱农民的一种本能的反抗。然而这种复仇又是盲目的、孤立的。特别是在复仇者内心深处还根植着浓厚的封建宗法伦理观念。"父债子还"，善恶有报的因果报应观念始终困扰着他的心灵。因而他对于仇人的儿子，同时又是他好友的焦大星的"复仇"始终是犹豫的，困惑的。当他错杀无辜(特别是小黑子)之后，良心的自我谴责和折磨便恶魔般追踪着他，血海深仇的复仇与小黑子的索命撕裂着他，并促使他由精神分裂而自我毁灭(复仇的逆转)。实际上仇虎的悲剧是被封建精神异化的悲剧，这也是他复仇难以成功的根本原因。这样

---

① 曹禺：《我的生活与创作道路》《曹禺全集》第5册，花山文艺出版社1996年版，第100页。

作家就从《雷雨》对封建家族制度的批判，深入到对被压迫者自身所受封建思想毒害的批判，显示出对中国社会认识的深入。

为了表现并突出仇虎激荡的内心冲突与痛苦，作家成功地借鉴了奥尼尔《琼斯皇》的表现主义戏剧技巧。特别是第三幕仇虎和花金子在黑林子里潜逃，主人公的喃喃细语，那走马灯一样浮现的若有若无的过去的幻象，催命的鼓声，还有主人公的精神恐惧与挣扎，融合一体，成功地表现出仇虎恍惚迷离的精神状态，展示出农民原始复仇的心理悲剧。

同时《雷雨》式紧张激烈的戏剧冲突、严谨洗练的戏剧结构和浓郁热烈的舞台氛围在《原野》中得到了进一步的发挥。作家说："《原野》是讲人与人的极爱与极恨的感情，它是抒发青年作者情感的一首诗。"[①]——"生命的蛮性"与"复仇"——主要表现在人物的一种复杂的情感张力中。特别是富有潜台词的人物对话更是达到了一个相当的高度，创造出一种双重话语互补对峙、充满张力的戏剧化语意空间：表面的寒暄与关爱中隐含着剑拔弩张、阴森恐怖的内在对抗、冲突与杀机；而表面的奚落、嘲笑、谩骂又蕴含着真切的关爱与倾心。前者如第二幕同日夜晚九点钟。小黑子病，焦为他招魂，星酒后一心要知悉第三者。虎的歌声(《妓女告状》"初一十五庙门开，牛头马面两面排"，"阎王爷哟当中坐，一阵那、阴风阿，吹了个女鬼来")时断时续地飘送出来。焦母担心大星冒犯仇虎送死，瞒着星，并要花与虎离开，花看透焦母的诡计，焦母辩白(了结恩怨)。然后是焦(干娘)摸着虎(干儿)的手而单刀相对的对话，在表面的寒暄问候中隐含着十年的恩怨情仇、语言的机锋呈多层面展开，刀光剑影，不寒而栗。后者如第一幕(时间：序幕后十天傍晚)地点：焦家。仇虎采来花送给花金子，花金子把花扔在地上，要仇虎"捡花"，虽然外面常五打门，也非要他捡不可。而当仇虎说"我要不起你"时，她那强烈的爱就火一般燃烧起来。"什么？你不要我？你不要我？可你为什么不要我？你这丑八怪，活妖精，一条腿，罗锅腰，大头鬼，短命的猴崽子，骂不死的强盗，野地里找不出第二个'尸×＋'鸟，外国鸡……(拳头雨似地打在仇虎铁似的胸膛上)"(花)"野鬼，我的仇八怪，这十天我又活了，活了！疼死了我的活冤家，你这坏了心的种！"——在犀利泼野的漫骂之中表露出一种恣肆狂热的爱情。

---

① 梁秉堃：《戏剧大师曹禺的生命之幕》，李玉茹、钱亦蕉编《倾听雷雨——曹禺纪念集》，上海文艺出版社 2000 年版，第 94 页。

四、《北京人》：人性的反思

抗战开始后，曹禺也投入了抗战戏剧的洪流。1938 年与宋之的合作创作出以反汉奸为主题的抗战戏剧《黑字二十八》（原名《全民总动员》），接着他又于 1940 年独立创作了四幕剧《蜕变》。虽然作品力图通过一个混乱不堪的伤兵医院在一个专员的整治下转变为一个生机勃勃的前线医院的过程来喻示抗战的中国很快就将蜕"旧"变"新"，未免过于乐观，但作家对旧中国腐败的揭露却是相当深刻的，因而该剧一度被国民党当局禁演。

接着作家又创作了三幕话剧《北京人》，这是继《雷雨》等优秀剧作之后作家的又一杰作。作品表现北平一个旧世家的衰落，在这个当年曾煊赫一时的敬德公曾府里，虽然仍繁衍着他的几代子孙，但这些人物，从祖父曾皓，到儿子曾文清、女婿江泰、孙子曾霆等都是一些坐吃山空、精神空虚的废物。虽然他们个性有异，年龄有别，但都不外乎是些"活死人、死活人"而已。曾皓这个封建世家的家长已近乎于一具行将就木的僵尸，除了责怪子孙之外，他已无力应付这个家族欠下的庞大债务。因而他现在唯一的兴趣便是一遍又一遍地油漆为自己准备的棺材。不过在就木之前，他还要拉上善良的侄女愫芳为他"陪葬"。儿子曾文清虽然天资聪颖、心地善良，但长期的封建世家生活已麻痹了他的翅膀，只剩下一个生命的"空壳"。因而后来他虽然被迫外出寻找新的生机，但精神的瘫痪，终于使他很快就无所事事地回到了家里，最终自杀了事。儿媳曾思懿看似精明强悍，实际上极端自私软弱。她不过是想在这行将倾覆的大厦里多捞一点最后的晚餐而已，所以她一方面费尽心机地想夺取老爷子的存折，另一方面想方设法地排挤素芳和压迫媳妇瑞贞，都不过是加速着这大厦的倾覆。至于孙儿曾霆，虽然还有年轻的生命，但其生命也是苍白的，如同袁圆称他的"小可怜"。在这个家族中，唯一还具有人性力量的是愫芳，虽然她在这冷酷的环境中消耗了自己的青春，但仍然以默默的努力来支撑着这个即将破碎的家。不仅仅成为老爷子的"拐杖"，而且还默默地温暖着最卑微的瑞贞，甚至去帮助挤兑她的曾思懿。因为她认为为自己所爱的人牺牲正是自己生活的意义。虽然这种观念未免近于迂腐，但是正是她的善意才在这黑暗的大家庭里播下了一些人生的暖意，并且当最后爱情幻梦破灭之后，她终于坚毅地走出了这个陈腐的家门，标志着她已经开始走向"新生"。

与这些人物构成对比的是寄寓在曾家的考古学家袁任敢父女和汽车修理工所扮演的“北京人”(作为模特儿)。这些被曾家看作极其粗野的野蛮人，却显示出真正的人类生命力量——“要爱就爱，要恨就恨，要哭就哭，要喊就喊”。虽然他们似乎没有礼教，缺乏文明，但正因为“没有礼教的束缚，没有文明的捆绑”，因而也就“没有虚伪，没有欺诈，没有阴险，没有陷害”，从而“非常快乐”地“自由活着”。实际上“北京人”不仅指北京的古猿人，而且指中国人的远古祖先。在这些人物身上正体现出自远古祖先涌流到现代的生生不息的原始生命活力。在这些“猿人”的对照下，曾家这些“文明”的北京人虽然富有礼貌的传统，却极其萎靡和苍白，除了相互争吵、埋怨和勾心斗角之外，一事无成。——这样作家就通过这种对比对几千年来正统的中国文化与礼教加以深刻的反思与批判。作品虽然没有直接描写抗战，但是曾家这种萎靡苍白正是抗战以来连年败退的国民党政府精神状态的写照。所以，从另一层面上也可以说作品借战争这扇窗口对民族的现实生命质量与状态加以了深刻的反思与批判。

在艺术上作家进一步发展了《日出》式的艺术模式，建构起一种如同生活本身一样自然浑朴的散文式艺术结构。虽然全剧没有惊心动魄的戏剧冲突(即使如杜家对曾家棺材的争夺也没有正面展开)，但却在朴实无华、平静无波的生活细流中发掘出一种不易为人发现的契诃夫式的内在戏剧冲突，即通过人物内心世界，特别是男女主人公曾文清和愫芳各自的内心冲突来表现不同文化因素之间的矛盾冲突，这里有对既有生活的眷恋与愤懑，也有对新生活的期待与憧憬，更有难以走向新生的困惑与苦闷。所以看似平淡无奇，却仍然充满了一种紧张的戏剧张力，而且由于这种戏剧张力始终与人物心灵的悸动紧密地融合于一体，因而又饱含着强烈的情感，体现出浓郁的抒情性。

同时象征手法的运用，如“北京人”、“棺材”等，大量的饱含着内心独白的停顿，以及鸽哨、号声等富有北京特色的音响效果等，既拓展了作品的意蕴空间，也营造出了一种诗意迷蒙的意境、情调与氛围。

第十二讲　赵树理的小说

抗战时期的1942年，党中央召开了延安文艺座谈会。毛泽东提出了工农兵文学方向，从而在延安及抗日根据地形成了另一种文学（解放战争时期又称为“解放区文学”）。这一文学的基本特征除了强烈的政治理性外，就是注意发掘和利用民间（以北方农民为主体）文学资源。赵树理作为一个地道的农民作家，他所描写的人物与题材，主题与形式都鲜明地体现了这一特征。特别是他开创的新评书体小说成为现代文学的一种重要的文学样式。

一、赵树理的生平与文学道路

赵树理（1906—1970），山西沁水县人，出身于尉迟村一个贫苦农民家庭，从小就体验到农民生活的艰辛与幽默。赵树理的父亲是村里八音会的成员，吹、拉、弹、唱都是一个好把式，还会看风水、算八卦、按脉门，也喜欢小唱本、讲故事，这使赵树理从小就接触到民歌、民谣、鼓词、评书和地方戏曲，受到了民间艺术的浓厚熏陶，据说他在15岁就能担当八音会的主角。1925年考入长治省立第四师范学校，受“五四”新文学和革命思潮影响，积极参加进步学生运动。1928年，遭反动当局搜捕出走。在太原、沁水等地，以当小学教员、录事、差役谋生，并开始文学创作。不过他深感“五四”文学与一般民众（特别是农民）的隔膜，而没有走一般作家所走的“五四”文学的路，而是走上一条民间文学作家的道路。他说：“我不想上文坛，不想做文坛文学家。我只想上‘文摊’，写些小本子夹在卖小唱本的摊子里去赶庙会，三两个铜板可以买一本，这样一步一步地去夺取那些封建小唱本的阵地。做这样一个文摊文学家，就是我的志愿。”[①]值得注意的是赵树理并不是做一个地道的通俗文学

① 李普：《赵树理印象记》，转引自黄修己《赵树理评传》，江苏人民出版社1981年版，第43页。

家，而是利用通俗文学的民间形式来表现他反封建的斗争意识。因而在基本价值取向上他又是与“五四”文学大体一致的。在这一时期，他以野小的笔名，先后发表了通俗浅近的中篇小说《铁牛的复职》、章回体长篇《盘龙峪》等，开始了文艺通俗化的初步探索。

1937年抗战爆发后，赵树理积极投身于抗战洪流。工作之余，先后以自己熟悉的民间文艺形式和农民口语创作出戏曲、秧歌、小调、鼓词、快板、章回小说等二三十万字。1942年延安文艺座谈会和毛泽东《在延安文艺座谈会上的讲话》的精神传达到太行边区之后，赵树理进一步坚定了自觉为群众写作的大众化文艺方向。1943年赵树理根据赴辽县（现左权县）农村调查时了解到的一桩村干部迫害一对自由恋爱的男女青年（岳东至/智英贤）的事件，写成著名短篇小说《小二黑结婚》。作品一改生活悲剧的原型，以男女主人公小二黑和小芹的自由恋爱虽经一番波折——冲破封建迷信家庭的阻挠和恶霸金旺兴旺的迫害，却最终在人民政权的支持下而终成眷属的故事，歌颂了人民政权给解放区带来的新生活，歌颂了新一代农民为争取婚姻自由的英勇斗争。作品情节环环相扣，以一个一个的小故事构成，诙谐幽默，情趣盎然，语言也质朴简洁，流畅生动，充满风趣。因而出版后立即受到普遍的欢迎，仅太行山区便销行了三四万册，还被改编为戏曲、话剧、歌剧等，广为流传。

接着他又创作并发表了被誉为“解放区文艺的代表之作”的中篇《李有才板话》（1943）。作品叙写抗日根据地的阎家山，虽然贫富悬殊，阶级压迫和剥削严重，但恶霸地主阎恒元却操纵把持着村政权，减租丈地弄虚作假，民兵训练假公济私，但因章工作员的主观主义与脱离群众，这个村却被评为“模范村”。苦槐树下的穷汉们不满这种状况，通过传唱民间艺人李有才所编快板来表达他们的愤怒，还通过选村长与阎恒元展开正面的较量。但当了武委会主任的小元被收买，李有才被撵出山村，穷人的怒火只能潜入地下。这时县农会主席老杨来检查工作，才在深入群众中了解到这些真实情况。在老杨的领导下，贫苦农民终于斗倒了阎恒元，把阎家山的天地倒转了过来。这是一部自觉将文学创作与革命工作结合起来的小说。用作家后来的话来说，就是“问题小说”。“为什么叫这个名字，就是因为我写的小说，都是我下乡工作时常常在工作中碰到的问题，感到那个问题不解决会妨碍我们工作的进展，应该把它提出来。"[①]因而相对于20年代的社会性"问题小说"来说，赵树理的"问题小说"应称之为"农村政治问题小说"。在这种小说中，实际上不仅提出了问题，而且提供了解决问题的模式。如在《李有才板话》中便是老杨所代表的深入实际，走群众路线的工作作风。所以赵树理小说是一种以通俗形式来表现强烈的革命政治意识的小说。正是这种"革命性"与"通俗性"（或"大众化"）的结合，使赵树理成为"边区文艺工作者实践毛泽东文艺思想的具体方向"[②]。从赵树理的成功我们可以看到，他显示出与以前作家不同的历史特点：首先，他与农民有着最密切的精神联系；其次，他首先是从事革命的实际工作者，然后才是作家；再次，他主要是从民间文学中汲取艺术营养，因而创造出一种（通俗的）民族文学的形式。

不过另一方面，赵树理又始终是一个地道的农民，具有农民天然的质朴。虽然他是为做好革命工作来写小说的，但并不为流行的政治理念所左右，而是以一个现实主义作家的敏感发现许多值得热切关注的问题。例如他不仅发掘出一些年轻干部的主观主义作风，如《李有才板话》中的章工作员，《小二黑结婚》中的村长等，发掘出一些民主乡村政权为恶霸地痞把持的问题，如《小二黑结婚》中的金旺、兴旺兄弟等；而且还敏锐地揭示出一些翻身农民在外界的腐蚀下迅速变质的问题，如《李有才板话》中的小元、《邪不压正》中的小昌。虽然作家是从阶级斗争的角度来书写他们的变异[③]，但从他们贪图小恩小惠和以权谋私的情况看，正客观地揭示出对农民意识的改造是一个艰难

---

① 赵树理：《当前创作中的几个问题》，《赵树理文集》第四卷，工人出版社1980年版，第1651页。

② 《人民日报》（晋冀鲁豫）1947年8月10日报道：1947年7月25日至8月10日边区文联召开座谈会，到会的有中央宣传部、太行文联、冀鲁豫文联、新华书店、人民文艺工作团、边区文联等数十人。"在讨论过程中，大家实事求是的研究作品，并参考郭沫若、茅盾、周扬等对赵树理创作的评论及赵树理创作过程、创作方法的自述。反复热烈讨论，最后获得一致意见，认为赵树理的创作精神及其成果，实应为边区文艺工作者实践毛泽东文艺思想的具体方向。"

③ 作家曾强调农村改造过程中，最难防范的：一是"流氓钻空子，因为流氓是穷人，其身份很容易与贫农相混"；二是"少数当权的干部容易变坏"（《关于〈邪不压正〉》，《赵树理文集》第4卷，工人出版社1980年版，第1651页）。可以说呼应了鲁迅《阿Q正传》对于阿Q革命的描写，提出了影响中国历史深远的流民问题。在古华的《芙蓉镇》王秋赦中又得到历史的回应。

的过程；同时这种农民意识一旦和权力结合，将会产生多么可怕的后果。这正是在新的历史条件下，人们持久关注的一个时代课题。当然在赵树理的小说中，真正代表人民的力量和愿望的是李有才、小二黑等一批正直顽强并富有斗争精神的新型农民形象。但是这些农民却常常受到压抑，虽然他们表达了某种历史的要求，但这种要求却常常被现实搁浅。乃至他们本身的处境因触怒了权势也十分艰难。虽然问题最终仍由某个英明的领导人的正确决断而得以解决，但其实质不过是古代黎民百姓企盼某个清官大人来解救自己模式的现实翻版，没有真正发掘出历史前进的动力和趋势，没有真正展示出历史的现代化进程。这也是赵树理这类农民作家难以克服的自身局限。同时这种地道的农民趣味还使作家把一些人物张扬个性、追求现代文明的行为作了丑化的描写。例如《小二黑结婚》中对（四十五岁）三仙姑追求“老来俏”的极端丑化，以至几十年后当西方读者读到这个作品后，非常奇怪周围那些人为什么要嘲笑三仙姑的服饰与打扮。站在今天的视点上，我们同样可以重复这样一个疑问。

二、“新评书体小说”及其艺术成就

赵树理小说艺术的核心是民间文学形式的复兴，其具体特征表现为：一是在继承和借鉴传统“评书”艺术的基础上，创造出一种现代的评书体小说体式。“评书”是起源于唐宋之际书场“说书”的一种民间艺术，在它源远流长的发展过程中，逐渐形成了许多为人民群众喜闻乐见的艺术特点。赵树理从小便喜欢评书，曾明确地说：“评书是正经地道的小说。”①因而当他创作小说时，便自觉地选取了这种形式，并适当改造，形成了这样一些特征：(1)浓郁的故事性与情节的连贯性。作家说：“群众爱听故事，咱就增加故事性；爱听连贯的，咱就不要因为剪裁，而常把故事割断了。”②因而他的每一篇小说都是一个首尾完整的故事，并且这些故事不是以横截面或其他结构来表现，而是以连贯的情节来表现。而在情节链中，又环环相扣，层层推进，大故事套小故

① 王中青：《太行人民的儿子——忆赵树理同志》，《山西日报》，1978年10月15日。

② 赵树理：《也算经验》，《赵树理文集》第四卷，工人出版社1980年版，第1399页。

事，有伏笔，有悬念，曲折动人，引人入胜[①]。例如《小二黑结婚》的整体框架是小二黑与小芹的恋爱与婚姻的故事。但这个大故事的来龙去脉、波澜曲折又是通过 12 个小故事（即 12 节"神仙的禁忌"、"三仙姑的来历"、"小芹"、"金旺兄弟"、"小二黑"、"斗争会"……）来讲述的，各个故事之间又由"扣子"（即悬念）衔接，构成一个完整的大故事。(2)通过人物自己的言行来展现其性格。赵树理小说不同于"五四"小说的又一个特点是缺少人物的心理分析，但其形象仍然是生动逼真的，其根本原因在于作家善于把人物放入一定的动态环境之中，通过人物自身的言行来展现其性格。例如三仙姑的装神弄鬼、故弄玄虚便是通过"米烂了"的小插曲表现出来的。与此同时，赵树理小说也很少孤立的景物描写，而是"把描写情景融化在叙述故事中"[②]。虽然不够"文"而显得有点"俗"，但正是这种"俗"，才体现出民族个性并能为当时更多的农民大众所理解。

二是作家创造出一种既通俗易懂又富有艺术表现力的文学语言。赵树理以北方农民的口语为基础，加以提炼与纯化，并适当地汇入现代语汇和方言语汇，有时又模仿说书人的语调（如"插起招军旗，就有吃粮人"——《小二黑结婚》），创造出一种以北方农民语言为底色的并富有农民情趣的文学语言。用词质朴通俗，句式简短明快，并常常以农民熟悉的比喻夸张，以及给人物起绰号等手段传达出生动活泼而又幽默风趣的神韵。不过赵树理的幽默又不同于老舍的世俗性幽默（调笑戏谑），而带有一种农民式忠厚。如在《李有才板话》中叙述人说："说作诗的话，叫'诗话'，而主人公李有才作的是'快板'，因而说他作快板的话，就应叫'板话'了。"[③]在生发词意的"俗语妙用"中仍体现出一种农民的一本正经。当然有时也表现出一种农民的促狭。如《小二黑结婚》中嘲讽三仙姑的打扮说："只可惜官粉涂不平脸上的皱纹，看起来

---

① 赵树理总结的中国评书的一个艺术特点就是"用保留故事中的种种关节来吸引读者。评书的作者或艺人，常用说到紧要关头停下来的办法来挽留他们的听众（如说到一个要自杀的人用衣衫遮了面望着大江一跳的时候便停下来之类），叫做'扣子'，是根据听书人以听故事为主要目的的心理生出来的办法。"（见《〈三里湾〉写作前后》，《赵树理文集》第 4 卷，工人出版社 1980 年版，1488 页）

② 赵树理说："我们通常所见的小说，是把叙述故事融化在描写情景中的，而中国评书式的小说则是把描写情景融化在叙述故事中的。"（《〈三里湾〉写作前后》，《赵树理文集》第 4 卷，工人出版社 1980 年版，第 1486 页）

③ 赵树理：《李有才板话》，《赵树理文集》第 1 卷，工人出版社 1980 年版，第 20 页。

好象驴粪蛋上下了霜"[1]，在挖苦之中不失泥土的清新。——当然从他的新评书体小说来看，在语言上也吸取了传统说书艺术的长处，生动流畅，朗朗上口。

综上所述，无论就作品的思想内容来看，还是就其艺术形式来看，赵树理小说都达到了革命性、大众性与民族性的有机统一，因而被誉为"实践毛泽东文艺思想的具体方向"[2]。赵树理的成功也影响到一批刚从鲁艺结业回到晋绥边区的文学青年，如马烽、西戎、束为、孙谦、胡正等"五战友"，先后推出了《金宝娘》（马烽）、《谁害的》（西戎）、《红契》（束为）、《胜利之夜》（孙谦）、《"长烟袋"》（胡正）等小说，与赵树理小说一起，初步显示出山西农村土色土香的"山药蛋"特色。

① 赵树理：《小二黑结婚》，《赵树理文集》第 1 卷，工人出版社 1980 年版，第 3 页。

② 《人民日报》（晋冀鲁豫）1947 年 8 月 10 日报道。

第十三讲　路翎的小说

“七月派”是民族解放战争时期受胡风所倡导的“主观战斗精神”的现实主义影响而形成的一个独具特色、影响深远的文学流派。他们坚持以鲁迅为代表的“五四”启蒙主义精神，高举民主解放的旗帜，深化现实主义的艺术探索，高扬作家的主体创造精神。七月派在小说方面的杰出代表是路翎。他的创作与胡风的理论是互补的，共同建构了七月派的基本框架。对人民的“原始强力”的发掘，与现实(精神)的深刻搏斗，对青春激情的歌赞，对人物心理的深度透视，破碎、跳荡的话语方式，构成了他小说鲜明的特征。

一、路翎的人生历程与文学道路

七月派小说最早的探索者无疑是丘东平，但最杰出的代表则是路翎(1923—1994)①。路翎原名徐嗣兴，江苏南京人。路翎是他 1940 年发表短篇小说《“要塞”退出以后》首次使用的笔名。路翎的生父是安徽人赵树民，早逝。路翎改从母亲徐丽芬姓，徐丽芬的舅父出生于苏州一个封建大家庭，路翎在探亲中曾耳闻目睹祖辈们争夺家产的闹剧，并留下了难以磨灭的记忆。1925 年徐丽芬携带子女改嫁湖北人张济东。张济东是当时国民政府的一个小职员，工作和收入都不稳定，全家生活坎坷不定。在压抑的环境中，敏感的路翎便以文学作品作为精神食粮，在小学阶段便读完了《三国演义》、《水浒

---

① 实际上胡风的理论与路翎的创作是相互支撑与印证的。路翎说：“他(指胡风)认为，我赞成他的理论；而他，在遇到我(而我一直在努力从事创作)之后，就找到了创作的依据，我也支持了他。”(《一起共患难的友人和导师》，见《我与胡风》宁夏人民出版社 1993 年版，第 480 页)李离也记叙到，新中国成立后，胡风还对人说：“别人都说路翎的文艺创作受了我的影响，岂不知我的文艺理论正有不少地方受路翎创作的影响呢，正是从他的创作中，形成了我的一些理论观点。”(见《五十年代初期的胡风》，同上，第 803 页)

传》等古典名著，读中学后又阅读了屠格涅夫等外国进步作家的作品和一些进步的文学刊物。1937年，路翎全家入川，路翎就读于国立四川中学。除继续阅读文艺作品外，他还与同学一起组织了“哨兵”文艺社，并为合川县的报纸《大声日报》编辑文艺副刊《哨兵》。因一些文字触怒了地方官绅，于1938年底被学校开除。随后他投身抗日工作，参加了国民党三民主义青年团的一支宣传队，并勤奋地进行文学创作。1939年9月，他写出《“要塞”退出以后》投给胡风主编的《七月》杂志，受到胡风的肯定，并发表在次年的第三期上，路翎深受鼓舞，在胡风的指导下开始了更自觉的创作。该作以“八一三”后的江南战场为背景，叙写某要塞失守中，年轻的主人公沈三宝违令作战，两次打伤日本骑兵，又击毙有汉奸嫌疑的金主任，最后却被冤枉处死的故事。虽然带有丘东平影响的痕迹，但是通过对主人公从怯懦到勇敢急剧转变的描写，也初步显示了作家善于描写人物大幅度动荡心理的艺术才能。

1940年，路翎来到重庆北碚一个矿业研究所做办事员。与矿工的接触使他创作出《家》、《祖父的职业》、《何绍德被捕了》、《卸煤台下》等一系列反映矿工的苦难及其与吸血鬼斗争的小说，后来收入《青春的祝福》(1944)第一辑中。这些作品善于用不多的笔墨凸现浮雕式的艺术形象，体现出作家出众的艺术感受力和想象力。中篇《饥饿的郭素娥》(1943)是一篇引起广泛反响的作品。郭素娥是一个生命力异常强悍的女子。当她从陕南逃荒来到矿区时，被衰老的鸦片鬼刘寿春捡来做妻子。困苦与饥饿加剧了她青春生命的精神饥渴，终于她在与流浪汉出身的机器工人张振山的狂热私情中寻求到这种安慰，渴望与他逃到城里去。但就在准备出奔的那个晚上，她被丈夫勾通保长、痞子绑架，拟卖给一个因生理病态而害死了四个女人的土财主。郭素娥坚决不从，并拼命反抗，高呼：“我是女人，不准动我！”并发出“我们都可以死了”的愤怒诅咒。但终于还是被这伙失去人性的野兽用火铲烙伤，并奸死。这是一个令人灵魂颤栗的富有原始生命强力的女性形象，在她生命强悍的律动中传达出中华民族顽强地寻求“个性的积极解放”的渴望。所以胡风认为，这篇小说“替新文学的主题开拓了疆土”[①]。邵荃麟也认为，小说“充满着一种那么强烈的生命力，一种人类灵魂里的呼声，这种呼声似乎是深沉而又微弱的，然

① 胡风：《饥饿的郭素娥·序》，《路翎文集》第三卷，安徽文艺出版社1995年版，第3页。

而却叫出了在旧传统磨难下的中国人的痛苦、苦闷与原始的反抗，而且也暗示了新的觉醒的最初过程”[①]。可以说，对人民的“原始强力”的发掘是路翎小说的一个重要主题，这种“原始强力”不仅体现在郭素娥的生命中，也生成在其他人物的性格中。例如流浪汉型的工人张振山的粗野、强悍，以及放荡不羁的“邪恶”，都勃发出一种生命的“原始强力”。甚至在善良老实的农民式工人魏海清身上也蕴藏着这种生命的“原始强力”。虽然他原先委琐怯弱，难以得到郭素娥的爱，但当他心爱的女人惨死之后，他却勇敢地站起来，用自己的生命与奸污了郭素娥的流氓黄毛决斗而死。所以有论者说：“在中国现代文学史上，这篇小说可以说是第一个比较鲜明地反映出了那些被许多人看似浑浑噩噩的劳动者的精神追求。……郭素娥不同于祥林嫂，魏海清不同于闰土，就在于他们始终没有‘认命’，从那双眼睛里放射出来的反抗的烈火，使一切腐朽的封建统治阶级簌簌发抖。”[②]当然作家在强化人物生命的原始强力的时候，似乎对这些人物几千年所承受的“精神奴役的创伤”挖掘不够，对人民群众另一方面愚昧麻木的精神现实有所忽视。作家也说：“但我也许迷惑于强悍，蒙住了古国的根本的一面，像鲁迅先生底作品里显现的。我只是竭力扰动，想在作品里‘革’生活底‘命’。”[③]

1943年路翎失业，经舒芜介绍，他来到国民党中央政治学校图书馆任助理管理员。除读书外，他还经常以每天四五千字的速度重写他在香港战事中丢失了的长篇小说《财主底儿女们》。这是一部史诗性的辉煌巨著，共约90万字，分上下两部。上部出版于1945年，下部出版于1948年。在抗日战争的宏阔背景上，展开了各类知识分子的精神追求和情感历程，集中探讨了知识分子的命运和出路问题，被胡风称为“青春的诗”，认为它的出版是“中国新文学史上的一个重大的事件”[④]。

这时期路翎还在《希望》杂志上发表了一系列的短篇小说，其中《罗大斗

---

① 邵荃麟：《饥饿的郭素娥》，《青年文艺》1944年第1卷第6期。

② 林莽：《路翎的生活与创作道路》，《路翎文集》第四卷，安徽文艺出版社1995年版，第415页。

③ 转引自胡风：《饥饿的郭素娥·序》，《路翎文集》第三卷，安徽文艺出版社1995年版，第3页。

④ 胡风：《财主的儿女们·序》，《路翎文集》第一卷，安徽文艺出版社1995年版，第1页。

的一生》展开了他对“原始强力”更加深刻的思考。罗大斗是一个破落户子弟，虽然他家先前也曾“有过一栋房子，一些田地”，但到他父亲一代，已完全败落。当他父亲吞鸦片死后，全靠他母亲喂猪、打草鞋、编草帽过日子。父亲的娇纵和母亲的打骂使罗大斗从小便在心里种下了刁钻与怯懦的种子。虽然他极想做一个男子汉，但由于他的怯懦却常常受到欺凌；而当别人鄙弃他的软弱时，他则胡吹牛皮来提高自己的形象，结果自然又是他吃亏。尤其令人震惊的是他虽然受到那些地痞无赖的欺负，但为了自己也成为一名无赖，他竟把自己卖给他们，“像一头忠心的狗”。这是一个看似阿 Q 的形象，其实有很大的不同。如果说阿 Q 的精神胜利法还主要是一种寻求自卫的精神安慰的话，那么罗大斗在这种精神自卫中又流溢出一种欺凌别人的粗野与刁钻。这特别在他与周家大妹的苦恋中表现得极其鲜明。在财主家做丫头的周家大妹出于对共同的悲苦命运的同情接受了已成为乞丐的罗大斗的爱情，并供给他食物和衣服。然而罗大斗却在这唯一关怀他的女人面前摆出丈夫的架子，拳打脚踢，恶毒咒骂；而当财主家的人来捉他时，他却呆呆地站着，接着突然下跪不停地向少爷叩头。虽然他最后终于良心反省，在被抓壮丁告别母亲时，碰死在乡场上，但是作家却用这支残酷的笔为我们揭示出那潜藏在人民心灵深处的原始强力如果得不到正确引导，它的盲目而愚昧的冲动与发泄，将塑造出一个多么畸形的悲剧人格啊！正如叙述者说，罗大斗要做一个光棍的盲目冲动，把“另外的一切，那些爱情，友谊，同情，以及悲凉而深沉的叹息”都践踏了。

抗战胜利后，路翎于 1946 年回到故乡南京。1948 年他受聘到南京中央大学任兼职讲师，讲授小说写作课程，同时创作了他第二部长篇小说《燃烧的荒地》。作品叙写 1942 年间，破落地主少爷郭子龙回乡找当年谋害过他现在是兴隆场化身的大地主吴广顺报复的故事。郭子龙虽然性格粗野，当过烂兵，贩过鸦片，强奸过女人，劫掠过村庄，在邪恶中弥漫出一种野兽般的强力，但是另一方面“在这野兽底里面，又有着一个少爷、梦想家底纤弱的灵魂”。因而他在蛮野之中又感到软弱，在强暴之后又感到空虚。正是他的这种流氓和少爷混合的性格，使他在和吴广顺的角斗中很快便败下阵来，并为吴广顺所收买，落了个“大粪营长”的诨名。与这个末路英雄相对照，沉默而倔强的农民张老二才真正体现出一种燃烧这荒地的力量。但种力量是在他克服了自己灵魂中“几千年的精神奴役的创伤”之后才燃烧起来的。张老二本是一个善良老实的农民，一系列的生活不幸落在他的头上，虽然他也萌发过反抗的欲望，但是传统的奴性和哥哥的榜样却使他默默地接受了命运的安排，如同闰土一样。不过他的沉默并不是死寂，而是在暗暗地生长着一种坚韧的生命意志。当他被逼到生命的绝境时，他的生命火焰便燃烧起来。正是他除掉了郭子龙想除去却无法除去的吴长顺。这种农民与流浪汉命运的戏剧性变化或许正体现出作家对生活的认识与把握的长足进步。

二、青春的史诗：《财主底儿女们》

在20世纪中国文学史上，《财主底儿女们》可以说是继老舍的《四世同堂》之后，又一部可以冠以史诗的巨著，这不仅指它规模宏大，对从1932年“一二八”上海抗战到1941年苏德战争爆发的十年间复杂而动荡的中国社会生活，特别是知识分子的生活作了全方位的反映，叙述视野辗转于上海、苏州、南京、江南原野、九江、武汉、重庆、四川农村之间，刻画了70多个人物，遍及官、兵、绅、学、商。十年间我们民族所发生的大事，如“一二八”上海抗战、“满洲国”成立、华北危机、北平学运、“七七”事变、汪精卫投敌、南京失守、迁都重庆等都被编年史地记录了下来；而且一部史诗绝不止于对历史的客观描绘，史诗除了应对一个历史时代进行艺术概括之外，它还必须体现出作家对那个时代以及整个人类命运的哲学思考，《财主底儿女们》的深刻之处就在于它透过这历史背景中各色知识分子道路和命运的描写，表达了作家对这个时代乃至整个中华民族出路的思考。

作品上部主要继承《红楼梦》、巴金《家》的传统，对一个封建大家庭的衰败过程和不同知识分子的不同性格与命运作了细腻的描写。财主蒋捷三是苏州有名的巨富，虽然表面上他还维持着一个封建大家族的权威，但是二儿子蒋少祖的离家叛逆，大儿媳金素痕挟持他心爱的大儿子蒋蔚祖对家产的争夺，以及其他儿女对他敬畏中的恐惧都动摇着这个大家族的根基。最后他终于在精明泼辣的金素痕的折磨中寂寞地死去。他那些高贵的子女们却为争夺遗产爆发了一场旷日持久的战争。在刁钻凶狠而又阴险毒辣的金素痕的攻击下，他们逐渐在疲惫中撕开了高贵优雅的面纱，露出他们自私、孱弱而又富于神经质的本性。徘徊于父亲和妻子之间受尽精神痛苦与折磨的大儿子蒋蔚祖终于走向疯狂并死亡；大女儿蒋淑英在感伤中咀嚼着往日的梦幻与现在的凄凉；三女儿蒋淑媛在追逐金钱与权势中变得冷酷而势利；二儿子蒋少祖虽然以叛逆者的形象在政治上获得成功，但那深入骨髓的孤傲和冷漠穿行在他那狂热的言行中，使他常常独自品味着难以忍受的孤独。在这些儿女中，或许只有二女儿蒋淑华有着善良的心灵闪光，然而这种闪光又混合着某种难以适应现代生活的迂腐与刻板。小儿子蒋纯祖正是在这一背景中成长起来的一个青年。虽然他同样禀承了这个家族粗野、狂暴、神经质的素质，但他终于义无反顾地离开了这个家族的废墟，去寻求一条新生的道路。

作品下部着重展示蒋纯祖的这种精神追求。蒋家其他子女的命运变迁则退入了背景层次，形成一个“丁”字结构。不过不同于《科尔沁旗草原》的历时性结构，它是一种共时性的结构，整个社会的历史发展构成远景层次，在这远景中活动着的众多蒋家子孙的命运则构成一种近景层次，在这远近景层次的烘托中则活跃着主角蒋纯祖的生命活动及其理性思考与情感追求。因而下部虽然近于个人英雄传记，但仍然具有史诗的气魄和规模。并且在这种宏阔的背景中蒋纯祖的精神追求具有更加深厚的社会历史内涵。当上海燃起战火，并危及南京，他的兄长们都准备迁往武汉时，他却勇敢地奔赴上海抗日救亡工作。后来在随一群溃兵从江南原野向后方漂流的过程中，虽然他还保留着精神上的孤傲，但从人民的苦难和溃兵暴虐的残杀中，更加坚定了他“爱一切人”，理解一切人的“生命底意义”的意志。当他来到武汉参加一个抗战演剧队之后，他更痛苦地展开了“个性”与“这个时代底教条”之关系、个人与革命集团之关系的思考。虽然由于剧团中“小团体”的左倾教条主义作风和蒋纯祖家族遗传的极端个人主义基因使他陷入极度的苦闷中，但是并没有阻止他走向人民的步伐。他来到一个乡场小学任教，向宗法制农村的冷酷和愚昧挑战，并不断地攻击着人们的“平庸、迂腐、保守”，追求着自我人格的完成。但是在沉重的封建势力的夹击下，他再一次遭到失败并生了重病。不过就在他生命的最后日子里，他仍然没有放弃新生的努力。在他内心深处仍汹涌着一种思想与情感的暴风骤雨，他一方面沉痛地反省自己的自私、傲慢与虚荣；另一方面他又始终在寻找着并肩作战的战友。他是在高呼着“悲苦啊，中国”中去世的。所以蒋纯祖是一个不断流浪，不断搏击、突进，也不断失败、痛苦，却始终没有停止探索的步伐的知识分子的悲剧形象。正是这种探索精神使他超越了蒋少祖的复古主义而成为真正的时代精灵。而这种探索精神的核心就是要寻求到一条知识分子，乃至整个祖国和民族的解放道路。虽然由于蒋纯祖自身的弱点和时代的限制，他没有找到一条成功的道路，但是他的这种探索与奋进的精神却正是现代中国前进脉搏的真实写照。正是这种青春生命的探索与奋进谱写出“一首青春底诗，在这首诗里面，激荡着时代底欢乐与痛苦，人民底潜力和追求，青年作家自己的痛哭与高歌！”[①]这种通过人物心灵的激荡与搏斗来概括一个时代精神与情感的波澜的创作模式类似于法国作家罗曼·罗兰的《约翰·克利斯朵夫》，因而当时又有人称它为“中国的《约翰·克利斯朵夫》”[②]。

在艺术上《财主底儿女们》也鲜明地体现出路翎小说乃至整个七月派小说的特色。除前面提到的史诗的规模与结构外，它还表现出这样一些鲜明的特点。首先作品所着重描绘的并不是浮在历史表面的事实与情节，而是深入到这表层之下推动着这历史事变的人们的精神和心理的现实。如同胡风在《序》中说：“路翎所要的并不是历史事变的记录，而是历史事变下面的精神世界底汹涌的波澜和它们底来根去向，是那些火辣辣的心灵在历史命运这个无情的审判者前面搏斗的经验。”[③]正是这样一种着眼点，使他能够穿越历史的迷雾而深入到人物的灵魂，写出他们心灵与性格的全部丰富性、复杂性和矛盾性。作品中的人物几乎都处于一种内在的心理紧张中，这种紧张正来源于人物心灵深处欲求与困惑、向往与软弱的张力。不仅主人公蒋纯祖始终燃烧在这种矛盾中，就是蒋少祖也始终处于这种矛盾与困惑之中：抛弃旧家庭，但在社会上碰壁后又回到父亲身边忏悔自己的叛逆；主张爱国，主张以科学与工业救国，但又脱离民众，仿佛“在中国走着孤独的道路”，并最终使他抛弃“现代文明”，而走向“复古主义”。蒋蔚祖徘徊于需要慰藉“父亲底孤独与痛苦”又不能割弃“妻子底热情和愿望”的两难之间。终于无法忍受大家庭内部的倾轧和妻子放浪行为的刺激而沦为疯子，最后烧毁住宅，跳江自尽。他也始终在这种心灵困惑中悸动。还有那金素痕在大多数时间里都像一个“凶悍的魔鬼”，却也有不少时间在她良心的回眸中像一个“温柔的天使”。王桂英生下私生子后，表示要勇敢地负起养育的责任，却又亲手把孩子掐死。正是

---

① 胡风：《财主的儿女们·序》，《路翎文集》第一卷，安徽文艺出版社 1995 年版，第 6 页。

② 见《泥土》，1947 年 9 月第 4 辑“新书预告栏”。

③ 胡风：《财主的儿女们·序》，《路翎文集》第一卷，安徽文艺出版社 1995 年版，第 1 页。

在这种似乎极端的心理与情感的转折中才淋漓尽致地展示出人物性格和心灵的深层现实，包括那难以察觉的潜意识的隐秘。所以尽管有人说路翎的笔是残酷甚至不可理喻的，却正是这种残酷和不可理喻才真实地揭示出一个由理性和非理性交织的灵魂，从而标示出与现代主义小说相融合的艺术趋向。因此七月派、或路翎又被称为心理现实主义的文学/作家。

其次是作家主观情感的强烈喷射。胡风在《序》中说："作者说，作为他底对象们底综合性的人物，那个蒋纯祖，是举起了他整个生命在呼唤着，然而，人们不难感到，作者更是举起了他底整个生命向他底人物们和读者们在呼唤着的。"①这种生命激情的呼唤投射到作品中，便赋予了人物以及整个作品强烈的情感色彩。作品中的人物似乎都处在一种被压抑和对压抑的反抗而疯狂了的激情中。这种激情"不只凶猛狂暴，而且像是有重量感。它狂放而又沉重，挟着一股力向你袭来"②。虽然这些人物由于环境的灰暗和自己的精神负担，他们对生活的冲击都难以战胜外面的黑暗，最终成为悲剧性的形象，但即使从他们的失败中我们也能感受到一种心灵颤栗的悲壮和搏击人生的力量。所以这是一部交织着苦难、痛苦与欢乐的诗。

再次由于对时代精神现实的关注与主观激情的喷涌，便形成了破碎、跳荡的叙述方式和贯注着强烈激情的精神分析式的叙述语调(实际上正是人物那疯狂的激情、残酷的性格及其所折射的动荡的现实的艺术显示)。"生活像是在他的叙述中一块块碎裂了，风化了，变成了一个局部、片断、瞬间。'动作'总是突发的，不连贯的。镜头迫不及待地在不同的形、色、人物上跳过，焦距迅即变换。这里也有细节，甚至过分精美，显示出贵族式的豪华，每一笔都带着一种情调，氛围，把人物裹在里面。但在缺乏'整体感'的叙述中，它们却像是阳光下一堆亮闪闪的玻璃碎片。"③虽然你会对这种叙述和语调感到不适应，感到重浊，但是在这重浊中仍有一种吸引你的艺术魅力。这正是路翎小说的艺术风格。同样他的语言也是重浊的，常常被种种"附加成分"弄得累赘不堪。这些"附加成分"强调修饰着"浓度"、"力度"、"特征"，似乎沉甸甸地向你压来，但在这种重浊的压迫中你仍可以感到一种热辣辣的生活气息与美学力量。

---

① 胡风：《财主的儿女们·序》，《路翎文集》第一卷，安徽文艺出版社 1995 年版，第 3 页。

② 赵原：《路翎小说的形象与美感》，《小说十家》，浙江文艺出版社 1987 年版，第 208 页。

③ 赵原：《艰难的选择》，上海文艺出版社 1986 年版，第 324 页。

第十四讲　艾青的诗歌

本来学美术，后来却成为著名的诗人的艾青同样汲取了异域的诗歌营养，但与此同时他又在这种现代的诗形中贯注了强烈的现实主义战斗精神。应和着民族解放战争的节拍，以其独特的意象（土地—太阳等），明朗、饱满，而又富于质感的诗歌形式开创了一个“艾青的时代”。同时他也在1940年代把新诗推向了一个历史的综合的高度。

一、艾青的生平与诗歌创作

艾青（1910—1996），原名蒋海澄，浙江金华人。虽然出身于封建地主家庭，但出生不久便被寄养在一个名叫“大叶荷”的贫苦农妇家里哺育，这使他从小便与农民结下了骨肉之情，并感染了“农民的忧郁”。他自幼喜爱美术，初中毕业后（1928）考入国立西湖艺术专科学校（中国美院前身）。1929年赴法深造。广泛汲取了最新潮的现代文艺的滋养，诸如凡·谷（梵·高）、莫内、德加、毕加索等现代派画家，波德莱尔、兰波、维尔哈伦、叶赛宁等现代派诗人都在他以后的诗作中留下了深刻的印痕。在作画之余他也试验写诗。这些诗具有明显的现代主义（印象派和超现实主义）影响的痕迹。如《会合》在跳跃、奔突的诗行里，混合着“支那、安南”等东方青年的反叛情绪，以及个人生命的无着感。而《透明的夜》里的“暴徒”形象，也明显地带有左翼青年的身影。1932年初回国后他加入了左翼美术家联盟。不久在一次画展中以“颠覆政府”的罪名而饱受三年铁窗之苦。监狱剥夺了他作画的条件，那不羁的艺术创造力就通过诗的形式喷吐出来；特别是他写于法国的《会合》在《北斗》杂志发表，更促进了他的这种艺术选择。诗人说，从此“诗成了我的信念，我的鼓舞，我的世界观直率的回声”①。

① 艾青：《母鸡为什么下鸭蛋》，《艾青全集》第5卷，花山文艺出版社1997年版，第253页。

在监狱里，诗人先后创作了《透明的夜》《芦笛》《大堰河——我的保姆》等著名诗篇。特别是《大堰河——我的保姆》以饱满明快的意象，真挚深切的情感，洋溢着泥土香味的清新气息而震动了文坛。后来这些诗结集为《大堰河》于1936年出版。从诗歌创作开始，诗人就注意将深沉的时代情感与鲜活的现实通过饱满的艺术形象凝结起来，因而他的诗歌既不同于中国诗歌会诗人的浮泛叫喊，也不同于现代派诗人狭小纤细的形式营构，而是走着一条融合二者，各取所长的“综合”的艺术道路。从思想倾向上，他要将“自己灰白的‘自我’消失在那为之消泯不幸与卑怯而向着新生前进的叫喊中的沉醉，个人将随着时代得到新的莫大欣慰”[①]。在艺术形式上，由于诗人所承传的艺术渊源，又天然地与戴望舒代表的现代诗派趋于一致。他这时期的诗作也大都是发表在《现代》和《新诗》杂志上的。艾青出狱后有一段时间还专为《新诗》写稿以维持生活。所以曾有人把30年代前期的艾青归并为现代派。

抗战的爆发引发了艾青芦笛的轰鸣。他先来到武汉，1938年又赴西北地区，然后辗转于桂林、湖南等地。1940年到达重庆，参加文协工作。1941年到延安。这一时期特别是从抗战开始到他到延安前后，是他诗歌创作的丰收期。先发表了《太阳》《春》《黎明》《复活的土地》等一组歌赞光明、歌赞斗争的诗，后结集为《旷野》第二辑。随后他又随抗日艺术队奔赴北方，创作了一组以战争中的北方生活为中心题材的组诗，如《雪落在中国的土地上》《北方》《乞丐》《手推车》《补衣妇》等，后结集为《北方》(1939)。同时他还发表与出版了一系列长诗，如《吹号者》《向太阳》《火把》等。标志着艾青诗歌形成了一个独特的意象系统及其艺术的成熟，是中国新诗在一个新的高度上达到了历史的综合——1930年代以来以中国诗歌会为代表的革命现实主义和以戴望舒为代表的现代主义在新的历史条件下的综合，代表着一个集大成的历史高度。同时也影响到其他一些青年诗人的成长，如“七月诗派”、穆旦等。乃至这一时代被称为“艾青的时代”。

二、艾青诗歌的意象系统及其忧郁

在艾青诗歌的意象系统中最核心的是两组意象群：一是“土地”意象群，

---

① 艾青：《梦·幻想与现实》，《艾青全集》第5卷，花山文艺出版社1997年版，第361页。

包括与土地相近相关的旷野、池沼、煤以及生息劳作在这片土地上的以农民为主体的人民，延伸出来还喻指我们的民族和祖国。在这一意象中一方面凝聚着诗人对这片古老土地的深沉爱恋，“为什么我的眼里常含泪水？/因为我对这土地爱得深沉”(《我爱这土地》)。实际上这也是诗人自《大堰河——我的保姆》便开始的一贯的诗歌指向。不过诗人又并不是把这片土地作为一种虚幻的田园牧歌来赞颂，而是正视并真切地揭示出她满目疮痍的创伤与苦难。因而在艾青的诗中，土地意象又往往与苦难的意蕴相连。这种苦难由于战争的摧残显得更加沉重与凄凉。如诗人说“和着雾、雨、风、雪占据了大地的是被帝国主义和封建地主搜刮空了的贫穷”[①]。因而诗人吟唱道：“雪落在中国的土地上/寒冷在封锁着中国呀……”(《雪落在中国的土地上》)；“枯死的林木/与低矮的住房/稀疏地，阴郁地/散布在灰暗的天幕下”(《北方》)；“在北方/乞丐伸着永不缩回的手”(《乞丐》)；“在广大的灰白里呈现出的/到处是一片土黄，暗赭/与焦茶的颜色的混合呀……”(《旷野》)；正是从这里产生了艾青式忧郁。这种忧郁虽然带有西方现代派艺术的影响，却更主要源于诗人对这片土地、对人民、对祖国和民族的深深的挚爱、关切与忧虑。如同诗人说：“叫一个生活在这年代的忠实的灵魂不忧郁，这有如叫一个展转在泥色的梦里的农民不忧郁，是一样的属于天真的一种奢望。”[②]当然也与诗人的个人经历与遭遇相关。童年时代的不幸，使艾青染上了泥色的农人的忧郁；巴黎三年的半流浪生活，形成了一种“漂泊的情愫”；回国后三年的铁窗生涯又平添了一重“囚徒的悲哀”。不过如果仅仅看到艾青对苦难土地的忧郁是不完整的。实际上诗人不仅描写了土地的磨难，而且描写了土地及其人民对苦难的抗争。正是这种抗争才赋予这片苦难的土地以生机和美。正如诗人说：“苦难的美是由于在这阶级社会里，人类为摆脱苦难而斗争。”[③]所以诗人又歌吟道：“饥馑的土地/朝向阴暗的天/伸出乞援的/颤抖着的两臂”(《雪落在中国的土地上》)。“手推车/以唯一的轮子/发出使阴暗的天穹痉挛的尖音”(《手推车》)。即使那绝望的《死地》也“依然睁着枯干的眼/巴望天顶/滴下一颗雨滴”。——在诗人看来，或许全民族的抗战会给“土地”带来复活的生

① 艾青：《为了胜利——三年来创作的一个报告》，《艾青全集》第3卷，花山文艺出版社1997年版，第122页。

② 艾青：《诗论》，《艾青全集》第3卷，花山文艺出版社1997年版，第43页。

③ 艾青：《诗论》，《艾青全集》第3卷，花山文艺出版社1997年版，第14页。

机——因而抗战使“我们的曾经死了的大地/在明朗的天空下/已经复活了！/——苦难也已成为记忆/在它温热的胸膛里/重新旋流着的/将是战斗者的血液”(《复活的土地》)。所以艾青的忧郁里又蕴含着一种深沉的“力”,一种抗争与鼓舞的力量。正如诗人说,应该“把忧郁和悲哀,看成一种力”[①]。

由这种抗争的发展与前进便走向了艾青诗歌的另一核心意象群——“太阳”意象群,包括与太阳相近或有关的光明、春天、黎明、生命与火把、等等。透过这一意象群,诗人寄托着辉煌的理想及其对这一理想矢志不渝的执着追求。那“若火轮飞旋于沙丘之上”滚滚而来的太阳,不但“使生命呼吸/使高树繁枝向它舞蹈/使河流带着狂歌奔向它去”,而且使“我的心胸/被火焰之手撕开/陈腐的灵魂/搁弃在河畔”。因而这火红的太阳正是使人类再生的源泉(《太阳》)。实际上这滚滚而来的太阳已不仅仅是自然的太阳,而是现代中国人觉醒之呼号,是我们民族阳刚之气的凝聚,是战斗的中国人民的生命之歌。是的,正是艰辛的战斗才能创造出辉煌的太阳,因为这太阳正是“从远古的墓茔/从黑暗的年代/从人类死亡之流的那边”升起来的(《太阳》)。因而“我”奔向“太阳”(《向太阳》),单纯又有些脆弱的女青年唐尼也带着自己的火把汇入那“火的队伍”、“光的队伍”(《火把》)。

这样从“土地”(苦难)经过抗争与追求,走向“太阳”(光明)就构成了艾青这时期诗歌主题旋律的交响。并且正是由于“土地”(苦难)和“太阳”(光明)这两个乐章的交替变奏与相互支撑,才使整部交响曲显得分外壮丽与辉煌。“土地”(苦难)主题因此而显示出历史前进的趋势,而“太阳”(光明)主题也因此而获得坚实的依托与支撑。

三、艾青诗歌的艺术特征与历史贡献

如前所述,艾青是在广泛汲取异域现代先锋文艺思潮营养的基础上开始诗歌创作的,因而也同这些诗人一样,非常重视意象的经营与构筑,但是他却摒弃了他们的晦涩,达到了一种明朗、质朴与饱满。诗人说:“用可感触的意象去消泯朦胧晦涩的隐喻。诗的生命在真实性之成了美的凝结,有重量与硬

---

① 艾青:《诗论》,《艾青全集》第3卷,花山文艺出版社1997年版,第43页。

度的体质，无论是梦是幻想，必须是固体。"[①]的确，艾青诗歌的意象就似乎是这种具有"重量与硬度的体质"的"固体"。如前面举到的"饥馑的土地/朝向阴暗的天/伸出乞援的/颤抖着的两臂"(《雪落在中国的土地上》)便把难以直接形象表现的悲哀与控诉质感化、固体化了。同一篇"风/像一个太悲哀的老妇/紧紧地跟随着/伸出寒冷的指爪/拉扯着行人的衣襟/用着像土地一样古老的话/一刻也不停地絮聒着……"也把难形状的"风"形状在目前。或许是由于诗人受过严格的绘画训练，艾青诗歌的意象不仅造型感十分鲜明，而且色彩感也非常强烈。如"呈给你黄土下紫色的灵魂"(《大堰河——我的保姆》)组成一种明快的色彩构图。而"在广大的灰白里呈现出的/到处是一片土黄，暗赭/与焦茶的颜色的混合"则又产生出一种色彩繁复的油画效果。而"泥色"、"紫色"和"灰黄色"等则构成了艾青独特的色谱语汇，使现实的苦难更见沉凝。而在"黎明——这时间的新嫁娘呵/乘上有金色轮子的车辆，从天的那边到来"(《吹号者》)，"你新鲜、温柔、明洁的光辉/照在我久未打开的窗上/把窗纸敷上浅黄如粉的颜色/嵌在浅蓝而整齐的格影里"(《给太阳》)，"夕阳把草原燃得通红了"(《刈草的孩子》)——表现"太阳"主题时，用红色、金色、浅黄、浅蓝的色调，或强烈，或温柔的光，使人联想起光明与生活的美好。

不过艾青并不是一个只追求独特感觉的艺术家，他说："不要满足于捕捉感觉，感觉被还原为感觉，剩下来的岂不只是感觉吗?"因而他反对"浮面的描写，失去作者的主观；事象的推移，不伴随着作者的心理的推移"，而主张"用明确的理性去防止诗陷入纯感情的稚气里"[②]。艾青诗歌意象正是他感觉与思维的结晶，并且这种凝结又经历了一种艰苦搏斗的过程[③]。所以艾青诗歌意象一方面是明朗、质朴、新颖而独特的，充满感性的力量；另一方面又是深沉含蓄而富有启示意义的，积淀着社会、历史、心理、哲学等深刻的内容。如他自己说："一首诗不仅使人从那里感触了所包含的，同时还可以由它想起一些更深更远的东西。"[④]这就使他诗歌意象具有丰富的象征性。如《吹号者》既可以说是一位真实的抗日战士，也可以说是在人类的历史长河中追求光明

---

① 艾青：《诗论》，《艾青全集》第3卷，花山文艺出版社1997年版，第53页。

② 艾青：《诗论》，《艾青全集》第3卷，花山文艺出版社1997年版，第15、20、12页。

③ 艾青说："使你的感觉和思维在每一个题材袭击的时候，给以一致的搏斗，直到那题材完全屈服为止。"(见《艾青全集》第3卷，花山文艺出版社1997年版，第19页)

④ 艾青：《诗论》，《艾青全集》第3卷，花山文艺出版社1997年版，第6-7页。

至死不渝的精神的化身；又如“大堰河”并没有自己的名字，“她的名字就是生她的村庄的名字”，因而她既是“我”的乳母，也可以说是中国农民的化身（“母亲河”），还可进而把她想象成永远与山河同在的人民的象征。还有那封锁着中国土地的寒雪，那手推车的辙迹，黄土高原的骆驼等都具有丰富多义的象征性内涵。

其次是艾青发展了现代诗派的散文美的诗歌体式，将自由体诗歌提高到一个成熟的境界。如同戴望舒一样，艾青也反对格律对诗情的约束，而主张自由的表现。他甚至说：“宁愿裸体，却决不要让不合身材的衣服来窒息你的呼吸。”[①]不过这并不是不要形式，而是强调对障碍着思想感情自由表达的僵死形式的破除。所以他说：“自从我们发现了韵文的虚伪，发现了韵文的人工气，发现了韵文的雕琢，我们就敌视了它；而当我们熟视了散文的不修饰的美，不需要涂抹脂粉的本色，充满了生活气息的健康，它就肉体地诱惑了我们。”实际上艾青所追求的是一种散文美，这种散文美主要有两个特点：一是“散文的自由性，给文学的形象以表现的便利”。由于散文体比诗歌格律较少人工的束缚，因而它能更自由舒展地表达作家的思想和情感。二是散文的本色美。由于散文的语言是最自然的语言，而“最富于自然性的语言是口语”，因而这种本色美主要体现为一种口语美，“它存在于人的日常生活里。它富有人情味，它使我们感到无比的亲切”[②]。艾青的诗歌鲜明地实践了他的美学追求。例如《大堰河——我的保姆》全诗 13 节，每节并不均齐，少的 4 行 1 节，多的 16 行 1 节；从行的字数来看也不划一，少则 2 字 1 行，多则 22 字 1 行。全诗也不押韵。在参差错落自由随意之中充分抒发了诗人对大堰河保姆的怀想感激之情。值得注意的是艾青诗体的自由并不是散漫与芜杂，而是一种舒展与畅达，“是在变化里取得统一，是在参错里取得和谐，是在运动里取得均衡，是在繁杂里取得单纯”[③]。如前述《大堰河——我的保姆》一诗便通过递进排比的句式，首尾呼应反复的手法，造成了全诗在自由奔放中的和谐统一。还有那《雪落在中国的土地上》中“雪落在中国的土地上/寒冷在封锁着中国呀……”诗句如主旋律一样穿行领起在各诗节之中，也构成一种不

① 艾青：《诗论》，《艾青全集》第 3 卷，花山文艺出版社 1997 年版，第 25 页。

② 艾青：《诗的散文美》，《艾青全集》第 3 卷，花山文艺出版社 1997 年版，第 64-65、66、65 页。

③ 艾青：《诗论》，《艾青全集》第 3 卷，花山文艺出版社 1997 年版，第 11 页。

断加深、强化、递进和展开的交响乐式的结构。至于诗歌的本色美则主要表现为口语入诗，如《火把》开篇两节："'唐尼/时候到了/快点吧'//'李茵/你坐下/我梳一梳头/换一换衣……'"完全是日常生活的口语，但经诗人凝结在诗里，却显出一种朴素、自然、鲜活的美来，还多少带点艾略特《荒原》中"对弈"的情趣和韵味。所以艾青在创造具有散文美的诗歌体式上达到了很高的成就，而且比较起戴望舒等现代派诗人来，由于博大的情思和浩荡的激情，显得更加自由畅达，舒卷自如，把自由体诗歌推向了一个成熟的境界。

综上所述，艾青诗歌的成就实质上是1930年代以来以中国诗歌会为代表的革命现实主义和以戴望舒为代表的现代主义在新的历史条件下的综合，代表着一个集大成的历史高度。不过由于诗人始终坚持政治理性高于诗歌艺术探索的原则，因而当他于1941年3月到达解放区延安，片面高扬诗歌的政治理性之后，便逐渐失却了自己的艺术个性，以至在1945年以后的一段时间里，几乎停止了诗歌的写作。

第十五讲　钱钟书的《围城》

钱钟书是学贯中西的大学者，他的文学作品并不多，但是就是仅有的一部长篇小说《围城》也可以使他进入现代文学经典作家的行列。《围城》是一部含蕴丰厚的小说，不仅仅是一幅战时中国社会（城乡）五光十色的历史画卷，也不仅仅是一部刻画了现代中国形形色色（高级）知识分子的“新《儒林外史》”，而且对于人生、人类命运做了深刻的哲学透视与探讨。

一、钱钟书的生平与文学创作

钱钟书(1910—1998)，江苏无锡人，其父是著名学者钱基博，家学渊博，而钱钟书从小便以过目不忘的照相机般记忆著称。他一出生，就被伯父抱养。因而从小就受到伯父钱基成和父母亲的二维养护。“钱钟书自小在大家庭中长大，和堂兄弟的感情不输亲兄弟，和睦、友爱相处。亲的、堂的兄弟共十人，钟书居长。众兄弟之间，他比较稚钝。读书的时候，对什么都无所谓即没个计较；放下书本，又全没正经，好像有大量多余的兴致没处寄放，专爱胡说乱道，有点疯疯癫癫的味道。钱家人爱说他吃了痴姆妈的奶，是‘痴兄’。杨绛称无锡人所谓的‘痴’，包括很多意义：疯、傻、憨、稚气、骙气、淘气等等。他父母有时说他‘痴颠不拉’，‘痴舞做法’，‘呒著呒落’。”[①]但可能这种赤子之心，恰恰构成了他聪慧之源。1929 年考入清华大学。和曹禺、颜毓蘅并称清华学生“三杰”（钱钟书为龙、曹禺为虎、颜毓蘅为狗）。1932 年如日中天的周作人发表《中国新文学的源流》，以“载道”与“言志”的两分对于中国文学史做出了重新的描画，并为新文学寻找传统文学的渊源，影响极大。还是大学生的钱钟书即发表了《中国新文学的源流》（载《新月》第 4 卷第 5 期，1932 年

① 汤益泽：《透视钱钟书》，湖南人民出版社 2006 年版，第 7 页。

11月1日,署名中书君),对权威提出质疑与挑战。在他看来,"载道"与"言志"并非界限分明,而是相互包裹。文学史上许多讲"载道"的文人做起诗来往往"抒写性灵",如清朝戴着正统面孔的桐城派的诗作就与他们载道的散文截然不同,而"言志"的公安派却主张"八股文"。表现出钱钟书丰富的学养与敏锐的睿智。

1933年他在清华大学外文系毕业后,到上海光华大学任教,1935年与杨绛结婚,并考取庚子赔款奖学金赴英国留学,1937年获英国牛津大学副博士学位,又考取法国巴黎大学进修法国文学。1938年秋回国,赴昆明任西南联大教授,1939年到湘西蓝田国立师范学院任英文系主任(其父钱基博为中文系主任,父子俩同为一校系主任,且为知名教授,一时传为美谈)。1941年回家探亲时,因沦陷而羁居上海。一方面在上海震旦女子文理学院、暨南大学等校教书,另一方面开始小说创作。1946年出版短篇小说集《人·兽·鬼》,1946年2月起在光复后由郑振铎、李健吾新办的《文艺复兴》月刊上连载长篇小说《围城》,立即"震惊"了文坛,有人认为这是1930年来中国长篇小说发展中最具代表性的两部作品之一。从1947年出版单行本之后至1949年5月上海解放时,已印刷到第三版。

二、《围城》:对人生与人类命运的沉思与探索

《围城》是一部意蕴深邃的作品。作品引用英国的一句古话:"结婚仿佛金漆的鸟笼,笼子外面的鸟想住进去,笼子内的鸟想飞出来,所以结而离,离而结,没有了局。"又引用法国一句话说婚姻犹如"被围困的城堡","城外的人想冲进去,城里的人想冲出来"[①]——来说明"围城"的题旨。

从表层看,作品主要叙述留学生方鸿渐在抗战前夕回国之后所遭遇的种种失败的人生经历,特别是他的婚姻纠葛与事业的困惑;但是透过方鸿渐的这些经历却表现出作家对中国社会人生乃至整个人类生存困境的哲学思考。方鸿渐是一位聪明而又软弱并且痴气的知识分子形象,这里的"痴气"是指一种追求人生真诚的境界。他之所以从一个一个"围城"突围而出,正来源于他对人生真诚境界的追求。不过他的遭遇并不仅仅是悲剧的,同时也是喜剧

① 钱钟书:《围城》,三联书店2002年版,第99-100页。

的。其原因便在于他的失败首先是他自己与灰色现实妥协的结果，当然也还包含着他不能够清醒地洞察人情世故的迂腐与天真(这也是他“痴气”的另一种表现)。他虽有追求人生真诚的愿望，却缺乏顽强的生活意志和勇于实践的战斗精神。因而在环境的压迫下，只好与现实妥协，从而成为一个软弱的人，或者说“无用”的人①。例如当他还在读中学时，他父亲就给他定了亲，后来他在大学里受到自由恋爱的熏陶，写信给家里隐约地透露出不满意旧式婚姻的意思后，一经他父亲严词谴责，他又马上自己悔过。实际上正是这种现实环境的压力造就了方鸿渐性格的另外一些方面：因为他本性是聪明的，因而当外界压力压迫他时，他便不得不走向一种既对现实无可奈何，又要对它略加攻击的玩世不恭。所以他很多幽默牢骚的话语，这表面上给人一种轻浮的印象，但实际上正隐含着他对自己受到伤害的自卫和对灰色现实的潜在批判(事实上，作品里如珠玉般的讽喻，大部分是通过方鸿渐的视点发出的)。可以说追求真诚的“痴”和玩世不恭的“侃”构成了他性格中对立的两极。一方面，正是由于玩世不恭的“侃”的依托，才使他追求真诚的“痴”不致走入悲剧的绝境，能够从人生的困境中一次又一次地超脱出来；另一方面，正是由于有了追求真诚的“痴”的规范，才使他的玩世不恭的“侃”不至于走入庸俗世故的“油”，始终都保持着一种针砭人生、追求人生的“诚”。例如虽然他为了满足父亲和岳父家的虚荣而买了一张假博士文凭，却羞于提到它；对别人同样的行为(韩学愈)更是义愤填膺。正是这种“痴”与“侃”对立与统一的张力决定了他在这个世界的处境：一方面使他可以自由转徙往来于社会的各个层面，另一方面又始终与社会保持难以混同的精神独立，因而他为了骗骗父亲和岳父，也可以去买张假文凭来混一混；而当他拟到三间大学去开辟自己的事业时，却不愿拿上这张文凭去铺门面，结果被炒鱿鱼回家。正是这种追求真爱而又逢场作戏、痛恨现状而又懦弱无能，使他从一个“围城”又走进另一座“围城”而不能自拔(从逃出鲍小姐的温柔到陷入唐小姐的痴情，从躲开苏文纨的围捕又落入孙柔佳的陷阱的爱情“围城”；从装点门面的点金银行，到勾心斗角的三间大学，再到鸡肋式的小报馆的事业“围城”)。从而探索了现代人自身的悲剧处境。

---

① 当方鸿渐和赵辛楣一群经过艰难跋涉来到三间大学时，方鸿渐曾问赵辛楣对他感觉怎样，赵辛楣说：“你不讨厌，可是全无用处。”

作品正是沿着他的这一特定视角和经历去透视广阔人生的。实际上整个故事就是通过方鸿渐的经历与见闻结构起来的，因而有论者认为这是一种“流浪汉传奇”式的小说结构[①]。杨义则根据方鸿渐经历了从上海艰难的跋涉漂移到内地(湖南三闾大学)，后又经桂林、香港转辗回到上海的经历，把它概括为“大跨度的横向移动式的结构间架”[②]。不过无论哪种说法，都说明方鸿渐是在相当广阔的空间里来经验人生，观察社会的。的确沿着方鸿渐由上海旅行到三闾大学的见闻与经历，展开了抗战时期中国社会从城市到乡村的人生诸相：势利浅薄的商人(如方鸿渐的岳父周经理)、同样浅薄而又愚蠢的洋奴买办(如张吉民)、神通广大的妓女、刁蛮横暴的军人、委琐冷漠的客店老板等组成一个五光十色的人物画廊，活跃在喧嚣的都市和闭塞的乡镇之间，构成一幅沉闷而灰暗的社会背景。这其中尤其以生活在上层沙龙客厅和三闾大学的各色知识分子的形象穷形尽相，尽态极妍，苏文纨的矫情与卖弄，孙柔嘉的娇柔与心计，高松年的奸诈与权术，李梅亭的贪婪与伪善，韩学愈的木讷与阴险，即使稍年轻一些的陆子潇、范小姐也无不虚荣空虚与卑琐。这些博士、教授、学者、大学教师们虽然个个衣冠楚楚、道貌岸然，内心里却各自勾心斗角、尔虞我诈，因而有论者把它比拟为20世纪的“新《儒林外史》”[③]。正是在这一意义上我们又可以说它是一部文化反思小说。

不过《围城》并不仅仅停留在对这些人物丑陋性格的揭露上，而是深入到人性的深层，写出他们自古遗传下来的动物性遗存：由于他们自私的本性，他们像“刺猬”一样，难以接近，只能保持着彼此间的距离，使每个人都处在“孤立”之中。所以作家在《序》中说：“在这本书里，我想写现代中国某一部分社会，某一类人物。写这类人，我没有忘记他们是人类，只是人类，具有无毛两足动物的基本根性。”[④]也就是说作家对这些人物的态度既是批判的，也是悲悯的，因为这些作恶的人们的作恶来源于他们的生存本能，并且各自也都处在孤独、寂寞、难以忍受的悲剧性命运中。如果说鲁迅、萧红等揭示了下层民

① 流浪汉传奇是源于16世纪西班牙的《小癞子》的一种小说形式，它往往通过主人公(流浪汉)的流浪将他所经历的种种人生插曲连接起来，并往往带有讽刺的色彩。如后来的《唐·吉诃德》等。

② 杨义：《中国现代小说史》第三卷，人民文学出版社2001年版，第471页。

③ 杨义：《中国现代小说史》第三卷，人民文学出版社2001年版，第468页。

④ 钱钟书：《围城》，三联书店2002年版，第1页。

众的精神麻木与愚昧，那么钱钟书的《围城》便揭示出知识分子同样作恶而不自知的精神愚昧。从这一意义上来看，《围城》正是抗战时期中国社会的象征（如同曹禺的《蜕变》和巴金的《第四病室》）。当然深入一层来看，也可以说这是一种人类的根性。方鸿渐之所以在爱情、婚姻与事业上由一个“围城”进入另一个“围城”，而难以超越围城，就在于受到人类根性的制约。一方面人类具有生生不息的追求奋斗的本能，另一方面，人类在追求中又免不了互相伤害（自私的本能），因而难免使人类的追求奋斗获得一种幻灭失败的命运，人类正是在这种追求与幻灭如钟摆般循环的张力中度过自己一生的。而这种对人类的洞察正是从叔本华到存在主义的现代哲学所确立的人生的本质。在这一意义上，《围城》具有十分深刻的现代主义的内涵。不过钱钟书与这些哲学家不同的是，他对人生的最终结论并不悲观，而是不断地奋进与努力。方鸿渐他们一行历尽艰辛快要到达三间大学之时，方鸿渐看见了一个火铺后面的破门框，他感慨地说，这倒是人生的好象征，“好象个进口，背后藏着深宫大厦，引得人进去了，原来什么也没有。一无可进的进口，一无可去的去处，瞥下一切希望罢，你们这些进来的人！”不过他虽然这样说，但他内心中的好奇心和希冀仍像火炉上烧滚的水，勃勃掀动壶盖，只嫌轿子走得不爽气，宁可下了轿自己走。“辛楣也给这心理鼓动得在轿子里坐不定，下轿来走。”[①]面对人生的围城却仍然坚定不移地走向它，这正是《围城》给我们确立的人生价值之所在。在这种价值取向上钱钟书与鲁迅是一脉相承的，当然他不像鲁迅表现得那么峻急而深切，而是含蓄而通脱的。

《围城》的艺术成就是多方面的。《围城》被人称为杰出的讽刺小说，主要是因为《围城》在艺术表现上采取了讽刺的手法。但是《围城》的讽刺不同于左翼作家尖锐尖刻的政治讽刺，也不同于老舍温婉的世俗性讽刺，而是一种深透超脱的学者型讽刺。这种讽刺首先表现为作家对讽刺对象既是批判的，也是悲悯的。正是这种态度使作家既尖锐地揭露出他们思想与行为的乖谬之处，又在这种嘲笑之中包含着人性的温厚与宽容。因为他知道虽然这些“无毛两足动物”是可笑的，但是他们毕竟是人，也具有人不可避免的缺点和弱点。因而钱钟书笔下的这些人物就不再是十恶不赦的恶棍坏蛋，而是有着自己的悲与喜、美与丑、善与恶等多种性格取向的人物。例如苏文纨是矫情

① 钱钟书：《围城》，三联书店 2002 年版，第 201 页。

的，但是在与方鸿渐的交往之中也不乏真情的流露。甚至就如高松年、李梅亭之流也有受到伤害的尴尬的一面。其次是一种熔道德、风俗、人情批判于一炉的机智讽刺，表现出一种学者的睿智、博雅、新奇与犀利。钱钟书是学贯中西的大学者，因而他常常能纵横古今、贯通中外地从各种学科的知识宝库里顺手拈来所需要的知识，涉笔成趣。例如当方鸿渐想买假文凭去骗骗家庭又感到自己的欺骗行为时，他便引用柏拉图、孔子等的言行来自我解嘲。“柏拉图《理想国》里就说兵士对敌人，医生对病人，官吏对民众应该哄骗。圣如孔子，还假装生病，哄起了儒悲，孟子甚至对齐宣王撒谎装病，父亲和丈人希望自己是个博士，做儿子女婿的人好意思叫他们失望么？买张文凭去哄他们，好比前清时代花钱捐个官，或英国殖民地商人向帝国报效几万磅换个爵士头衔，光耀门楣，也是孝子贤婿应有的承欢养志。”[①]《围城》包含了文学、哲学、逻辑、法律、教育、民俗、语言等多种学科的知识，并且涉及中外语言、警句、寓言、典故，甚至天文地理、生理医学等各类信息，这些知识信息往往以博喻形式出现在作品中。如作家在描述方鸿渐在月夜的花园里对苏小姐的吻时说：“这吻的分量很轻，范围很小，只仿佛清朝官场端茶送客时的把嘴唇抹一抹茶碗边，或者从前西洋法庭见证人宣誓时把嘴唇碰一碰圣经；至多像那些信女们吻西藏活佛或罗马教皇的大脚趾。”[②]因而可以说它以妙语与机关构筑起了一座机巧的学术迷宫。有人统计，《围城》使用的比喻条目，达七百多条。在这一意义上，它被人称为“学者小说”。另一方面，作家又在讽刺中表现出高度敏感的学者睿智，他常从别人习以为常的甚至视为真理的事物中发现其可笑之处，并以真诚的态度揭开它神圣的外衣，造成意想不到的幽默效果。例如对当时弥漫社会各个阶层的留学热，作家这样讽刺道：“学国文的人出洋‘深造’，听来有些滑稽。事实上，惟有学中国文学的人非到外国留学不可。因为一切其他科目像数学、物理、哲学、心理、经济、法律等都是从外国灌输进来的，早已洋气扑鼻，只有国文是国货土产，还需要外国招牌，方可维持地位……”所以在《围城》机智诙谐的调侃中，常常使人在笑后沉思，得到启示，显示出一般讽刺难以达到的深度和力度。最后，《围城》的讽刺还是一种

① 钱钟书：《围城》，三联书店 2002 年版，第 11-12 页。

② 钱钟书：《围城》，三联书店 2002 年版，第 107 页。

“反躬自笑”的讽刺。作家自己说“真正的幽默是能反躬自笑的”[①]。《围城》便实践了作家这一主张。《围城》中的许多讽刺都是从方鸿渐的视角发出的。但这些讽刺常常在嘲弄着别人的同时，也在嘲弄着他自己，因为方鸿渐自己也同他们一样属于可笑而又可怜的人类。例如当方鸿渐在嘲笑了苏文纨的俗套，又看见刊载自己“荣誉博士”消息的报纸后，不由得自愧道：“当时还笑她俗套呢！像自己这段新闻才是登加冕的恶俗，臭气熏得读者按住鼻子。况且人家是真正的博士，自己算什么？”[②]正是这种自嘲式的反讽标志着作家对自我困境的洞察与超越。

---

① 钱钟书：《说笑》，《写在人生边上》，三联书店 2002 年版，第 25 页。

② 钱钟书：《围城》，三联书店 2002 年版，第 32 页。

第十六讲 张爱玲的《传奇》

张爱玲是中国现代文学的一个“传奇”。不仅仅在她传奇的身世，传奇的文学，更在于这种文学所达到的人性与历史的深度。透过张爱玲《传奇》那“美丽而苍凉的手势”可以使我们洞悉中国的社会、人生与人性。或许，这也是“人类在一切时代之中生活下来的记忆”(张爱玲语)。

一、张爱玲的生平与文学道路

张爱玲(1921—1995)，河北丰润人，生于上海。其祖父是晚清清流派的大名士张佩伦(即《孽海花》中的庄仑樵)，曾外祖父是晚清宰相李鸿章。不过其父张廷重却是典型的封建遗少，母亲黄逸梵是受到西方现代思想熏陶的新女性，因不满丈夫纨绔子弟的浮浪习气(吸鸦片、嫖妓等)，与小姑子一同赴欧洲(法国)留学。1930 年父母再次发生激烈冲突而协议离婚。在这样一种家庭氛围中，张爱玲过早地品尝了孤独并发展了早慧的文学才能。7 岁开始试写小说。同时家庭生活的冷落和凄凉使她敏感的心灵刻下难以磨灭的创伤，过早积累起对世界的敌意与恐怖，这对她后来的创作产生了深刻的影响。1932 年进入上海著名的圣玛利亚女校读书。刚升入初一，就在校刊上发表了短篇小说《不幸的她》(《凤藻》第 12 期)。不久又画了一幅漫画，投到《大晚报》，得到了第一笔稿费。14 岁写出了模仿鸳鸯蝴蝶派笔调的章回体小说《摩登红楼梦》。虽然带有游戏性，但行文运词如出自“红楼”一家。显示了她对于《红楼梦》文学传统心有灵犀的传承。参加学生文艺团体“国光社”，在《国光》上发表小说《牛》《霸王别姬》等。国文老师汪宏生评论说，《霸王别姬》比起郭沫若的《楚霸王之死》一点也不逊色。1938 年，张爱玲中学毕业后不堪继母的虐待与父亲的毒打，终于逃离父亲的家，与旅欧回来的母亲同住，并于次年考入英国伦敦大学，因欧战爆发而转入香港大学，结识终身朋友炎樱

（锡兰人）。香港沦陷后，于1942年返沪，与姑姑张茂渊一起居住在公寓里，以英文写作了一系列影评与散文在英文月刊《二十世纪》上发表。1943年处女作《沉香屑》（第一、二炉香）发表在周瘦鹃主编的《紫罗兰》杂志后，一炮走红，又陆续有《茉莉香片》《金锁记》等一系列小说见诸于《杂志》《万象》《天地》等刊，1944年结集为《传奇》出版，四天内初版就销售一空。同时又把她这一时期的散文编成《流言》出版，书写出一段文学的"传奇"，和著名女作家苏青齐名。著名文学翻译家和批评家傅雷撰文说："在一个低气压的时代，水土特别不相宜的地方，谁也不存什么幻想，期待文艺园地里有奇花异卉探出头来。然而天下比较重要一些的事故，往往在你冷不防的时候出现。史家或社会学家，会用逻辑来证明，偶发的事故实在是酝酿已久的结果。但没有这种分析头脑的大众，总觉得世界上真有魔术棒似的东西在指挥着，每件新事故都像从天而降，教人无论悲喜都有些措手不及。张爱玲女士的作品给予读者的第一个印象，便有这情形。""《金锁记》是张女士截至目前的最完满之作，颇有《狂人日记》中某些故事的风味。至少也该列为我们文坛最美的收获之一。"[①]

上海光复后，因涉嫌与汉奸胡兰成的婚姻等走向沉默：主要编写《太太万岁》等电影文学剧本。1950年长篇小说《十八春》在上海《亦报》连载，激起强烈的社会反响。1952年到香港，除翻译外，还用英文写作了长篇小说《秧歌》《赤地之恋》等。1955年移居美国。1956年与赖亚结婚，又发表短篇小说《五四遗事》《色·戒》等，出版长篇小说《怨女》《半生缘》。晚年转入《红楼梦》和《海上花列传》的研究，撰写了《红楼梦魇》和国语本评注本《海上花》（将吴语对白的《海上花列传》译成国语，并加了评注）。1995年在美国洛杉矶公寓逝世。

二、《传奇》：苍凉的人生启示

如果与几乎同时出现的路翎小说相比照，便可清晰地看见《传奇》的世界既没有强力的英雄，也没有壮烈的情怀，而是一些不好不坏、亦好亦坏的芸芸众生，沪港市民的平凡生活和世俗心态。作家认为，人生有飞扬的一面，也有

① "迅雨"（傅雷）：《论张爱玲的小说》，《万象》第11期1944年。

安稳的一面，强调飞扬的一面，多少有点超人的气质，而安稳的一面，则有永恒的意味。她的创作便是要揭示这向来为弄文学的人所忽略了的安稳的一面[①]。所以作家在《传奇》的卷首题词中写道："书名叫传奇，目的是在传奇里面寻找普通人，在普通人里寻找传奇。"也就是要在这些荒唐的故事之中发现和揭示平凡的世俗人生。在《自己的文章》中她还写道："我的小说里，除了《金锁记》里的曹七巧，全是些不彻底的人物。他们不是英雄，他们可是这时代的广大的负荷者。因他们虽然不彻底，但究竟是认真的。他们没有悲壮，只有苍凉。悲壮是一种完成，而苍凉则是一种启示。"[②]一方面，这种凡俗人生的俗人、俗情、俗欲、俗事构成了张爱玲小说与通俗小说的同一性。另一方面，作家又并不仅仅满足于这种世俗情趣的调制，而是追求一种苍凉人生的"启示"。因而作家在揭示这人生安稳的一面时又确立了自己独特的艺术透视视角，即从性爱和婚姻的角度切入对在多重矛盾困惑中挣扎的绅士淑女的灵魂剖析。如作家自己所说："我甚至只是写些男女间的小事情，我的作品里没有战争，也没有革命。我以为人生恋爱的时候，是比在战争或革命的时候更朴素，也更放姿的。"[③]张爱玲的小说就是要透过"恋爱"这扇窗口，来洞穿永恒的人性，特别是女性的人性世界。而且在当时的作家中，张爱玲的这种人性透视达到了一般人难以企及的深度。例如描写女子为金钱而牺牲青春的题材在施蛰存的《春阳》中也出现过，但只是通过一次迷幻传达出这女子（婵阿姨）心灵的怅惘与遗憾。而张爱玲的《金锁记》则更细致深入地写出一个女子（曹七巧）人性的变异以及被扭曲到丑恶的过程。

当曹七巧这位麻油店老板的女儿，被哥哥嫁给一官绅人家做患有骨痨的姜二少爷的媳妇时，她无疑是个受害者，不但她的正常情欲得不到满足，而且在这门第森严的高门巨族中她因出身卑微而备受歧视。然而七巧也并非良善之辈，在伶牙俐齿的张狂和主动与小叔的调情中她追求着某种心理平衡，但结果却使自己变得怪僻、乖戾起来。如果到此为止，那么曹七巧也就不过是另一个婵阿姨而已，但张爱玲却让曹七巧伴随一系列变故的表演，对她的

① 参见张爱玲《自己的文章》。

② 张爱玲：《自己的文章》，《张爱玲典藏全集・散文卷一》，哈尔滨出版社 2003 年版，第 15 页。

③ 张爱玲：《自己的文章》，《张爱玲典藏全集・散文卷一》，哈尔滨出版社 2003 年版，第 16 页。

灵魂展开了进一步的拷问。当她丈夫和婆婆相继去世后，曹七巧成为了黄金的主人，虽然出现了她追求幸福的机遇，她暗恋的姜季泽也已主动向她倾诉爱情，但是对黄金的拥有却使黄金成为枷锁，使她难以跨出争取自由与爱情的第一步。更可悲的在于她还用这黄金的枷去劈杀了自己儿女的爱情与幸福。虽然给儿子长白娶了亲，却千方百计地霸住他，引诱他讲述夫妻间的隐秘，再以此去羞辱折磨媳妇。女儿长安直到30岁才与留洋多年回国的童世舫订了婚，但面对她尖刻阴险的攻击，最终仍然失落了自己的爱情。她清楚"她儿子女儿恨毒了她，她婆家的人恨毒了她，她娘家的人恨毒了她"。她也怀恋着少女时代的梦，但她却似乎命定式地只能戴着这黄金的枷走入坟墓。这样《金锁记》便通过曹七巧从一个受迫害的人变为一个疯狂迫害别人的人的过程，写出了封建包办婚姻与殖民都市的金钱观念对人性的摧残与毒害，写出了人性中令人恐怖的阴暗一角，曹七巧是一个既令人憎恶又令人怜悯的悲剧形象。

不过从某种意义上讲，曹七巧的畸变又是不由自主的。其根本原因是具有浓厚封建色彩的殖民都市金钱观念对人性最可怕的扭曲。小说不断重复着某种历史的反思——"当初她为什么嫁到姜家来？为了钱么？不是的，为了要遇见季泽，为了命中注定她要和季泽相爱。"回忆起她在麻油铺做女儿的日子里，"喜欢她的有肉店里的朝禄，她哥哥的结拜弟兄丁玉根、张少泉，还有沈裁缝的儿子。喜欢她，也许只是喜欢跟她开开玩笑。然而如果她挑中了他们之中的一个，往后日子久了，生了孩子，男人多少对她有点真心。"——因而"三十年前的月亮早已沉下去，三十年前的人也死了，然而三十年前的故事还没完——完不了。"如同小D已经染上某种阿Q的性格一样，长安不又是一个活脱脱的七巧么？而长安的命运更是悲凉的，无论是她的退学，还是她的退婚，作品都用——"她觉得她这牺牲是一个美丽的，苍凉的手势。""一个美丽而苍凉的手势……"——这是几乎作为张爱玲文化符号的语词，它要揭示的正是旧中国许多女性"美丽而苍凉"的命运。或许正是在这一意义上，作家说："他们虽然不过是软弱的凡人，不及英雄的有力，但正是这些凡人比英雄更能代表这时代的总量。"而她则是要用这"参差的对照"的手法，来"描写人类在一切时代之中生活下来的记忆。而以此给予周围的现实一个启示"[1]——这

---

① 张爱玲：《自己的文章》，《张爱玲典藏全集·散文卷一》，哈尔滨出版社2003年版，第15、16页。

正是张爱玲超越了一般作家的深刻的地方。

正是这种对人性强烈而深切的关注,使张爱玲充分运用弗洛伊德的人格精神分析理论,深入到人物的灵魂深处,发掘出她们常常被压抑着的潜意识深层心理。例如《心经》中许小寒莫名其妙地对母亲的仇视掩饰着她对父亲的变态性爱。而在《茉莉香片》中聂传奇那孤独内向而又阴郁的性格中也隐藏着对母亲深深的爱恋,只是由于母亲早亡,他便将这种情感替代性地转移到母亲当年的恋人言子夜老师身上。因而他会突然对真切关怀他的言子夜的女儿言丹珠施以暴力,因为她毕竟是他亲近言子夜的障碍。这些爱恋中的青年男女似乎都是阴郁的,有着变态的心理。如作家说:“现代人多是疲倦的,现代婚姻制度又是不合理的。所以有沉默的夫妻关系,有怕致负责,但求轻松一下的高等情调,有回复到动物的性欲的嫖妓。——但仍然是动物的人,不是动物,所以比动物更可怖。”[①]的确,在这十里洋场的港沪社会要追求理想的纯洁爱情几乎是不可能的。上海姑娘葛薇龙本想留在香港读完学业,并寻找一个理想的爱人,但在姑姑梁太太那糜烂环境的腐蚀和逼迫下,不得不堕落为一株苍白的交际花(《沉香屑——第一炉香》)。白流苏与范柳原的“倾城之恋”,不过是由战争所成就的一桩感情与金钱的交易。在白流苏是要寻求一个可作为人生依托的有钱的“丈夫”,以摆脱娘家的嫌弃;在范柳原也不过是在战争所造成的地老天荒的困境中对人类家园的想象性回归(真正的中国女人)。可以说正是:“香港的陷落成全了她。但是在这不可理喻的世界里,谁知道什么是因,什么是果?谁知道呢?也许就因为要成全她,一个大都市倾覆了。”正是一场倾城之灾才结束了他们之间没完没了既冗长又轰轰烈烈的“战与恋”。这种无可奈何的尴尬而又苍凉的婚姻或许正是中国现代市民社会本质的某种写照——“到处都是传奇,可不见得有这么圆满的收场。胡琴咿咿哑哑拉着,在万盏灯的夜晚,拉过来又拉过去,说不尽的苍凉的故事——不问也罢!”(《倾城之恋》)所以虽然张爱玲关注的是俗人俗事,并往往以多角恋爱的叙事框架展开,但作家却在这些叙事中贯注着一种苍凉的生命体验与人生启示。她由大俗而达到了大雅,如同她在《我看苏青》中所说,这种艺术“完全贴近大众的心,甚至就像从他们心理生长出来的,同时又是高

① 张爱玲:《自己的文章》,《张爱玲典藏全集·散文卷一》,哈尔滨出版社 2003 年版,第 18 页。

等的艺术”[1]。

如果仅仅从张爱玲对人物潜意识深层心理的洞幽烛微的发掘来看，她无疑是一位精通精神分析技巧的先锋派作家。甚至在具体描写方式中，她也常常将主观感觉融入客观对象之中，体现出鲜明的“新感觉主义”色彩。如《倾城之恋》中白流苏刚到香港时眩感于巨型广告牌：“那是一个火辣辣的下午，望过去最触目的是码头上围列着的巨型广告牌，红的，橘红的，粉红的，倒映在绿油油的海水里，一条条，一抹抹刺激性的犯冲的色素，窜上落下，在水底下厮杀得异常热闹。”所以严家炎认为张爱玲的描写不仅有穆时英的味道，而且在感觉的锐敏、细致，比拟的精妙、贴切和独创方面实有过之而无不及[2]。但是另一方面，张爱玲小说更多的描写又体现出非常地道的中国古典小说，特别是《红楼梦》的神韵，在描写封建世家琐屑生活方面几乎和《红楼梦》难分二致。如《金锁记》开篇在叙写姜公馆三房丫环凤箫与二房丫环小双的一番闲话之后写道：“一语未完，凤箫打了个喷嚏，小双忙推她道：‘睡罢！睡罢！快渥一渥。凤箫跪了下来脱袄子，笑道，‘又不是冬天，哪儿就至于冻着了？’小双道：‘你别瞧这窗户关着，窗户眼儿里吱溜溜的钻风’。”不但丫环的声气、体态、穿着，乃至名字、具体的言词，如“渥”、“脱袄子”、“吱溜溜”等都似乎在续写着《红楼梦》怡红院中的一幕。张爱玲小说的艺术成就并不仅仅在于同时包容了现代与传统这两种艺术因素，而且在于她将这两种因素有机地融合起来，创造出一种独特的张爱玲笔调。她善于用流利而洒脱的语言、繁复的意象和天才的妙喻建构起一种耐人回味的意境。例如《金锁记》中枯燥的时间流逝便被包裹在意象的流动中，通过镜子里映像的迭换来展现：“风从窗子里进来，对面挂着的回文雕漆长镜被吹得摇摇晃晃，磕托磕托敲着墙。七巧双手按住了镜子。镜子里反映着的翠竹帘子和一副金绿山水屏条依旧在风中来回荡漾着，望久了，便有一种晕船的感觉。再定睛看时，翠竹帘子已经褪了色，金绿山水换了一张她丈夫的遗像，镜子里的人也老了十年。”——既新奇、跳跃，又从容、舒展，在流动之中传达出一种时间的韵律，又拓展了意蕴的空间。又如《倾城之恋》开首“胡琴咿咿哑哑拉着，在万盏灯的夜晚，拉过来又

---

① 张爱玲：《我看苏青》，《张爱玲典藏全集·散文卷二》，哈尔滨出版社 2003 年版，第 113 页。

② 参见严家炎：《中国现代小说流派史》，人民文学出版社 1989 年版，第 173 页。

拉过去，说不尽的苍凉的故事——不问也罢！……”——再到中间“阳台上，四爷又拉起胡琴来了，依着那抑扬顿挫的调子，流苏不由得偏着头，微微飞了个眼风，做了个手势。她对镜子这一表演，那胡琴听上去便不是胡琴，而是笙箫琴瑟奏着幽沉的庙堂舞曲。她向左走了几步，又向右走了几步，她走一步路都仿佛是合着失了传的古代音乐的节拍。她忽然笑了——阴阴的，不怀好意的一笑，那音乐便戛然而止。外面的胡琴继续拉下去，可是胡琴诉说的是一些辽远的忠孝节义的故事，不与她相关了。”——再到结尾“到处都是传奇，可不见得有这么圆满的收场。胡琴咿咿哑哑拉着，在万盏灯的夜晚，拉过来又拉过去，说不尽的苍凉的故事——不问也罢！”——既伴随着白流苏的命运遭际情感跌宕而起伏展开，又前后呼应，贯穿成一条透视人生命运的主题旋律，增强与拓展了作品的思想蕴含。

还有“月亮”、“老钟”、“胡琴”等意象也是经常为人称道的。

主要参考书目

[1] 鲁迅. 鲁迅全集:1—18 卷[M]. 北京:人民文学出版社,2005.
[2] 郭沫若. 郭沫若全集:文学编 1—20 卷[M]. 北京:人民文学出版社,1989.
[3] 郁达夫. 郁达夫文集:1—12 卷[M]. 广州:花城出版社,1983.
[4] 徐志摩. 徐志摩全集:1—5 集[M]. 香港:商务印书馆,1983.
[5] 周作人. 周作人自编文集(34 册)[M]. 石家庄:河北教育出版社,2002.
[6] 茅盾. 茅盾全集:小说 1—9 集[M]. 北京:人民文学出版社,1985.
[7] 老舍. 老舍文集:第 1—16 卷[M]. 北京:人民文学出版社,1990.
[8] 巴金. 巴金全集:第 1—26 卷[M]. 北京:人民文学出版社,1986.
[9] 沈从文. 沈从文全集:第 1—32 卷[M]. 长沙:北岳文艺出版社,2002.
[10] 戴望舒. 戴望舒诗全编[M]. 杭州:浙江文艺出版社,1989.
[11] 曹禺. 曹禺全集:第 1—7 卷[M]. 石家庄:花山文艺出版社,1996.
[12] 赵树理. 赵树理文集:第 1—4 卷[M]. 北京:工人出版社,1980.
[13] 路翎. 路翎文集:第 1—4 卷[M]. 合肥:安徽文艺出版社,1995.
[14] 艾青. 艾青全集:第 1—5 卷[M]. 石家庄:花山文艺出版社,1997.
[15] 钱钟书. 围城[M]. 香港:生活·读书·新知三联书店,2002.
[16] 张爱玲. 传奇[M]. 北京:人民文学出版社,1986.
[17] 鲁迅年谱(增订本):1—4 册[M]. 北京:人民文学出版社,2000.
[18] 钱理群. 与鲁迅相遇[M]. 北京:生活·读书·新知三联书店,2003.
[19] 伊藤虎丸. 鲁迅与日本人——亚洲的近代与“个”的思想[M]. 石家庄:河北教育出版社,2000.
[20] 胡适. 胡适文集:1—12 卷[M]. 北京:北京大学出版社,1998.
[21] 鲁迅研究学术资料汇编(1—5)[M]. 北京:中国文联出版公司,1987.
[22] 黄子平. “灰阑”中的叙述[M]. 上海:上海文艺出版社,2001.
[23] 徐麟. 鲁迅:在言说与存在的边缘[M]. 济南:山东文艺出版社,1997.

[24] 孙郁．鲁迅与周作人[M]．沈阳:辽宁人民出版社,2007.
[25] 钱理群．周作人评传[M]．北京:北京十月出版社,1990.
[26] 止庵．周作人传[M]．济南:山东画报出版社,2009.
[27] 陈平原．中国现代之学术之建立——以胡适、章太炎为中心[M]．北京:北京大学出版社,1998.
[28] 瞿秋白．瞿秋白文集:第1—7卷[M]．北京:人民文学出版社,1986.
[29] 刘炎生．郁达夫传[M]．南昌:百花洲文艺出版社,1996.
[30] 韩石山．徐志摩传[M]．北京:北京十月出版社,2001.
[31] 陈从周．徐志摩:年谱与评述[M]．上海:上海书店,2008.
[32] 钟桂松．茅盾传[M]．北京:东方出版社,1996.
[33] 陈思和．人格的发展:巴金传[M]．上海:上海人民出版社,1992.
[34] 老舍．老舍自传[M]．南京:江苏文艺出版社,1995.
[35] 凌宇．沈从文传[M]．北京:北京十月出版社,1988.
[36] 陈丙莹．戴望舒评传[M]．重庆:重庆出版社,1993.
[37] 田本相．曹禺传[M]．北京:东方出版社,2009.
[38] 黄修己．赵树理评传[M]．南京:江苏人民出版社,1981.
[39] 赵原．小说十家[M]．杭州:浙江文艺出版社,1987.
[40] 赵原．艰难的选择[M]．上海:上海文艺出版社,1986.
[41] 骆寒超．艾青评传[M]．重庆:重庆出版社,2000.
[42] 汤益泽．透视钱钟书[M]．长沙:湖南人民出版社,2006.
[43] 孔庆茂．魂归何处——张爱玲传[M]．海口:海南国际新闻出版中心,1996.
[44] 杨义．中国现代小说史:第1—3卷[M]．北京:人民文学出版社,2001.
[45] 严家炎．中国现代小说流派史[M]．北京:人民文学出版社,1989.
[46] 钱理群,吴福辉,温儒敏．中国现代文学三十年[M]．北京:北京大学出版社,1998.
[47] 王晓初．中国现代文学发展演变史1898—1989[M]．重庆:西南师范大学出版社,2002.
[48] 司马长风．中国新文学史:上中下卷[M]．香港:昭明出版社,1987.
[49] 冯光廉,刘增人主编．中国新文学发展史[M]．北京:人民出版社,1991.

后　　记

美国学者艾布拉姆斯在回顾与总结西方两千多年的文学批评历史的基础上，提出文学批评四大要素说——“每一件艺术品总要涉及四个要点，几乎所有力求周密的理论总会大体上对这四个要素加以区辨，使人一目了然。第一个要素是作品，即艺术品本身。由于作品是人为的产品，所以第二个共同要素便是生产者，即艺术家。第三，一般认为作品总得有一个直接或间接地导源于现实事物的主题——总会涉及、表现、反映某种客观状态或者与此有关的东西。这第三个要素便可以认为是由人物和行动、思想和情感、物质和事件或者超越感觉的本质所构成，常常用‘自然’这个通用词来表示，我们却不妨换用一个含义更广的中性词——宇宙。最后一个要素是欣赏者，即听众、观众、读者。作品为他们而写，或至少会引起他们的关注。”①——进而提炼出了一个以作品为中心，以艺术家（作家）、世界、欣赏者（读者）为顶点的三角形四要素批评图式。文学教育虽然不同于文学批评，但是它感悟文学的活动，也是在这一图式中展开的。在这一图式中文学作品无疑处于中心，无论是作家的创作与读者的阅读都是以文学作品作为归宿与起点的。离开了文学作品，文学活动便无法展开。同样在文学教育中，选择与提供一种经典的文学读本是有效地展开文学教育的首要前提。所谓经典是指具有典范性、权威性的；经久不衰的传世之作；经过历史淘汰选择出来的最有价值的（认识、教育、审美等）的作品。作为中国现代文学的经典也可以说是现代文化与语言“原型”的具体体现。正是这些经典传达了中国现代人文精神的不同表达，同时也探索了中国现代汉语表达的各种可能性。正是在以上意义上，笔者透过中国现代文学史无数次的“重写”粗略选择了鲁迅、郭沫若、郁达夫、徐志摩、周作人、茅盾、老舍、巴金、沈从文、曹禺、戴望舒、艾青、赵树理、路翎、钱钟

① 艾布拉姆斯：《镜与灯——浪漫主义文论及批评传统》北京大学出版社 1989 年版，第 5 页。

书、张爱玲等经典名家与代表性作品，力图透过这些著名作家作品的介绍与解读，使读者对这些作家不同的思想追求、人文情怀、人生思考、文学形式与语言艺术有所感悟与理解。同时对由他们所代表的中国现代文学的发展脉络，思想潮流、文学流派、文学样式、风格文体等，也有一个大致的了解。因而又兼顾的不同历史时期、不同文学类型的基本线索。遗憾的是限于篇幅，作为后现代诗派的代表性诗人穆旦未能得到介绍。

笔者是长期从事中国现代文学教学的教师。中国现代文学既是中国现代文化的一个重要组成部分，也是现代汉语的典范载体，同时也构建着现代人文精神的家园。不过由于既有教育模式中重知识、轻能力，重应试、轻素质的倾向，在教学中也存在只重视书本（教材）知识，忽视作品阅读与写作训练的倾向。其实中国现代文学首先是通过作家作品来体现的，文学现象也是由作家作品构成的。因而作家作品构成了本课程最基础性的支撑。教材及有关参考资料（参见“http://lib. zscas. edu. cn/rwxy/jpkc/zgxddwx/index. asp.”或“绍兴市重点学科中国现当代文学”，有“教学资源”、“精品课程”等）只是对于作家作品的理解与阐释，但是学生要真正把握与理解中国现代文学，就必须亲自去阅读、体验、理解作家作品。

同时文学是一种艺术（不同于一般的知识与理论），它必须深入到作品中去才能真切地感悟到其独特的文学（语言）形式（意境、情调、氛围等），并进而理解与把握其人文精神内涵。因而也必须重视作家作品的教学，以作家作品的解读作为一个基础性平台来展开其他部分的教学。文学必须通过一种创造性的形式（文学性阅读）去理解与把握。正是在这种创造性的阅读与理解中，才能真正把握文学的精髓，有效地提高学生学习这门课程的兴趣，培养他们独立健全的人格精神、会思维的头脑和对于（文学）语言的审美敏感。

本书的一个重要目的便是力图给学生阅读中国现代文学作品提供一种参考与借鉴，提示一种解读的思路与方法的训练。其实文学性阅读本身就是创造性，文学性正在于它提供了广阔的解读空间。如果能够通过本书的引导，激发出阅读主体的阅历、经验与新的视野，对有关作品作出新的解读，那本书就成为引玉之砖，这将是本书作者最大的心愿。

2011 年 10 月 10 日于绍兴风则江畔寓所